「国書」の起源

近代日本の古典編成

品田悦一
齋藤希史

新曜社

はじめに

日本の近代以前の書物について書誌情報を得ようとするなら、国文学研究資料館がオンラインで提供する「日本古典籍総合目録データベース」もしくは「新日本古典籍総合データベース」をまず検索すればいい。データのコピーも簡単で、書物によっては画像も見られる。かつては書棚に並んだ『国書総目録』（岩波書店、一九六三年、補訂版一九八九年）を巻を換えながら引いてメモを取らねばならなかったのだから便利になったものだと昔語りをすれば、まるで昭和の老人だと笑われるだろうか。それはともかく、本書の著者の世代にとって、「国書」と言われて頭に浮かぶのは、あの重たい目録である。

『国書総目録』の「国書」とは何か。「凡例」の「二」に「本目録に収載した書目は、国初から慶応三年までに日本人の著編撰訳した書籍に限った」とあることからその範囲は知られるが、さらに以下のような説明が示されている。

1. 日本人の著作にかかるものであれば、和文・漢文・欧文を問わず収めた。
2. 日本に帰化したとみなすべき外国人の、わが国における著述は収めた。
3. 外国書の全部または一部を書写し、あるいは刊行したものは収めない。ただし外国人の著述を、日本人が改修編纂したものは収めた。
4. 外国書を翻訳したもの、または注釈を施したものは収めた。ただし、漢籍の場合、原文に句読訓点を施したに過ぎないものは収めない。（以下略）

この箇条書きからうかがえるのは、書物にあらわされた文章の書き手が日本人でなければ、日本で書写されたり刊行されたりした書物であっても収めないという、国籍取得で言うところの血統主義に立っていることだ。日本で書写刊行された書物には仏書や漢籍が多く、読み書きの実相を考える上で重要であることは言うまでもないのだが、それらは「国書」には入らない。日本人が書いた文章ではないからである。

「国書」という語自体は、古くからある。ただそれは右のような意味ではない。漢語としては、王朝の歴史、つまり国史の意味で使われ、また、『隋書』倭国伝の有名なくだり、「其国書曰「日出処天子致書日没処天子無恙」云云」に見られるように、国家としての正式な文書を指し、日本では後者の意味で使われることが多い。いずれにしても「日本人の著作」という定義とは結びつかない。

ではいつからなのか。そう問えば、明治期、つまり近代国民国家の成立期ですよね、という答えがすぐにどこかから返ってくるだろう。そうでしょうね、でもどのようにして？　たんに語彙の使用ということでなく、それが公的な制度において登場する経緯、その位置取りや含意、具体的に示された書物等々、資料に即して検討することは、やはり必要だ。そうしなければ見えてこないものがある。本書はそのために編まれた。

注意しておきたいのは、「国書」は「漢書」（「漢籍」）を背景に成り立つ概念であるということだ。そのことは右に引いた『国書総目録』の「凡例」から見てとれるし、つとに明治二年九月十二日に新政府の大学別当が集議院に下問した学制四ヶ条のなかにも「漢籍ヲ素読スルコトヲ廃シ専ラ国書ヲ用ヒ候事」という一文があった。本書が取り上げる東京大学文学部附属古典講習科の設置と改組の過程からもそれは明らかである。『万葉集』を論じてきた品田悦一と漢文脈を論じてきた齋藤の共著によって本書が構成されるゆえんでもある。そしてそうした「国書」の位置取りは、さる五月に新しい年号が政府によって発表されたさいに、「漢籍」ではなく「国書」を出典とすると繰り返されたことで二十一世紀の世にまたくっきりと輪郭づけられた。

学術的にはそうした血統主義による「国書」概念はすでに有効ではなくなっているというのに。

もう一つ、本書が着目するのは、「国書」がただ読まれる古典として、あるいはナショナリズムの推進役としての「国学」のためにのみ取り出されたのではないということである。「漢書」も含めて、それは近代日本における書くという行為と結びついている。むしろ書くという行為のために、平たくいうなら、人々がまともだと思える文章を書く人材を養成するために、古典講習科のようなカリキュラムは組まれた。『東京開成学校第四年報　明治九年』にも予科の入試課目として「国書文章」が筆頭に挙げられる。近代日本における読むことと書くことが連環的に制度化されるところに「国書」は成立する。そしてそれが必ずしも大きな展望をもって行なわれたのではないこと、当面の対応に追われながら、さまざまなベクトルを持ちつつ、時にはいささか場当たり的に行なわれた側面があったことは興味深い。資料のひだにわけいることでそれが浮かび上がる。詳細は本書の各章によって知られるであろう。


本書の「起源」についても言及しておこう。

東京大学グローバルＣＯＥ「共生のための国際哲学教育研究センター」（ＵＴＣＰ）の中期教育プロジェクト「近代東アジアのエクリチュールと思考」の活動の一環として、ニューヨークのコロンビア大学にて「伝統学術の再編と国家意識——近代日本の国学と漢学」をテーマとしたワークショップがデイヴィッド・ルーリー氏の司会のもとに開催されたのは、二〇一一年九月二十三日のことである。本書の著者である品田と齋藤はそれぞれ「国文学による国学の排除と吸収——「文学史編纂方法に就きて」より」「「支那学」の誕生——考証学の導入と近代学術」と題した報告を行ない、それに先だって品田が古典講習科についてのセミナーを行なった。これがきっかけとなり、古典講習科に焦点を絞った論考をそれぞれ用意し（本書第一章と第二章）、品田が精力的に調査していた関連資料を撮影して収録し、ＵＴＣＰブックレット『近代日本の国学と漢学――東京大学古典講習科をめぐって』として刊行したのが翌年の三月二十七日である。齋藤は「近代東アジアのエクリチュールと思考」のプログラム責任者であった。

本書はそのブックレットをもとに、さらに品田と齋藤の関連論考を二篇ずつ加えて全体の字句や行文また体裁を整理し、新たな書物とした。その経緯については「あとがき」を参照されたい。なお、ブックレットに附載した資料については、その後、所蔵組織の東京大学史史料室が東京大学文書館に改組されたが、佐藤健二文書館長のご高配をいただき、再び収載することができた。御礼申し上げたい。

著者二人は対象領域を殊にし、論述のスタイルも似ているとは言えなさそうだが、関心は重なるところが小さくない。二人とも、古典研究から発しつつ、近代における古典のありかた、古典をベースとしたことばのありかたを常に意識している点も、共有している。もともとこの書物のために書かれた文章ではないにもかかわらず、第三章と第四章が人物に焦点を合わせた議論、第五章と第六章が通史的概観をふまえて現代の問題にまで及んでどちらも対をなしているように、単行本として構成するのにさほど苦労しなかったのもそれゆえであろう。近代における何かの「起源」を一人で語ろうとすると読者に単調さを感じさせてしまうことがないわけではないが、この二人の共著であれば、複眼の有利さを実現することができるかもしれない。さらに本書には原資料を具えて、第三の著者の登場を待っている。

息長く読まれ、ここからまた新たな発見があることを願う。

二〇一九年六月

齋藤希史

「国書」の起源＊目次

装幀——虎尾　隆

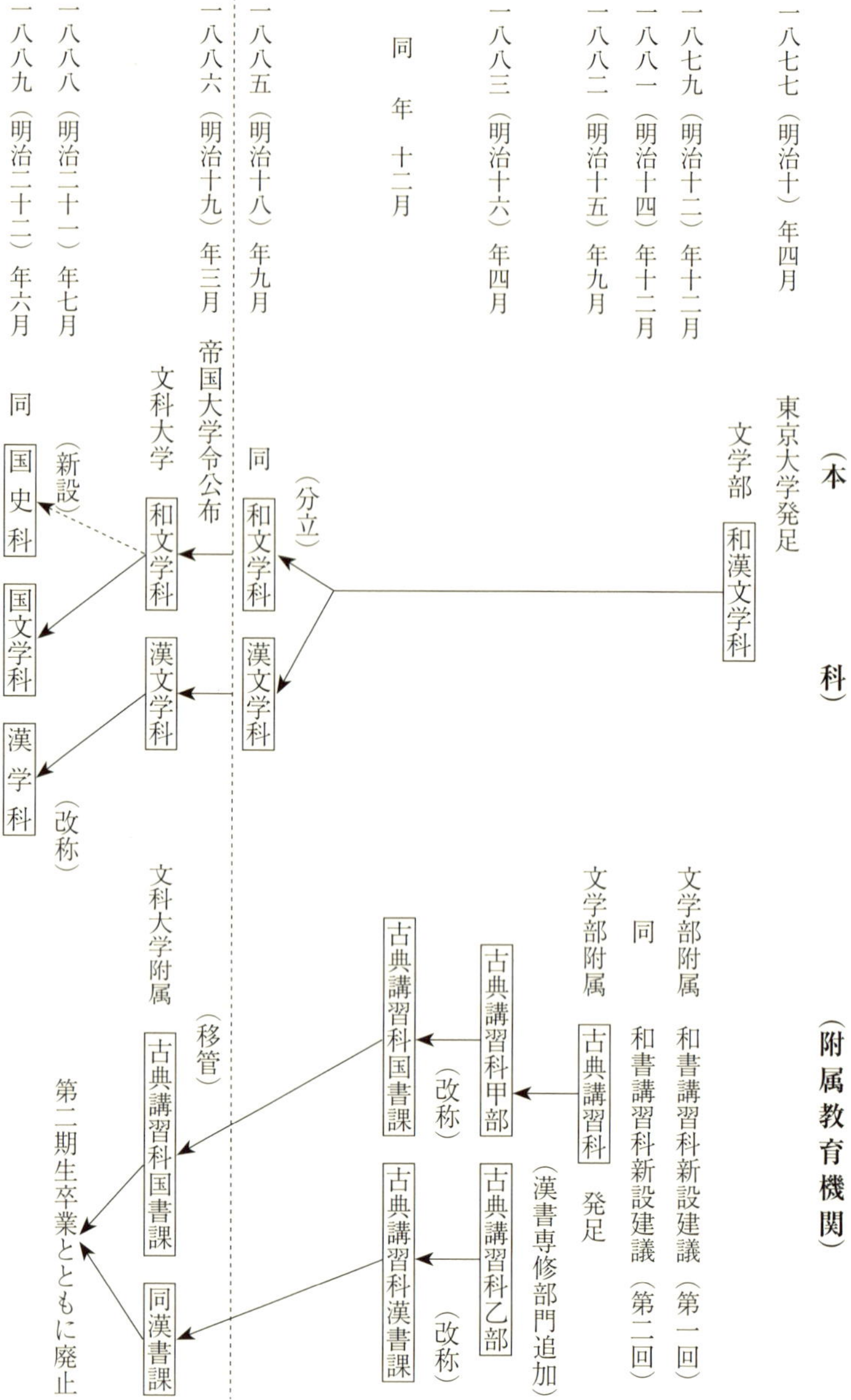

東京大学・帝国大学における国学・漢学・国文学・国史学関係諸機関

第一章　国学と国文学——東京大学古典講習科の歴史的性格

品田悦一

I　国学者養成課程

標題にある「東京大学」とは、現在の東京大学ではなく、一八七七（明治十）年に創設された日本で最初の官立大学をさす。東京開成学校と東京医学校とを合併して発足したこの大学は、一八八六年には新たな理念のもと抜本的に再編成され、名称も「帝国大学」に変更されるが、それまでの足かけ十年間は「東京大学」が正式名称だった。

帝国大学は、一八九七（明治三十）年の京都帝国大学創設を機に「東京帝国大学」に改称されるものの、このときは特に改組などの動きはなかった。本章では、「帝国大学」の名称を一八八六年から九七年までの期間に限定して使用するほか、帝国大学・東京帝国大学を一連の組織と見なす文脈では「（東京）帝大」と表記することにする。

東京大学は、東京開成学校を継承した法学部・理学部・文学部と、東京医学校の後身である医学部とから成り、このうち文学部には、当初「史学、哲学及政治学科」と「和漢文学科」の二学科だけが置かれた。和漢文学科は一八八五（明治十八）年には「和文学科」と「漢文学科」とに分割され、翌年発足した帝国大学文科大学もこの編成を引き継いだが、八九年に「国史科」が新設されると、和文学科は「国文学科」と改称された（このとき漢文学科は「漢学科」と改称している）。こうして発足した国文学科の、第一期卒業生が、ほかでもない芳賀矢一である。近代的学知としての国文学（国民の文学の学 National Literature Study）は芳賀とともに始まる。(1)

東京大学文学部和漢文学科は当初きわめて不人気で、在籍者が一人いるかいないかという状態が続いた。これとは別に、文学部には一八八二（明治十五）年から「古典講習科」という教育課程が附設され、帝国大学時代の八八年まで存続した。東京大学予備門を経由せず直接入学できる部門であり、受験科目からは外国語が除外されたほか、在学生の約半数に官費を給付するなどの優遇措置が採られたため、附属課程にもかかわらず、本科をはるかに凌ぐ盛況ぶりとなって、(2)多くの優れた人材を世に送り出した。

この古典講習科については、『東京帝国大学五十年史』（以下『五十年史』）『東京大学百年史』（以下『百年史』）に要を得た記述があり、その後も教育史や国文学研究史などの分野で種々検討がなされてきたが、先ごろ刊行された藤田大誠『近代国学の研究』(3)は、膨大な一次史料を駆使した労作であって、(4)私自身の旧稿を含む従来の論議を質量にわたりはるかに凌駕する水準に達している。(5)

藤田書は、古典講習科の設置から廃止に至る過程を詳細に跡づける一方で、同科の設立目的を、

東京大学の本科とは異なる付設教育課程としての古典講習科は、記紀万葉、律令をはじめとする我が国の古典を総合的に学ぶ「国学科」に他ならなかった。

と捉え、その「国学」は「主に将来、諸官省で役立たせるべき実用的な学問」「近代国家に実際に裨益する学問」として構想されたものであり、記紀などを神典視する意識はすでに希薄になっていた、と説く。またその背景として、従来一枚岩のように捉えられてきた幕末維新期の国学者に実は多様な流派があったことを

指摘し、特に「考証派」と称すべき一群は、討幕運動の理念的支柱となった平田派が維新後急速に没落したのとは対照的に、明治期にも活動を継続して「近代国学」の主流を形成した、と主張する。

古典講習科出身者(6)で著名な人物といえば、歌人の落合直文と佐佐木信綱が双璧だろう。落合は短歌結社の嚆矢「浅香社」を主宰し、佐佐木は現在まで続く歌誌『心の花』を率いて、ともに近代短歌史に大きな足跡を残した。

彼らは学者としても早くから活躍した。落合は池辺（当時は小中村）義象《よしかた》、萩野由之とともに『日本文学全書』全二四冊（博文館、一八九〇—九一年）を編纂し、佐佐木はその姉妹編『日本歌学全書』全一二冊（同上）を父弘綱とともにまとめ上げた。両『全書』は、国民の古典となるべき諸テキストをはじめて網羅的に活版化した画期的出版物である。古典研究に裨益する著作をほかにも多々刊行する一方、彼らはまた、明治中期における国粋保存主義勃興の渦中で国学和歌改良論を展開し、結果的に『万葉集』を国民歌集に仕立て上げる役割をも果たした（品田『万葉集の発明』）。

明治中期における彼らの学問的事績は、文学研究の分野ではもっぱら国文学との関わりで扱われてきたきらいがあって、じっさい私自身も「近代国文学の成立を予告する基礎的著作」というような言い回しをしてきたのだが、藤田書によれば、古典講習科の授業内容は歴史・法制・言詞という三本柱によって明確に輪郭づけられており、後に文学研究に純化されるべきものがまだ夾雑物を抱えている状態などではなかった。言い換えれば、国学は決して国文学に収斂すべき運命にあったわけではなく、それ自体として多様な展開の可能性を有していた次第なのだ。私はかねがね、国文学を〝近代化された国学〟とする通念を批判してきたつもりだが、国文学にあって国学にないもの——「国民」「文学」という物の見方——だけでなく、国学にあって国文学にないものをも見極めてはじめて、通念を支えてきた進化論的図式からの脱却が可能になるのだ、と思い至った次第である。

藤田書の論述に教えられるところはほかにも多々あるが、他方、いくつかの問題が未解決のまま残されているようにも思われる。気づいた範囲で四点ばかり指摘しておこう。

次節で確かめるように、古典講習科は当初「和書講習科」として立案され、国学者小中村清矩《きよのり》を招聘《しようへい》して主任教授に据えた経緯がある。この、当初の企画に即して同科を「国学科」と規定することはいちおう妥当だろうが、発足後まもなく漢書課（当初の名称は「古典講習科乙部」。先行して発足した部門は「古典講習科甲部」とされ、後に「古典講習科国書課」となった）が併設された点を軽視すべきではないだろう。古典講習科の設立目的は、漢書課を含む完成形態の全体的性格に沿って改めて問われなくてはならないし、またそこには、小中村個人の意志を超える力が作用していたと見なくてはならない。言い換えれば、東京大学と明治国家が国学と漢学に期待したものは何だったか。これが第一点である（ただし漢書課については、本書第二章に併載される齋藤希史「漢学の岐路」に多くを委ね、本章は主として国書課の側に沿って記述していく）。

次に、正味六年間という短期間で廃止された点をどう解釈するかという問題がある。しかも、生徒募集は国書課・漢書課とも二回ずつなされただけで、二回めの募集は文部省が教員たちの懇望《こんもう》に押される形で許可を与えたのだから、募集は一回きりというのが当初の計画だったらしい。古典講習科はあくまで臨時の課程として設置されたのであり、その目的は国学・漢学の後継者養成にあったにせよ、事業の長期的継続はもともと意図されていなかったのだ。そのことは何を意味するか、というのが第二点である。

この点とも関わって第三に、一八八二（明治十五）年という設置時期の意味が問われなくてはなるまい。なぜ東京大学発足と同時の七七年ではなく、八二年だったか。これも次節で確かめるところだが、実は、東京大学総理加藤弘之は、上記「和書講習科」の新設をすでに七九年十二月の時点で文部省に建議していたという（この時点の肩書は法理文三学部綜理）。が、捨て置かれたまま二年を経過したため、八一年十二月に再度建議したところ、今度は採用の運びとなったのだった。つまり、「和書講習科」の新設を必要とする条件は、大学側には一八七九年十二月の時点から存在していたのだが、文部省側には八一年十二月になって初めて生じたということになる。その間にどんな情勢の変化があったかを探ることが問題を解く手がかりとなるだろうし、上記二点との絡みで言えば、新たな情勢には国学・漢学の振興が短期的に急務となるような側面が伴っていたとも推測できるだろう。

以上三点をふまえて、最後に、古典講習科国書課と文学部の本科、特に和漢文学科（後の文学部和文学科、文科大学和文学科、同国文学科）との関係が改めて問われなくてはなるまい。一件は、国学と国文学との関係をどう把握するかという問題にも重なってくるはずだが、注意すべきは、帝国大学は古典講習科国書課を廃止するだけでなく、関係教員も三名だけを残して他はすべて解職し、そうやって浮かせた費用を使って本科拡充に乗り出した、という点だろう。国文学を〝近代化された国学〟とする論調はいまだに根強いのだが、少なくとも官学の組織に即して観察する限りでは、国文学は、国学者養成課程がいったん解体されたという条件のもとで、はじめて本格的に始動していくのである。

これら四点を検討する準備作業として、次節では、古典講習科の設置から廃止に至る過程を概観しておこう。詳細な経緯は藤田書が逐一史料を挙げながら跡づけているので、ここでは必要最低限の事項を確認するにとどめる。

2　古典講習科の設置から廃止まで

次節の記述と照らし合わせる便宜上、本節では各段落の冒頭に○囲みの通し番号を付することにする。

①一八八一（明治十四）年十二月中旬、三学部綜理加藤弘之は「和書講習之件」につき文部卿福岡孝弟《たかちか》宛の伺書を出した。(7) いわく、「和書講習科新設之件」については「去明治十二年十二月中」にも建議したが、(8)

今もって採用されない。「従来和書講習致候学士之中にも数派有之候得共就中本邦之旧典古格又ハ歴史物語等ニ就テ講習致候分ハ現今ニ於テ不可欠業ニ有之候儀」は右建議にも詳記したところである。しかるに今日の形勢ではその学脈が途絶えてしまいそうだから、来年九月より文学部附属として「和書講習科」を設置し、二五名の官費生を募集したい。そのための諸費用は本学の予算からは支弁しがたいので、別紙の金額を交付されたい、云々。添付された別紙書類によれば、募集人員は二五名、年齢は二〇~三〇歳、学力考査により入学の可否を判定し、生徒には官費による学資金月々五円を給付、修業年限は満三年、在学中は学舎で生活、課業書籍は貸付、また卒業後文部省ないし直轄学校の用向あるときは最低三年間奉職の義務を負うものとなっている。費用については、生徒二五名分の学資金と教員五名分の俸給など、計六三一五円のうち、大学の通常経費より支弁可能な分を除く五三〇〇円と計上されている。

②文部省は書面では即答しなかったが、おそらく水面下の折衝は続いていたのだろう。翌一八八二（明治十五）年二月十五日、文部省御用掛の任にあった小中村清矩が東京大学教授に就任し、法学部と文学部で勤務する運びとなったのは、同科設立へ向けた布石と見られる。

③同一八八二年四月二十七日、文部省会計局長中島永元よりようやく回答があった。昨年の伺の趣は採用の運びとなりそうだが、なにぶん財政が厳しいので予算の削減に応じられたい、云々。加藤は五月二日に回答を送り、募集人員を三名減らして二二名とし、官費給付の月額を四円五〇銭に切り下げてもよいと伝えた。

④同年五月十二日、小中村が加藤宛の申立書「和書講習科之義ニ付拙按」を提出する。いわく、「和書講習科」の名称は「和漢文学科」に合わせたものとおぼしいが、元来「和」字は支那より「倭」と称したのを奈良朝のころ好字に置き換えたもので、わが国固有の名称ではない。近世「和学」「国学」など称するのも漢学西洋学に対する名号だから、官立大学内に設立するについては「古書講習科」と称する方が適当かと考える、云々。三日後の五月十五日、加藤は文部卿福岡に対し、小中村の申立書を添付した上申書を提出して、

申立の趣旨を妥当と認めるので「古書講習科」と改称したいむねを伝えた[9]。
⑤同年五月三十日、文部卿福岡孝弟の名で設置の認可が下りる。同時に④に対する指令が下り、「上申之趣古典講習科ト称スヘキ事」とされた（→関連資料集Ⅲの1）。
⑥同年六月、文部省専門学務局長浜尾新《あらた》の勧奨により、「東京大学」名で東京府下の諸新聞に生徒募集広告が出された。設置目的は「本朝歴世ノ事実制度ノ沿革及ヒ古今言詞ノ変遷等講究ノ為」と説明され、募集人員は官費生のみ二二名、修業年限は満三年、入学試業課目として『古語拾遺』『土佐日記』『唐宋八家文』が指定された。八月十五日の出願締切りに対し、応募者は百名にのぼったという（『五十年史』上冊七三〇頁）。
⑦同年六月九日、加藤は福岡宛に伺書を出し、官費生のみでは人員僅少なので、なお自費生一七、八名を追加したいと申し出、翌日裁可された。
⑧同年七月七日、加藤より福岡に「古典講習科規則」案を提出し、同月十七日に裁可された。卒業年限を三周年とし、一周年を二学期に区分する六期制。履修科目は「正史、雑史、法制、故実、辞章、事実考証、作文詠歌、支那法制、支那歴史、漢文、卒業作文」。募集人員は官費生二二名、自費生一八名とし、合格者のうち学力優等の者を官費生とする。また、卒業後もし文部省、東京大学、あるいは他の文部省直轄学校で採用しようとするときは最低三年間奉職する義務を負うものと定められていた。以後、九月の始業に向けて教員の採用が相次いだ[10]。
⑨同年九月十八日、古典講習科の開業式が執《と》り行なわれ、小中村教授の演説に続き講師たちが祝詞・長歌を朗読した。
⑩同年十一月二日、文部省専門学務局長浜尾新より加藤に照会があった[11]。漢文と作文に博通した人材を養成したいが、文学部の現行のカリキュラムではそれが無理だから、今般設置した古典講習科に新たに漢書専修の一部門を新設してはどうか、との趣旨である。これを受けて十一月二十四日、東京大学は総理代理池田

謙斎《けんさい》の名で文部卿福岡宛伺書を提出した。いわく、古典講習科の新設を願い出たのは「本邦古典」研究の衰頽が著しいからで、「支那古典」の研究については特に憂慮していなかったが、現在の老碩学らがおいおい死亡すればやはり後継者難に直面するものと予想されるから、本邦古典に対するのと同様の保護を今のうちに加える必要がある。このさい古典講習科を甲部乙部に分かち、後者を支那古典の専修課程としたい。ついては予算の特別配分を請う、云々。[12] 翌一八八三年一月九日には、この件について小中村清矩が漢学者の中村正直（敬宇）、三島毅《つよし》（中洲）、島田重礼《ちょうれい》（篁村）、および信夫粲《しのぶあきら》（恕軒）と会談している（大沼宜規『小中村清矩日記』）。中村・三島・島田は以前から東京大学の教授だった。

⑪一八八三（明治十六）年二月十九日、「支那古典」専修課程の設置が認可され、同月二十八日には「古典講習科乙部規則」が認可された。卒業年限は甲部より一年長い四ヶ年で、年二学期の八期制、履修科目は「経学、史学、諸子、法制、詩文、卒業論文」。生徒の員数は甲部と同じ四〇名だが、官費生は七名少ない一五名で、他の二五名は自費生とされた。乙部が開業に漕ぎつけたのは同年四月十五日のことである。

⑫同年五月十七日、加藤より福岡に対し、官費生の数が甲部と乙部で異なるのは不公平だから、乙部の分を甲部なみの二二名に増員して欲しいと願い出、二十三日に裁可された。

⑬同年十月二十七日、いわゆる「明治十六年事件」が持ち上がる。法理文三学部及び予備門の寄宿舎生の大部分が、十月二十七日の学位授与式をボイコットして勝手に遠足に出かけ、帰校後他の学生生徒をも巻き込んで暴れ回り、寄宿舎の施設を破壊するなどした騒動である。連座した一四六名全員（うち古典講習科生は二三名）が退学処分となったが、後に再入学を認められた。[13]

⑭同年十一月二十四日、加藤が福岡宛に伺書を出した。いわく、当該教員たちから再三申し出があったかと思うが、「古典講習科乙部」の名称は「国典専門中之一部分ノ様ニモ相見へ漢籍専門之学科ト申儀判然不致候」につき、この際「漢籍講習科」と改称し、古典講習科甲部からは甲部の二字を省くようにしたい、

云々。つまり、古典講習科という一科内に国典専門と漢籍専門の二部門が並立する現行の編成を、国典専門の一科と漢籍専門の一科とが独立併存する形に改めたいというのだ。文部省側はこれを全面的には認めず、十二月二十六日に新任文部卿大木喬任《たかとう》の印により「伺ノ趣古典講習科甲部乙部ノ名称ヲ国書課漢書課ト改ムヘキ事」と指令した(14)。

⑮翌一八八四（明治十七）年二月六日、国書課・漢書課の教員四名（小中村・島田・三島・中村）が連名で加藤総理宛に上申書を提出した(15)。いわく、和漢学の衰頽を振興する目的で建設された古典講習科だが、疾病事故等による脱落者が多く、満足に業を修《お》えるものは三分の一にも満たぬ見込みである。これでは同科を設立した甲斐がない。ついては国書課漢書課とも新規募集を行ないたい。徴兵令改正の件も関わってくるから、従来二〇歳以上としていた入学年齢を一八歳以上に引き下げ、入学考査の程度を下げる代わりに卒業年限を国書課四年、漢書課五年に延長したい、云々。同月二十九日、今度は国書課の木村正辞《まさこと》と小中村が連名で加藤宛上申書を提出し、国書課在籍生の卒業年限を従来の三年から四年に延長して漢書課なみとしたいむねを申し入れた(16)。教員たちの要望を受けて、加藤は同年四月四日に文部卿大木に対し、今後二ヶ年に限り両課とも自費生を三〇名ずつ新規募集したいむねの伺書を提出する。ただし、従前の官費生卒業後は新規生のうち優等の者に官費を給付するものとし、入学年齢は一八歳以上、卒業年限は両課とも五ヶ年とする（国書課在籍生は四年に延長）。五月十二日にはこれに対する認可が下りるが、「但該生徒募集之儀ハ先ツ尚本年一回之分聞届候事」と指令された(17)。

⑯明治十六年事件による退学者たちに対しては、復学を認める動きがすでに始まっていたのだから、⑮で実現した第二回募集は、教授連が事件を口実に組織拡大を画策し、まんまと成果を収めたものと評せるかもしれない。だがこの成果にはあとが続かなかった。翌一八八五（明治十八）年には、きたるべき帝国大学体制を睨んで附属教育課程の廃止方針が打ち出され、古典講習科もその対象とされたのである。同年三月十四

日、加藤は大木宛の伺書において、大学の事業を拡充整備するための「本学ノ事業ト学校経済トノ要件」のうち、すみやかに実施すべきものを三件挙げる。一つめは「廈屋《かおく》ノ改築増設ヲ要スル事」、二つめは「理学部ヲ本学内ヘ移転合併スル事」で、三つめは「別課医学生別課法学生製薬生古典講習科生ノ新募ヲ止メ漸次此等ノ余業ヲ廃セサルヘカラサル事」であった(18)。

⑰一八八六(明治十九)年三月、帝国大学令公布にともない、古典講習科は帝国大学文科大学の附属課程としてなおしばらく存続することとなるが、この年四月からは官費生の制度が廃止されるとともに、同科の経費をすべて授業料で支弁すべきむねの通達があった。並行して進められた人員整理により、国書課の教員は小中村清矩、久米幹文《もとふみ》および物集高見《もずめたかみ》の三名のみとなる。

⑱同年七月、一八八二年入学の国書課第一期生二九名が卒業した(漢書課の第一期生は八七年に二五名が卒業)。このとき古典講習科の即時廃止案が浮上し、第二期生全員の卒業が危ぶまれたというが(19)、結局は卒業年限を一年短縮して満四年とする方針が採用され、八八(明治二十一)年に国書課一七名、漢書課一六名の卒業生を送り出したのを最後に、文科大学附属古典講習科は完全に消滅したのであった。

3　古典講習科に求められたもの

「国文」リテラシー

先に提示しておいた問題を改めて考えていこう。一八七九(明治十二)年十二月に東京大学が古典講習科の設置を必要と認めた条件と、二年後に明治国家がこれを承認した条件は、それぞれ何だったか。そして古典講習科と和漢文学科などとの関係はどう捉えられるか。

『百年史』は「古典講習科の歴史的性格」に関し、欧化政策に対する反省から儒学振興、徳育重視を打ち出した政府の政策と、欧米諸学偏重の傾向を修正して諸学全備を目ざした大学側の意志との「総合されたものとして発足」したと捉えつつ、「やがて帝国大学体制が整備されると共に、大学内での制度的適合性を失い、廃止されていった」と解釈している。[20] 複数の歴史的主体の意志が半ば重なり、半ば食い違いながら事象を生成していくという、ダイナミックな解釈であり、基本的視座は有効だと思われるが、こと大学側の意志に関する限り、把握がいささか的外れではないかと思う。というのも、前節⑮に記した経緯からも明らかなように、古典講習科はあくまで臨時に設置された課程であって、帝国大学体制の構築過程で即刻切り捨てられる点から見ても、もともと最高学府の理念にそぐわない側面を抱えていたと考えられるからである。

それはどういう側面か。前節⑯に挙げた一八八五(明治十八)年三月十四日付伺書を振り返ろう。古典講習科廃止の方針を打ち出したこの伺書では、同じ方針が「別課医学」「別課法学」「製薬〔学〕」の三科にも適用されていた。

このうち別課医学科・製薬学科は、早く東京医学校に附設された「通学生教場」を東京大学医学部が引き継いで改組した課程であり、西洋医学を修めた医師と製薬技能者が大幅に不足している状況に対処すべく、必要な人材の「速成を期するが故に、講義は凡て国語を以てし」、修業年限も本科の半分程度に設定されていた。また別課法学科は、一八八三(明治十六)年に穂積陳重《のぶしげ》らの建議にもとづいて東京大学法学部内に附設された課程であり、本科出身の少人数の法学士だけでは社会に満ち溢れる法律問題をとうてい捌《さば》ききれないとの理由から、予備門を経ずに直接入学できる「便宜ノ学科」を別に設けて法律家の短期育成を図ったのだった(『五十年史』上冊)。実用的な知識・技能の修得が目ざされていた点、「別課」三科の基本的性格は、国学・漢学を「諸官省で役立たせるべき実用的な学問」(藤田『近代国学の研究』)として学ばせた古典講習科とも基本的に共通していたと見てよいだろう。

もちろんあらゆる面が共通していたわけではない。古典講習科のカリキュラムは短期速成式とはいいがたいものだったし、生徒の約半数に官費を給付した点も他の三科とは異なる。が、前記の伺書は、「別課」三科と古典講習科とが行なってきた事業を「余業」の語で一括りにしたうえで、これら「余業」に割かざるをえなかった資力を今後は「大学本然ノ事業」[21]の拡充整備に振り向けたいとしていた。帝国大学は、実践的人材養成用の諸課程を廃止することにより、自らの権能を高度な学術研究に特化しようとしたといえるだろうし、この方針は「国家ノ須要ニ応スル学術技芸ヲ教授シ其蘊奥ヲ攷究スルヲ以テ目的トス」(「帝国大学令」第一条)との創立理念にも合致していたはずである。

古典講習科に沿って言えば、この課程が設置されたのは、国学・漢学の素養を実地に活用できる人材が必要とされたからに相違ないのだが、前記の伺書に「古典講習科ノ如キハ既ニ二回募集シ数十ノ生徒アレハ和学者漢学者ノ後継ニ供シ其伝学ニ大ナル不足ハナカルヘシ」とあるように、帝国大学は国学・漢学を学問として発展させることには意欲的でなかった。[22]同じ伺書の草稿のうち朱線で抹消された箇所に、この点に直結する記述が見られる。「尤昨年限リ募集セサルコトナレトモ今年モ尚一回募集スヘシトノ説アリ又《ママ》募ルヲ要セス既ニ本科ニ和漢文学科アリ便宜其課程ヲ改良セハ更ニ適当ノ文学士ヲ輩出スルヲ得ヘシ」というその文言によれば、古典講習科の卒業者はあまり「適当」の人材とはいえないのであり、大学本然の事業はあくまで和漢文学科の振興でなくてはならなかった。

和漢文学科と古典講習科とはどこが違っていたか。次に引くのは、東京大学が発足して間もない一八七七(明治十)年九月三日に、三学部綜理加藤弘之が文部省に提出した上申書の一節だ。

今文学部中特ニ和漢文ノ一科ヲ加フル所以ハ目今《もっこん》ノ勢斯文幾《ほと》ント寥々晨星ノ如ク今之ヲ大学ノ科目中ニ置カサレハ到底永久維持スヘカラザルノミナラズ自ラ日本学士ト称スル者ノ唯リ英文ニノミ通ジテ国文ニ茫乎タルアラバ真ニ文運ノ精英ヲ収ム可カラサレハナリ但シ和漢文ノミニテハ固陋ニ失スルヲ免カレ

サルノ憂アレハ并ニ英文哲学西洋歴史ヲ兼修セシメ以テ有用ノ人材ヲ育セント欲ス。
（『五十年史』上冊六八六頁。傍線品田。以下同じ）

実際、一八七七年創設当時の和漢文学科のカリキュラムでは、第一学年から第四学年までの毎学年「和文学」と「漢文学」を履修するほか、第一学年では「英吉利語（論文）」「論理学」「心理学」を、第二・第三学年では「英吉利文学」「欧米史学或哲学」を、そして第四学年では「欧米史学或哲学」を履修する定めとなっていた。和漢洋の諸学を兼修させることにより、きたるべきナショナリズムの時代を主導するような「有用ノ人材」を養成することが企図されていたのだろう。

これに対し、一八八二（明治十五）年新設当時の古典講習科（後の甲部）のカリキュラムは、一年二学期の六期制で、毎学期履修する科目として「正史」「雑史」「法制」「辞章」「作文詠歌」があるほか、第一学期には「故実」「支那歴史」「漢文」が加わり、同様に第二学期には「故実」「支那法制」「漢文」が、第三・第四学期には「支那法制」が、第五学期には「支那法制」「事実考証文案」が、第六学期には「支那法制」「事実考証文案」「卒業作文」が、それぞれ加わるという編成であって、洋学も外国語も一切履修しない定めだった。和漢文学科の場合を基準にすれば、古典講習科における学問的修練はまさに「固陋ニ失スル」といわざるをえないもので、これを後々まで維持することは教員たちの願望ではあっても、大学全体の意志ではありえなかった。(23)

古典講習科の設置理由について、私は以前《本科にあたる和漢文学科があまりに不振で、東西の学の結合という本来の目標がとうてい達成できそうもなかったために、緊急の梃入れ策として「洋」の部分を一時棚上げとし、和漢の文献操作のスペシャリストの育成を目指したのだと思う》と記したことがあるが（品田『万葉集の発明』）、この記述は事態をアカデミックな要求という線でだけ捉えようとしており、そのせいで古典講習科を和漢文学科の単なる補完物のように見なしてしまっている。とはいえ、和漢文学科がもし発足時から繁盛していたなら、古典講習科を別途設けようなどという話はそもそも持ち上がらなかったに違いない。この場合の大学側の意図は、創設時の和漢文学科に期待されていた役割のうち、アカデミックでない部分に求められるだろう。

先の一八七七（明治十）年九月三日付上申書を振り返ろう。「目今ノ勢斯文幾ント寥々晨星ノ如ク今之ヲ大学ノ科目中ニ置カサレハ到底永久維持スヘカラザル」まではアカデミックな事由だが、続く「自ラ日本学士ト称スル者ノ唯リ英文ニノミ通ジテ国文ニ茫乎タルアラバ真ニ文運ノ精英ヲ収ム可カラサレハナリ」は非アカデミックな、実際的事由といえるだろう。求められていたのは、「国文」つまり〈自国の文〉を使いこなす能力の養成である。

言文一致の提唱より十数年早いこの時点では、加藤の上申書自体がその一例であるように、漢文を漢字仮名交じりで書き下した文体が〈自国の文〉の標準的スタイルだった。「明治普通文」とも呼ばれるこの文体を自在に操るには和漢の古典の素養が不可欠だが、欧化主義全盛の風潮のもと、学生たちは洋学一辺倒となって、作文の能力が著しく低下していたらしい。

事態を憂慮した東京大学予備門は、一八七九（明治十二）年九月に「和漢文章刪潤主任」を設置し、翌十月に作文に関する規則を定めた。生徒たちに定期的に作文の課題を与えて提出させ、国書教員中の担当者が添削して返却するようにしたのである。「国書課第一級ハ漢文又ハ漢文体仮字ヲ雑フル文、同第二級ハ漢文体仮字ヲ雑フル文、同第三第四級ハ俗用往復手簡文ヲ毎二週ニ交々宿題或ヒハ即題ヲ与ヘテ作綴セシムル事」（『六十年史』）。同じ年の九月に東京大学文学部でカリキュラムの改正があったのも、これと一連の動きだったろう。従来文学部全体の必修科目として課されていた「和文学」「漢文学」のうち、後者を「漢文学及作文」と改めたほか、最終学年の第四年に「卒業論文」を課するようにしたのが主な改正点で、和漢文学科では「和文学」も「和文学及作文」に改定された（『五十年史』上冊）。

後に古典講習科と改称される和書講習科の新設を加藤が最初に建議したのは、東京大学がこうして作文教育の充実に乗り出した矢先の、一八七九年十二月である（第2節①）。この時点での加藤の狙いは、おそらく、若い世代の「国文」リテラシー向上に資するような知見の結集に置かれていたのだろう。具体的課題としては、近代生活での使用に堪える文章語の確立と、そのための文法規範や正書法の制定が急務と考えられたろうし、この課題を達成するには国学の研究蓄積が必要不可欠と目されたに相違ない。

帝国憲法体制への布石

文部省を動かしたのは、しかし、この最初の建議ではなく、一八八一（明治十四）年十二月に提出された二度めの建議であった。その間、大学側では、従来の法理文三学部綜理と医学部綜理とが八一年七月に統合され、加藤弘之が東京大学全体の「総理」に就任することで総合大学としての体制が整った次第だが、文部省の態度変更をもたらしたものは、直接にはむしろ、この年十月に生じた明治十四年の政変と、その結果到来した近代化の新たな局面とではなかったか。

開拓使官有物払下問題に端を発した政府内の不和から、十月十一日、伊藤博文、岩倉具視、井上毅《こわし》らが中心となって政府から大隈重信を追放したのが政変のあらましだが、同日の御前会議を経て翌十二日には国会開設の勅諭が発せられ、一八九〇年を期して憲政に移行する方針が公表された。そしてこの日を境に、プロイセン流の欽定憲法を目ざすことが政府の基本方針となった。

十二日の勅諭は新聞各紙によって報道されたほか、翌日には関係各機関に通達されたらしく、賞状のような大型の刷り物が東京大学史史料室にも一通保管されている。(24)

朕祖宗二千五百有余年ノ鴻緒ヲ嗣キ、中古紐ヲ解クノ乾綱ヲ振張シ、大政ノ統一ヲ総攬シ、又夙ニ立憲ノ政体ヲ建テ、後世子孫継クベキノ業ヲ為サンコトヲ期ス、嚮《さき》ニ、明治八年ニ、元老院ヲ設ケ、十一年ニ、府県会ヲ開カシム、此レ皆漸次基ヲ創メ、序ニ循《したが》テ歩ヲ進ムルノ道ニ由ルニ非サルハ莫《な》シ、爾《なんぢ》有衆、亦朕カ心ヲ諒トセン

顧ミルニ、立国ノ体、国各宜キヲ殊ニス、非常ノ事業、実ニ軽挙ニ便ナラズ、我祖我宗、照臨シテ上ニ在リ、遺烈ヲ揚ケ、洪模ヲ弘メ、古今ヲ変通シ、断シテ之ヲ行フ、責朕カ躬《み》ニ在リ、将ニ明治二十三年ヲ期シ、議員ヲ召シ、国会ヲ開キ、以テ朕カ初志ヲ成サントス、今在廷臣僚ニ命シ、仮《か》スニ時日ヲ以テシ、経画ノ責ニ当ラシム、其組織権限ニ至テハ、朕親《みづか》ラ衷ヲ裁シ、時ニ及テ公布スル所アラントス

〔…〕

傍線を施した箇所に注意しよう。国作りの基本方針は国ごとにふさわしいものが違うと前置きしたうえで、立憲政体の導入を皇祖皇宗の建国事業の継承発展と位置づけるとともに、明治天皇が自身の責任においてこの難事業を断行すると宣言している。

ここに見合わせるべきは、五年前に元老院に対して発せられた「国憲起草の詔」だろう。この詔は、「朕爰《ここ》ニ我建国ノ体ニ基キ広ク海外各国ノ成法ヲ斟酌シ以テ国憲ヲ定メントス[25]」と、「我建国ノ体」を基本に据えるべきことを指示する一方で「海外各国」の事例に学ぶ必要性にも言及していたのに対し、今度の勅諭は、まるで外国は外国、日本は日本だと言わんばかりの口ぶりだ。なぜこうなったか。この前年、「国憲起草の詔」に答申した「日本国憲按」（一八八〇年七月第三案）は、自由民権運動の高揚に押されるようにして君主権に種々制限を設けたため、岩倉・伊藤らの強力な反対によりついに廃案となったのだった。[26]「国会開設の勅諭」は、おそらくその反動として、「海外」の側面を大幅に後退させた文面となったのだろう。もちろん、

実際の起草作業から「海外」が排除されたわけではないし、排除されようもなかった。この翌年三月に伊藤が自ら渡欧し、一年半にわたる憲法調査を敢行する点から見ても、「海外」の排除はあくまで語りの次元で生じた事象にほかならない。

この延長上に何が語られていくかは推測に難くない。大日本帝国憲法に盛り込まれる広範な天皇大権を万古不易の国体として永遠化するとともに、プロイセン憲法という直接の出自を朧化する語りが紡ぎ出されるのだ。

帝国憲法の事実上の公式注解である伊藤博文『憲法義解』こそ、その典型といえるだろう。憲法自体の起草過程で井上毅が執筆を主導し、伊藤の名で刊行された同書は、『日本書紀』『古事記』『万葉集』などの古文献を随所で引用し、「統治」「臣民」「租税」等々の近代概念を「しらす」「おほみたから」「ちから」等々の古語に結びつけるなどして、当該の規定が上代の制度や慣習を発展させたものであるかのように記述する（条項によっては先進諸国の法制度や法解釈にも触れるが、多くは「附記」中で言及するにとどまる）。憲法の諸規定が国体に合致することをこうして具体的に確証していくのだが、確証される内容は決して周知のものではないのだから、実際になされているのは、空の容器に中身を注入する行為に近い。かつて「国体の闡《せん》明《めい》」と称されたこの行為は、つまるところ、国体という名の伝統を創出する行為にほかならない。

最たる事例として、大日本帝国憲法の第一条「大日本帝国ハ万世一系ノ天皇之ヲ統治ス」の場合を見届けておきたい。『憲法義解』の当該条の箇所は、『日本書紀』の古訓や詔書式などの事例を列挙したうえで、「統治」とは古語の「しらす」と同義であり、「君主の徳は八洲臣民を統治するに在て一人一家に享奉するの私事に非ざること」を含意すると説く。これは、近代的立憲君主制を支える君民共治の理念と、君権の制限に強硬に反対する国体論・王土論との板挟みになった井上たちが、苦心惨憺のすえにたどり着いた論理であって、離れ技とも評すべき調停案であった。井上は別の論文で次のように説いている。

支那・欧羅巴にては、一人の豪傑ありて起り、多くの土地を占領し、一の政府を立てゝ支配したる征服の結果といふを以て、国家の釈義となるべきも、御国《みくに》の天日嗣《あまつひつぎ》の大御業《おほみわざ》の源は、皇祖の御心の鏡もて天が下の民草をしろしめすといふ意義より成立たるものなり。かかれば、御国の国家成立の原理は、君民の約束にあらずして、一の君徳なり。国家の始《はじまり》は君徳に基づくといふ一句は、日本国家学の開巻第一に説くべき定論にこそあるなれ。

（井上毅「言霊」、小中村義象編『梧陰存稿』六合館、一八九五年。句読点は品田）

法制官僚として憲法および皇室典範の準備作業を担当した井上は、一八八四（明治十七）年八月、宮内省に新設された図書寮《ずしょりょう》の初代長官に就任し、自ら古文献を調査して、八八年には『図書寮記録』をまとめた。そのとき彼の片腕として働いた有能な部下に、池辺義象がいた。池辺は古典講習科国書課第一期生中の秀才であり、恩師小中村清矩に見込まれて養子となったうえに、同じ熊本出身の縁で井上の知遇をも得て、八七年七月の卒業後直ちに図書寮に勤務したのだった（齊藤智朗『井上毅と宗教』）。井上が「しらす」論を着想したのも池辺の示唆によるといい、この年の暮れから翌年正月にかけて二人で旅行した際、『古事記』の「国譲り」の段に「しらす」と「うしはく」が対照的に使用されていることを池辺が語ったことがきっかけだったらしい（小中村義象「梧陰存稿の奥に書きつく」『梧陰存稿』前掲。島善高『律令制から立憲制へ』を参照のこと）。

話を一八八一（明治十四）年十二月の時点に戻そう。帝国憲法体制の構築に向けて[27]、池辺のような人材がにわかに、しかもかなり大勢必要とされたこと、それこそが、二度めの「和書講習科」新設建議を文部省が認可した理由ではなかったか。

大学側の狙いは、二年前と同様、「国文」リテラシーの向上という点に主眼を置くものだったかもしれない。文部省側としても、憲法を中核とする近代的法体系の整備過程において膨大な公文書の作成業務が必須となることは容易に予測できたろうし、既述のような文体でそれら公文書を淀みなく綴るには特殊な修練が要るということも自明だったろう。同じことは、拡充されていく官僚機構の各部門に等しく該当したはずだが、それ以上に、自由民権運動の再燃を未然に防止する策を講ずること、言い換えれば、きたるべき体制を正当化する精神的理念を編み上げることが、明治国家にとって喫緊の課題となっていたはずである。「国文」リテラシーという実際的な必要に、「国体」イデオロギーの必要が加わったとき、政府の政策と大学の意志とが重なり合ったのだと思われる(28)。

古典講習科国書課が育成しようとした人材の具体像については、卒業論文の題目に一斑を窺うことができる。第一期生提出分三〇点のうち、「甲」(満点)の評定を得たものには次の一一点があった(『東京大学国書課関係書類』。第二期生分の題目一覧は当該史料中にない)。

井上政二郎「兵制ノ論」、関根正直「修史案」、小中村(池辺)義象「日本古今新制史」、佐藤定介(今泉定助)「文章通論」、戸澤盛定(平田盛胤)「文章論」、石田道三郎「日本歴史研究ノ方法及其教授論」、黒田伴「備荒概論」、今井彦三郎「日本商業論」、本居(増田)于信「日本族制史」、江上栄三郎(丸山正彦)「国体私論」、萩野由之「古典学臆議」。

残る一九点は題名のみ列挙しておこう。

「文学史論」「言文私見」「古今文章の一大変革」「造船沿苧考」「日本小史」「大日本国躰論」「日本宗教

略史」「地方古今政治論」「闡幽奇談」「歌学変遷論」「本朝上古騎戦なきの論ひ」「帯刀考」「日本水陸運論」「日本言語論」「言語学ノ意見」「本邦歌学論」「日本文字論」「大日本文明の由来を論す」「貿易略史」。

雑多と評したくなるほど多種多様だが、過去の日本に生起したあらゆる事象を考証すること、そしてそのために「古典」を「講習」することが、まさに「諸官省で役立たせるべき実用的な学問」（藤田『近代国学の研究』）の具体的なありかただったのだ。論文自体は所在不明だから確かなことは言えないが、おそらくこうした考証には、西洋の制度や文物を受容する前提として日本側の事情を整理・把握しておく意味があったのだろう。たとえば、救荒作物に関する古人の経験や知見は、日本の国土に近代農法を取り入れる前提として有益と考えられたろうし、騎馬戦の歴史が浅いとの知見は、陸軍に騎兵隊を創設するうえで自戒となりえたはずだ。もろもろの考証作業はまた、広義の国体（国柄／国民性）を確認する作業だったともいえなくはないし、現に、狭義の国体論がその一環をなしていた。

繰り返すが、実用性が特長だったということは、学の「蘊奥」の「攷究」は期待されていなかったということでもある。たとえば梯子は、塀を乗り越えるためには役に立つが、乗り越えてから遠くへ行こうとすればかえって邪魔になる。帝国大学が古典講習科を切り捨てたのは、つまりそういう理由からだと思われる。

4　国文学の始発

卒業論文の題目を通覧して改めて実感されるのは、古典講習科は狭義の国文学を学ぶ場所では決してなかったという点だ。(29) この節では、国文学の始発という問題を念頭に置きながら、本科にあたる和漢文学科が国文学科となるまでを見届けていこう。

制度面での改編としてまず注目されるのは、一八八五（明治十八）年九月に和文学科と漢文学科とに分割された点だろう。その発端となった上申書は八四年十二月九日にすでに提出されていたので[30]、帝国大学体制を睨んでの再編成といえるかどうかは微妙だが、右の上申書に、「和漢ノ両文学ヲ兼修為致候事ゆへ和漢文学科ノ名アルモ其実充分和漢ノ学ヲ教導スル能ハサル」のが実情だから「二学ニ就テ不充分ナル教導ヲナサンヨリハ全ク之ヲ二学科ニ分チ学生ヲシテ何レカ一方之文学ニ精通セシメ候方後来ノ裨益大ナルヘクト存候」と説明されているように、学修に実効性をもたせることが目的であった。

見逃せないのは、和漢洋兼修という従来の方針が和洋兼修ないし漢洋兼修に変わったものの、洋の部分は堅持されたという点である。この大方針は、しかも、主任教授小中村清矩の頭越しに貫徹された。

次頁の一覧表を一覧されたい。ともに一八八四年に作成された和文学科のカリキュラム案であり、上段は一八八五年度から実施されたもの（『五十年史』上冊七〇九―七一二頁）、下段は『古典講習科記録』に綴じ込まれた草稿「和漢文学科程《ママ》改正案」から科目名と使用テキストを抜き書きしたものである[31]。「和漢文学科程改正案」には朱による修正が種々施されており、小中村が他の教員とも相談しながらまとめたものとおぼしい。洋学の科目（上段で太字とした科目に相当するもの）が一つもないのを見て、私は当初、和文学科の専門科目だけが扱われているのかと思ったが、そうではないらしい。たとえば、第二・第三年の上段にある「法制（日本及支那）」は、下段にある「法制」「支那歴史法制」の両科目を合体したものだろうし、同様に、上段の「和文学」には下段の「歴史」「辞章」が両方とも含まれるのだろう。つまり、小中村たちの作成した原案を大幅に圧縮し、生じた隙間に洋学の科目を補入したものが、実際に施行されたカリキュラムなのだと考えられる[32]。

和文学科の教員たちは、古典講習科のカリキュラムと大同小異のものが本科でも通用すると考えていたら

東京大学文学部和文学科のカリキュラム

第一年[33]	和文学、漢文学、経学、**史学**、法制（日本及支那）、作文詩歌、**英文学及作文**、**論理学**、**法学通論**。	法制（和漢古今法制ノ概略）、経学（論語、史記）、辞章（語彙別記、紐鏡、徒然草、八家文ノ類、作文詩歌）。
第二年	和文学、**史学**、法制（日本及支那）、歌文、東洋哲学（哲学史）、**西洋哲学**（哲学史、社会学、心理学）。	歴史（六国史、大日本史）、法制（令義解、類聚三代格）、支那歴史法制（唐六典）、辞章（字音仮字用格、源氏物語、枕草子、古今集、作文詠歌）。
第三年	和文学、**史学**、法制（日本及支那）、歌文、東洋哲学（印度及支那哲学）、**西洋哲学**（近世哲学）。	歴史（前年ノ続キ、大鏡、栄花物語）、法制（前年ノ続キ、法曹至要抄ノ類）、支那歴史法制（唐律疏義）、辞章（前年ノ続キ、作文詠歌）。
第四年	和文学、**史学**、法制（日本及支那）、歌文、東洋哲学（印度及支那哲学）、**西洋哲学**（道義学、審美学）、卒業論文（和文）。	歴史（増鏡、東鑑）、法制（貞永式目、建武式目、科条類典）、支那法制（明律）、辞章（古事記、万葉集、祝詞宣命ノ類、作文詠歌）。

しいのだ。大学の大方針に対する無理解も甚だしいと評さなくてはならないし、またたぶんこの点を憂慮してのことだろう、帝国大学令公布直後の一八八六年四月、文科大学長外山正一は、小中村、物集高見、および漢文学科の島田重礼に対し「教授法見込」の提出を求めた[34]。

次に、運用面での本科拡充整備策として注意されるのは、帝国大学の各分科大学に「特待学生」の制度が設けられた点である。学年末試験の成績をもとに教授会が選定し、総長の認可を経て決定するもので、選ばれた学生は授業料免除の特典を受けた。しかも、「特待学生中特別保護を要する学科を修むる者」については給費生の制度も設けられ、これには一等・二等・三等があって、年額でそれぞれ七二円、六〇円、四八円が給付された。「特別保護を要する学科」とは「法理学、哲学、史学、**和文学**、漢文学、博言学、数学、星学、物理学、純正化学、地質学、動物学、植物学」であり、これらの学科生に対しては右以外にも「貸費生」の制度が設けられ、本人の申し出により年額八五円以内の学資金が給付された。[35]本章に関連の深い人物の範囲では、一八八五年に文学部和文学科に入学した三上参次が、初め貸費生、後に給費生となっている。[36]同じく和文学科出身の上田万年や高津鍬三郎も特待学生だった可能性があると思うが、私の調べはそこまで及んでいない。ともあれ、こうした人材が集まってきたこと自体、国家的な振興策が半ば功を奏した結果と見てよいだろう。ただし、彼らの専攻分野を現在の常識に当てはめれば、三上は日本史学、上田は言語学、高津は国語教育であって、狭義の国文学ではない。「特別保護を要する学科」とされた和文学科は、依然国文学を学ぶ場所ではなかったのである。

その和文学科は、既述のとおり、一八八九(明治二十二)年六月には国文学科となる。内閣修史局の修史事業がこの前年十月に帝国大学に移管され、史料編纂所の前身である編年史編纂掛が文科大学に設置されたのに合わせて国史科が増設され、同時に和文学科が「国文学科」と改称されたのだった。かつて風巻景次郎は、この経緯を、国学の事実上の等価物である〈国文の学〉ないし〈国の文の学〉から国史学などが分離し、その残滓を引き受ける流儀で国文学の守備範囲が定まったと捉えて、〈文学の学〉であるべきものが〈文学〉自体と出会うことなく成立してしまった来歴に怨嗟の声を挙げた。[37]

風巻の見解は半ば正しく、半ば誤っている。なるほど和文学科から国文学科への改称は研究領域の積極的画定抜きになされたし、その意味では国文学科は依然国文学を学ぶ場所でなかった。風巻は、しかし、古典講習科国書課を和文学科および国文学科の前身機関のように誤認しており、そのせいで、和文学科・国文学科の学修に不可欠だった〈洋〉の契機を度外視してしまっている。[38]

ここで『チエームバーレン氏ヨリ差出シタル帝国大学和文学科ニ関スル建議』(以下『和文学科ニ関スル建議』)を紹介しよう。半紙判の罫紙九枚を袋綴じにした冊子で、用紙は喉に「ヤスムロ」と刷ってあるから、小中村清矩の自家製と認められる(小中村の号は「陽春廬」と書いてヤスムロと読ませる)。初めと終わりの一枚ずつを表紙と裏表紙に当て、本文は七丁分。表紙には「チヱームパ《ママ》ーレン氏和文学科ニ関スル建議」とあり、本文冒頭には改めて「チヱームバーレン氏ヨリ差出シタル帝国大学和文学科ニ関スル建議」と記されている。日付の記載はないが、内容から見て一八八六年九月以後一、二年のあいだに書かれたものと判断される。当時外国人教師だったバジル・ホール・チェンバレンが提出した意見書を某人が翻訳し、小中村が保管していたものと見て大過ないだろう[39]。

チェンバレンはこの文書を「抑日本著名ノ学者ハ其文学ヲ組成スル夥多ノ書籍ヲ類別シテ十六種トナスト雖帝国大学々生必要ノ点ヨリ観察スルトキハ之ヲ文学及ヒ歴史ノ二種ニ類別スルヲ以テ足レリトス」と説き起こし、それぞれの教育法について持論を開陳するのだが、「文学」に関する記述が五丁半を占めていて、「歴史」については末尾の一丁半で簡単に触れるにすぎない[40]。

文学研究を実りあるものにしたければ――と『和文学科に関する建議』は説く――「須《すべから》ク歴史上ニ処リテ之ヲ研究セサルヘカラス」。学生に「日本ノ歌文ヲ代表スル諸書」を順を追って学ばせるべきであり、それには最初に「中古ノ国語文学ニ精通セシメ」て学修の根底を固め、次に遡って「上古ノ歌文」を考究し、さらに「中古ヨリ今日ニ至ルノ国語歌文章等ノ変遷」を研究するのが最善の方法である。こう述べたうえで、筆者チェンバレンは、授業で取り扱うのにふさわしいと彼の考える「文」と「歌」を時代ごとに挙げ、教授上の注意点を付言していく。挙げられた諸テキストの名を左に抜き出してみよう。テキスト名はすべて掲げるが、チェンバレンのコメントは一部だけを抜粋して（　）内に示す（〔　〕内は品田の補足）。

土佐日記、古今集（序）、伊勢物語、竹取物語、古今集、祝詞（大祓詞後釈）、古事記（大国主ノ伝記ヲ本居氏ノ注釈ニ拠リ読修セシム）、古事記日本紀ヨリ選択セシ歌、万葉集（第三巻及第四巻）、源氏物語（須磨明石）、住吉物語、枕ノ草紙（半部）、北村季吟著徒然草文段抄（半部）、尾崎雅嘉著百人一首鄙《ヒナ》言《コトハ》、謡曲書中最好ノ者〔十番〕、能狂言〔三四番〕、貝原益軒新井白石物徂徠太宰春台〔らの著作〕、〔近世の〕日本人著作ノ漢文、鶉衣ヨリ撰択セシモノ、膝栗毛ヨリ撰択セシモノ、誹諧類、馬琴ノ著書中ノ一書〔恐ク夢想兵衛可ナルヘシ〕、契沖及荷田東麿ノ文章数篇、真淵氏著初学《ウヒマナヒ》、本居氏著馭戎慨言玉勝間ノ一部、平田氏著古史伝〔最初ノ二三巻〕、〔新文学中の歌として〕真淵氏本居氏ノ詠セシモノ、〔現時の文として〕福沢氏ノ著書、〔現時の歌として〕普遍流行ノモノ。

ここには、小中村が授業で好んで取り扱ってきた『令義解』『制度通』『貞永式目』などの書名はない。文中の「文学」は明らかに"literature"の訳語であって、「文 prose」と「歌 verse」とからなるもろもろの文学テキストを年代順に学ぶことにより、テキスト自体への理解を深めるだけでなく、日本における〈書かれた芸術〉の史的展開があらまし把握できるよう配慮されている。合理的かつ系統的な教育プログラムであって、諸テキストの逐条的講釈に終始していた国学的教授法とはおよそ比べものにならない。

チェンバレンの建議を小中村は当然読んだはずだが、文中の用語法や、ましてプログラムの狙いを理解したとはとうてい考えられない。いち早くそれを理解するのは芳賀矢一なのであり、彼は和洋兼修の素養をもって直接チェンバレンの教えを受けるとともに、文学の史的展開という思考法を自家薬籠中のものとしていくのである。

文科大学を卒業した一八九二〔明治二十五〕年十二月、芳賀は、古典講習科出身者たちの依拠する「文学」概念に対し痛烈な批判を浴びせる。具体的には、増田于信、池辺義象、鈴木弘恭らの編集した「日本文学史」教科書を評して、「リテラツール」の歴史からかけ離れた羊頭狗肉の代物だと酷評するのだ〔花森重行「国文学研究についての一考察」〕。国文学の父と称される芳賀は、国学の認識枠を厳しく斥けることで学者としての地歩を固めたのであって、この一点に照らしても、国学と国文学の連続面にばかり目を向けるのは

「いみしきひがこと」だとしなくてはならない。

本章では、東京大学と（東京）帝大の制度に沿って国学と国文学との関係を考えてきた。芳賀は、当初排斥した国学を後に国文学の前身として位置づけ直し、そのことで〈国民の学〉としての国学を後ろ向きに発明するのだが、この件については稿を改めて論ずることにしよう。

参照文献

《一次史料》

東京大学史史料室所蔵『文部省往復』

同『文部省准允』

同『理学部移転一件書類』

東京大学総合図書館所蔵『古典講習科記録』

同『東京大学国書課関係書類』

同『古典講習科関係書類』

同『陽春蘆草稿』

東京大学文学部国文学研究室所蔵『チヱームバーレン氏ヨリ差出シタル帝国大学和文学科ニ関スル建議』

《翻刻》

大沼宜規『小中村清矩日記』汲古書院、二〇一〇年。

中野実ほか「加藤弘之日記」『東京大学史紀要』第一〇―一三号、一九九二―九五年。

《書籍・論文》

伊藤博文『憲法義解』岩波文庫、一九四〇年（初版『帝国憲法皇室典範義解』一八八九年）。

齊藤智朗『井上毅と宗教』弘文堂、二〇〇六年。

齋藤希史「漢学の岐路――古典講習科漢書課の位置」本書第二章。

佐佐木信綱「古典科時代のおもひで」『国語と国文学』第一一巻第八号、一九三四年八月。

品田悦一『万葉集の発明――国民国家と文化装置としての古典』新曜社、二〇〇一年、新装版二〇一九年。

島善高『律令制から立憲制へ』成文堂、二〇〇九年。

昭和女子大学近代文学研究室『近代文学研究叢書26　石橋思案・太田玉茗・志賀重昂・芳賀矢一・藤代素人』昭和女子大学近代文化研究所、一九六四年。

第一高等学校『第一高等学校六十年史』一九三九年、非売品（『六十年史』と略記）。

寺崎昌男『東京大学の歴史』講談社学術文庫、二〇〇七年。

東京大学史史料研究会『史料叢書東京大学史　東京大学年報』全六冊、東京大学出版会、一九九三―九四年。

東京大学百年史編集委員会『東京大学百年史』全一〇冊、東京大学出版会、一九八四―八七年（『百年史』と略記）。

東京帝国大学『東京帝国大学五十年史』上下二冊、東京帝国大学、一九三二年（『五十年史』と略記）。

長島弘明『国語国文学研究の成立』放送大学教育振興会、二〇一一年、放送大学大学院教材。

中野実『近代日本大学制度の成立』吉川弘文館、二〇〇三年。

『日本の名著34　西周・加藤弘之』中央公論社、一九七二年。

野山嘉正『言語文化研究Ⅰ　国語国文学の近代』日本放送出版協会、二〇〇二年、放送大学大学院教材。

芳賀矢一『国文学史十講』冨山房、一八九九年。

花森重行「国文学研究史についての一考察――1890年代の芳賀矢一をめぐって」大阪大学『日本学報』第二一号、二〇〇二年。

藤田大誠『近代国学の研究』弘文堂、二〇〇七年。

前田透『落合直文――近代短歌の黎明』明治書院、一九八五年。

三上参次『明治時代の歴史学界――三上参次懐旧談』吉川弘文館、一九九一年。

『明治文学全集44　落合直文・上田万年・芳賀矢一・藤岡作太郎』筑摩書房、一九六八年。

和田英松「古典講習科時代」『国語と国文学』第一一巻第八号、一九三四年八月。

注

（1）「国文学」という用語は、学としての名称が同時に研究対象の名称でもあるという、奇妙な性質をもっており、そこには「文学」という語の複雑な成立過程が反映している。後述するように、明治中・後期の時点では研究対象についてもまちまちな理解が行なわれていたのだが、芳賀自身は西洋語 literature / Literatur の狭義に沿って、「文学」とは「書かれたもの、即ち製作物」であり、「吾々の先祖がその思想感情を国語の上に現はして置いたものが立派に美術品に出来て居る、それを国文学と名けるのであります」と定義していた（芳賀『国文学史十講』）。本章でも、研究対象としての「文学」「国文学」については基本的にこの用語法に従う。

（2）一八八五（明治十八）年十二月末の時点で文学部本科の学生は総員二〇名だったのに対し、古典講習科（国書課・漢書課）の生徒は総員一二四名を数えた（『百年史』）。

（3）特に「第五章　近代国学と高等教育機関――東京大学文学部附属古典講習科の設置と展開」が本章のテーマに直結する内容を扱っている。

（4）参照文献一覧に史料名を掲げた。東京大学大学史史料室（現東京大学文書館）所蔵の『文部省往復』『文部省准允』『理学部移転一件書類』は、東京大学・（東京）帝大と文部省とのあいだでやりとりされた書類の草稿や控えを束ねた簿冊。また東京大学総合図書館所蔵の『古典講習科記録』『東京大学国書課関係書類』『古典講習科関係書類』『陽春蘆草稿』は、古典講習科国書課の主任教授だった小中村清矩らの手で記録・整理されたもの。このうち、大学史史料室所蔵分については、古典講習科および本科の設置運営に関連の深い書類約百点を、UTCP（東京大学グローバルCOE「共生のための国際哲学教育研究センター」）と東京大学教養学部国文・漢文学部会の予算によりデジタル撮影し、総合図書館所蔵分についても、『陽春蘆草稿』を除く三点の全ページについて同様の作業を行なった。

（5）品田『万葉集の発明』第二章第三節「国学と国民文学」で古典講習科に言及した。

（6）中退者を含めてこう呼ぶ。『百年史』（部局史一）に落合直文を古典講習科の「卒業生」とする誤った記述があり、最近でも野山『言語文化研究1　国語国文学の近代』、長島『国語国文学研究の成立』などに踏襲されているが、事実は、在学中猶予されるはずの兵役をなぜか課せられて、やむなく中退したのである（前田『落合直文』）。

（7）『文部省往復』明治十四年・甲（A34）・伺乃内官立学務局関係之部「和書講習ノ件」（→関連資料集Ⅱ）。副本が同年・甲（A38）にある。ともに日付は「十二月十　日」と書かれている。十日以降の時点で伺案を回覧し、清書した正規の伺書に正確な日付を入れたものを文部省に送付したのだろう。文部省側に保管されていたはずの書類は現存せず、十日以降のいつ送付したかは不明。なお、生徒の年齢に関し関連資料集Ⅱ5は上限を「三十七年以下」と記すが、「七」は朱で消してある。副本の該当箇所は「三十年以下」。

（8）『五十年史』上冊七三一頁に「加藤総理が明治十二年に於て文部省に提出せる建議書は、今得て知るべからざるを以て」云々とあり、同書編纂時にすでに所在不明となっていたらしい。他方、『百年史』（通史一）四六二頁以下には、「明治十二年十二月十七日」に加藤三学部綜理が「官費ヲ以テ和書講習生徒ヲ募ル之議」なる建議を六千円の概算要求とともに提出したものの、実現しなかったとあるが、典拠の記載がない。『文部省往復』の明治十二年分などを検索したが該当史料が見当たらない、と藤田『近代国学の研究』が述べるとおりであり、検索の範囲を明治十三年分および総合図書館所蔵『東京帝国大学五十年史料』の明治十二・十三年分に拡げてみたものの、結果は同じであった。

（9）『文部省往復』明治十五年・甲二（A49）・准允「和書講習科ノ義ニ付小中村清矩ヨリ申立ノ件」（→関連資料集Ⅲ）。

（10）教授の小中村に続き、岡松甕谷《おうこく》、久米幹文《もとふみ》、本居豊穎《とよかい》、小杉榲村《すぎむら》、松岡明義、佐々木弘綱らが「東京大学御用掛」「古典講習科講師」などの肩書きで集められた。一八八二年度の授業担当者としては他に助教授の飯田武郷《たけさと》。

（11）『文部省往復』明治十五年・丙（A45）・専門学務局「古典講習科中へ更ニ漢書講習ノ一科ヲ設ルノ件」（→関連資料集Ⅳ）。この史料には解釈上の問題があるので、少々立ち入っておきたい。まずは全文を掲げる。

「先般貴学文学部附属トシテ古典講習科ヲ設ケラレ専ラ本邦ノ古書ヲ教習セシムルノ規制ニ候処漢文及作文等之儀ハ該学部第三科ニ於テ之ヲ講習セシムル儀ニハ有之候得共其生徒極メテ少ク且他ノ課目ヲモ兼修セシムルノ制ニ候ヘハ該学ニ博通スルヲ期シ難キ儀ニ有之而シテ方今ノ状勢ニテハ該学稍ゝ復起セシカ如シト雖モ是亦該学ヲ専修スルニハ無之畢竟他ノ学科ニ進ムノ楷梯トスルニ過ギザルヲ以テ今日耆宿ノ後継タルモノ幾人モ有ベカラズ故ニ今幾分カ之ヲ勧奨シテ之レガ永存ヲ図ルハ本邦ノ教育上ニ於テ裨益鮮少ナラザル儀ト存候ニ就テハ右古典講習科中へ更ニ漢書講習ノ一科ヲ設ケ専ラ漢書ヲ教習セシメ候方可然ト相考候間右施設ノ方法順序等御取調ノ上尚貴学御意見ヲモ承知致シ度此段及御照会候也　明治十五年十一月二日　専門学務局長　文部大書記官浜尾新〔印〕　東京大学総理加藤弘之殿」。

『五十年史』（上冊七三三頁）・藤田『近代国学の研究』ともに、「該学部第三科」を古典講習科の意に解しているが、「該学部」とは当該学部すなわち文学部の意であり、その「第三科」とは和漢文学科をさす。文学部の学科編成は発足時には二学科だったが、その後の改正を経て、一八八二年十一月の時点では「第一　哲学科」「第二　政治学及理財学科」「第三　和漢文学科」の三学科となっていたのだ。この点を押さえるなら、浜尾の文面の趣旨は次のように解されるだろう――先に設置された古典講習科はもっぱら本邦の古書を教習する場であり、漢文と作文（漢作文だろう。本章第3節を参照のこと）は文学部本科の和漢文学科で学ばせることになっているが、この科は生徒がひどく少ないうえに、和漢洋兼修の方針を採用しているから、漢文に博通した人材の養成はとうてい期しがたい。昨今巷に漢文復興の兆しが見られるとはいうものの、学習者は漢学を専修しているわけではなく、他の学科に進む一段階として学んでいるにすぎないから、現今の老碩学たちの跡継ぎが現われるとは思えない。そこで一案だが、古典講習科のなかにさらに漢書専修の一部門を設けて教習させるようにすれば、わが国の教育に益するところ大であろう。ついてはその具体的手順を検討するとともに、貴学の意向をも開陳されたいが、いかがか。

（12）『文部省往復』明治十五年・甲三（A50）・上申「支那古典講習科ヲ新設ノ件」（→関連資料集Ⅴ）、『文部省准允』明治十六年・「古典講習科ノ内へ支那古典ヲ加充スル儀ニ付伺并指令」（→関連資料集Ⅵ）。

（13）このとき退学処分を受けた者は、全国のあらゆる学校への転学を一切禁ぜられた。これは文部卿福岡孝弟の強硬意見にも輪をかけて厳しい措置だったが、反面、処分の一ヶ月後から段階的に再入学が許され、半年後の一八八四年五月十七日には退学者全員が再入学可能となった。東京大学はこうして文部省の追及をかわしながら、実質的には寛大な処置を講じたといえる（『百年史』）。大学の方針はある時期に当事者にも示唆されたらしく、当時大学予備門に在籍して事件に連座した三上参次は、後の伝聞として「ほかへ行くな早く許してやるからという意味だった」と回想している（三上『明治時代の歴史学界』）。

（14）『文部省往復』明治十六年（A66）・伺案「古典講習科乙部名称判然ニ致度伺」（→関連資料集Ⅶ）、『文部省准允』明治十六年「古典講習科乙部名称ノ儀ニ付伺并指令」。

（15）『古典講習科記録』に控が綴じられている。

（16）『古典講習科記録』に控が綴じられている。

（17）『文部省往復』明治十七年・甲（A71）・伺「古典講習科生徒新募之件」（→関連資料集Ⅷ）、『文部省准允』明治十七年「古典講習科両課ニ関スル件」（→関連資料集Ⅸ）。

（18）『理学部移転一件書類』に案と准允とが組み込まれている（→関連資料集Ⅹ・Ⅺ）。

（19）早期廃止の方針は文部大臣森有礼の発意と噂されたらしい（佐佐木信綱「古典科時代のおもひで」）。

（20）寺崎昌男『東京大学の歴史』は、当時の「漢学青年」が反政府的だったことを指摘し、儒教振興政策の効果を疑問視したうえで、大学側の自主的意志として和漢学の継承を目ざしたと捉えている。

(21) 問題の諸課程が果たしてきた機能は、帝国大学発足後は別の機関が担っていくことになる。特に医学の場合は制度上も明確な移管措置が採られ、新設の第一～第五高等中学校（後の旧制一～五高）にそれぞれ医学部が置かれて、後の官立医学専門学校の母体となった。法学の場合、一八八〇年前後に相次いで発足した私立の法律専門学校（慶應義塾法律科、専修学校法律科、明治法律専門学校、東京法学校、英吉利法律学校、東京専門学校法律学科など）が充実してきたのをふまえ、一八八六（明治十九）年には「私立法律学校特別監督条規」によりこれら専門学校が帝国大学総長の監督下に置かれるのだが、このあたりの経緯は本章の守備範囲を越えているだろう。薬学の場合は相当複雑な事情があったらしく、いったん廃止された薬学科が一八八七年に医学部内に復活している。

(22) 漢学については、教授の島田重礼の働きかけにより、いったん漢文学科として発足した文科大学内の正科が漢学科と名称変更され、経学重視のカリキュラムが施行される。本書第二章所収の齋藤「漢学の岐路」を参照のこと。

(23) 外山正一は古典講習科の設置自体に反対だったらしく、「九段の富士見軒」で開かれた卒業謝恩会に文科大学長として招かれ、祝辞を述べる際に「古典科を罵倒されたので、一時非常に恨まれたものです」との逸話が残っている（三上『明治時代の歴史学界』）。小中村日記に、漢書課卒業生の懇請により教員一同が「富士見軒行。宴会アリ」「外《マ》一《マ》学長等席上演説あり。此事別記ニ悉し」と記された日のことかと思われるが、「別記」の所在は不明（『小中村清矩日記』一八八七年七月三日）。

(24) 『文部省往復』明治十四年・甲（A34）・達乃内文部卿之部「国会開設ノ勅諭」（→関連資料集I）。副本が同年・甲（A38）にある。なお、勅諭は十月十二日付、達はその翌日付となっている。また加藤の日記では「今日勅諭アリ明治二十三年ヨリ国会ヲ開クヘキ旨被仰出」との記載が十月十二日の条にある（「加藤弘之日記」）。

(25) 国立公文書館デジタルアーカイブによる。

(26) このあたりの記述は「明治憲法と日本国憲法に関する基礎的資料（明治憲法の制定過程について）」（最高法規としての憲法のあり方に関する調査小委員会編・衆憲資第二七号、衆議院憲法調査会事務局作成）を参考にしている。

(27) 開化の啓蒙知識人として身を立てた加藤弘之は、かつて『真政大意』（一八七〇年）および『国体新論』（一八七四年）を著わし、天賦人権説に立脚して立憲政体を唱道したが（『日本の名著　西周・加藤弘之』）、後に政府の内命により両書を絶版すべきむね説諭され、これに応じた。それがちょうどこの時期に当たる。本人の説明によれば、数年前に社会進化論に触れてから自身の思想的立場が変化し、天賦人権説は空論にすぎぬと考えるようになっていて、旧著は早晩撤回するつもりでいたが、その前に新主義の著作を出すのが筋だと思って準備していたところに内命があった。そこで絶版に応じはしたが、権力に屈して節を曲げたわけではないという（『加藤弘之講演全集4』丸善、一九〇〇年）。日記によれば、文部卿の呼び出しを受けて「国体新論の《〔ママ〕》事ヲ内談」したのは一八八一年十一月十七日であり、二日後の十九日の条に「真政大意国体新論ヲ自分ニ而絶板スル旨届出ツ余カ今ノ意見ト合セサルヲ以テナリ」とある（「加藤弘之日記」）。加藤はこの翌年には『人権新説』を刊行し、国家の「大権」はあらゆる権利に優越すると主張してもいるから（『西周・加藤弘之』）、状況は説明と完全に符合する。改めて言うが、加藤が内命に応じたのは国会開設の勅諭から一ヶ月あまり後のことで、さらにその一ヶ月後に和書講習科の新設を再建議するのである。きたるべき体制の構築に向けて次々に布石が打たれていく様子を看取すべきだろう。

（28）藤田『近代国学の研究』の説くようにこの時期の国学が実証的学風に沈潜していたのなら、きたるべき体制をイデオロギー的に支える役割は国学には期待しにくかったかもしれない。漢書課併設の一因もそこに求められると思うが、注11所引の専門学務局長浜尾新の書面は、高度な漢文リテラシーに対する要求を前面に押し出している。齋藤希史氏の談によれば、浜尾が具体的に想定していたのは詔勅の作成能力だった可能性があるという。本文中に引いた「国会開設の勅諭」に実例を見るように、詔勅はあまたの典拠をちりばめて格調高く綴るべきものであるから、文学部開講の漢作文を履修した程度の素養ではとうてい歯が立たない。

（29）小中村清矩は「国文学」を〈国文の学〉と理解していた。ただし次の一件から推して、この理解に自信はなかったらしい。古典講習科出身者と皇典講究所関係者が中心となって運営していた雑誌『日本文学』（一八八八年八月創刊）が『国文学』と改称したとき、訪問客に新誌名の意味内容を問われた小中村は、「国文」とは「歴史法制文章（国語も此中にあり）」の総称だから、「国文学」とは「古く和学国学皇学など云ひし名称の時勢に従ひてかく変遷したるもの、如し」と答えたのだが、その説明は文科大学に国文学科と国史科とが分立している事実と整合しないではないか、などと客に反論され、返答に窮したあげく、同誌に質問文を寄せたのだった（小中村清矩「諸君に質す」『国文学』第二一号、一八九〇年四月）。翌月号の巻頭にこれへの回答が載った。無署名だが、文面から見ておそらく門弟筋の誰かが書いたのだろう。これによれば、「国文学」とは「国の文学」すなわち「大日本帝国の文学」を意味し、「ナシヨナル、リテラチユアー」と言い換えることもできるが、自分たちの言う「文学」は狭義の「醇《ピユアー、》文学《リテラチユアー》」

ではなく、世俗の慣用に従う広い意味なのだという。「国文学」とは具体的には「国文国史の総称」なのだとも述べているから、匿名の執筆者は、「国の文学」というときの「文学」を〈文の学〉と解していたらしく、結局のところ「国文の学」でも「国の文学（国の文の学）」でも大差ない仕儀となっている（「国文学の意義を弁じて小中村博士に答ふ」『国文学』第二号、一八九〇年五月）。古典講習科関係者の言う「国文学」は、このように、芳賀矢一の念頭にあったそれとはおよそ内実を異にしていた（→注1）。

（30）『文部省往復』明治十七年・甲・（A71）・伺「和漢文学科課程改正之件」（→関連資料集Ⅻ）。なお、翌年二月五日に伺のとおり認可されたことが下記の書類により知られる。『文部省准允』明治十八年「文学部中和漢文学科課程改正ノ件」（→関連資料集XIII）。

（31）朱による書入を最終案と認めた。「参考」と記してあるテキストは省き、「輪講」「輪読」などの注記も度外視した。なお、第一学年の「経学」は元「経史」。

（32）齋藤「漢学の岐路」（本書第二章）は、分割以前のカリキュラムにはなかった「経学や法制が和文学科にも漢文学科にも導入され」た点を重視して、古典講習科のカリキュラムが和漢文学科拡充のための「実験台」としての意味をもったとする。実際、注30所引の伺「和漢文学科課程改正之件」を一次史料（→関連資料集Ⅻ）で確かめると、和文学科の「作文詩歌」「歌文」は最終段階で追加されたらしく（同11〜13）、ここに本部側の方針に対する現場教員らの抵抗を読み取ることもできそうだが、正確な判断を下すにはしかるべき本文批評を経なくてはならない。

（33）第一年の履修科目はすべて和文学科・漢文学科共通。

（34）『古典講習科関係書類』にこのとき提出した書類の写しがあり、末尾に小中村の筆跡で「これは明治十九年四月文科大学長外山正一より教授法見込書而出すへき由に付おの〳〵晋呈せる学案なり」と朱書されている。この書類については藤田『近代国学の研究』も触れており、興味深い内容が含まれているが、この件については詳述する準備がない。

（35）「帝国大学分科大学通則」中「（第五）特待学生に関する規定」および「（第六）貸費生に関する規定」（『五十年史』上冊一〇二二—一〇二七頁）。

（36）三上『明治時代の歴史学界』。なお、一八八九年に文科大学国文学科に入学した芳賀矢一も特待生となっている（『近代文学研究叢書26』）。

(37) 風巻景次郎「日本文学研究の方向」（初出一九四七年、『風巻景次郎全集1』所収、おうふう、一九六九年）。風巻は昭和初期からこの件を繰り返し問題にしていた。

(38) 一八八九年度における国文学科のカリキュラムを書き出しておこう（『五十年史』上冊一三〇五－〇六頁。〔 〕内は一週あたりの時間配当）。〈洋〉の学を太字で示す。
《第一年》**哲学史及論理学**（第一期三、第二・三期五）、**史学**〔三〕、**英語**、**仏蘭西語若クハ独逸語**〔三〕、日本歴史〔二〕、日本法制沿革〔二〕、国語〔四〕、国文〔四〕、漢文〔一〕。《第二年》**哲学史及心理学**〔三〕、**史学**〔三〕、**英語**、**仏蘭西語若クハ独逸語**〔三〕、東洋哲学〔三〕、日本歴史〔二〕、日本法制沿革〔二〕、国語〔四〕、国文〔四〕、支那歴史〔一〕。《第三年》**倫理学**（第一期三）、**審美学**〔二〕、**教育学**〔二〕、**英語**、**仏蘭西語若クハ独逸語**〔三〕、東洋哲学〔四〕、**社会学**〔三〕、国語〔三〕、国文〔五〕、支那歴史〔一〕。

(39) 東京大学文学部国文学研究室に保管されているが、研究室伝来の資料ではなく、一九九一年に古書店から購入された。筆跡は小中村のものではないように見える。

(40) 適当な日本通史の編纂が待たれること、それまでは歴代の事蹟を抜粋して講義し、学生に筆記録を作らせるほか方法がないこと、年月の記載には西暦を用いるべきこと、の三点が述べられている。

第二章　漢学の岐路——古典講習科漢書課の位置

齋藤希史

近世以降の日本において漢学が重要な役割を果たしたことは、ここに贅言するまでもないことだろう。洋学全盛かに思われる明治にあっても漢学が社会において一定の影響力を保ったこと、必ずしも凋落の一途をたどっていたわけではなかったことは、すでに多くの研究によって明らかにされている。(1) もちろん近代における漢学は、前近代のたんなる継承ではない。また、支那学（東洋学、中国学）という新しい学問が、それと拮抗しつつ登場したことも見逃せない。

しかし、こうした前近代と近代の漢学そして支那学がどのような関係にあるかを事例に即して説明することはなかなか難しい。また、これまでかなりの研究が為されているものの、漢学という分野が師承を重んじる特性を有している故か、あるいは、現代においては少数派の学問である故か、敢えていえば、漢学の伝統を称揚する立場、あるいは明治の漢学者たちを顕彰する立場からなされるものが多いことは否めない。さらにいえば、漢学と同様に前近代の学問との継承関係が問題となる国学（国文学）との比較という観点も充分に意識されてはいない。

本章では、こうした研究状況を踏まえ、東京大学文学部附属古典講習科設置前後に焦点を合わせて、明治十年代における漢学の位置について、本書第一章および附載影印史料と相補うものとして考察を加える。

I 「古典」の含意

東京大学文学部和漢文学科および附属古典講習科全体の設立経緯については、藤田大誠『近代国学の研究』(弘文堂、二〇〇七年)および本書第一章に詳しいのでなるべく重複を避け、ここでは漢学の観点から注意すべきところに限って述べることとしよう。

一つは、古典という語である。古典講習科は始め和書講習科として設置が希望されたものの、小中村清矩の意見によって古書講習科という名称案が提出され、結局、文部省からは古典講習科とすることが指示された。古漢語としての「古書」と「古典」は、前者が古い書物全般を指す語であるのに対し、後者はそのなかでも重んじるべき典籍を示す点で、さらに古えの典礼や制度の意味をも含む点で相違がある。『言海』(一八八六年成)では古典を「古書ニ同ジ」とし、たんなる言い換えであるととることも可能だが、まったく同じと文部省が考えていたのであれば変更する理由はないのであって、やはりそこには何らかの差を意識していたと見るべきだろう。また、明治十年代においては、classic ないし classics の訳語としての「古典」は今日のように定着してはおらず、[2] 訳語として対応することを考慮して古書に代えて古典を用いたとも言いにくい。むしろ、古典講習科の設置目的に「本朝歴世ノ事実制度ノ沿革及ヒ古今言詞ノ変遷等講究ノ為」とある(第一章一七頁)ことを考慮すれば、「古典」が典礼制度の語義を含んでいたことが大きかったのではないかと推測される。一八八一(明治十四)年十二月十日付加藤弘之伺書(第一章一五頁)には「本邦之旧典古格又ハ歴史物語等ニ就テ講習致候」の句が見え、「旧典古格」を参照して「古典」の語が採用されたのだとしたら、さらにその推測は強まるであろう。「旧典」も「古格」も、古来の制度や形式を指す語である。「古典」という語の定着は、こうした含意を除去することで行なわれたことに注意しなければならない。『言海』が「古書ニ同ジ」とするのはその好例である。

一方で、講習科に古典の語を冠したことは、その名のもとに国書課と漢書課が並べられる結果を導くことを容易にした。彼らにとって古典が漢籍を念頭に置かざるを得ない語であることは、漢籍を排除した「皇典」の語を国学者たちが採用したこと（一八八二〔明治十五〕年に皇典講究所が設立されている）を見ても明らかである。ちなみに、一八六九（明治二）年六月十五日の大学校設立の布達には「神典国典ニ依テ国体ヲ弁へ兼而漢籍ヲ講明シ実学実用ヲ成ヲ以テ要トス」とあり、やはり「古」に対して「神」や「国」という語を用いて差別化を図っているのは興味深い。

2　漢書課設置の背景

和漢文学科

漢書課の設置については、第一章注11に挙げる一八八二（明治十五）年の『文部省往復』（十一月二日、浜尾新）が重要な史料となる。浜尾は、文学部第三科（すなわち和漢文学科。従来は古典講習科と誤読されていた。第一章注11参照）において講習すべき「漢文及作文」が、その学科の学生があまりに少ないためにきちんと学ばれておらず、この方面の人材養成に支障を来していると指摘し、「古典講習科中へ更ニ漢書講習ノ一科ヲ設ケ専ラ漢書ヲ教習セシメ」ることを東大総理の加藤弘之に求めている。ここで「漢文及作文」とあるのを和漢文学科のカリキュラムに即して見るならば、興味深い事実に気がつく。

東京大学文学部は、一八七九（明治十二）年九月十八日から従来の第一科を改めて哲学政治学及理財学科とした。一八七七年の設立以来、史学哲学政治学科であったものから、史学に代えて理財学を加えたのである。これについて加藤弘之は次のように説明している。

〔…〕独リ欧米ノ歴史ノミナラス固ヨリ本邦支那印度東洋各国ノ歴史ヲモ講究不致候事ハ不相成候事故其教授タル者ハ和洋東西古今ノ変遷沿革興亡盛衰ヲ詳悉スルハ勿論兼テ哲学ニ熟達セル者ニ無之事《これなきこと》ハ其任ニ適シ不申儀ニ候処之ヲ内外ニ索《もとむ》ルモ殆ト其人ニ乏キ儀ニ有之《これあり》随テ生徒ニ於テモ史学ヲ専修セント致スルノ輩ハ太《はなは》タ寥々ニ有之然ルニ理財学ニ至リテハ其主義専ラ西洋ニ根拠スルヲ以テ教授ニ充《あ》ツヘキ者仮令《たとひ》未タ我国ノ実際ニ知悉スルニ至ラサルモ其人決シテ乏シトハ謂フ可ラス且ツ此学ヲ専修セント欲スル生徒モ甚タ少ナカラサルニ由リ候儀ニ有之候(3)〔…〕

和漢文学科の設置に見られるように、東京大学はその最初から東西兼修を強く意識してはいたのだが(4)、実際には教員も生徒もそれに応じることは難しく、趨勢としては西洋の学問がやはり優勢であったことが知られる。しかし、それを常に意識すればこそ、何とかその弊を補おうとの策はしばしば講じられた。この一八七九年の学科改正にあたっても、理財学の追加とバランスを取るかのように、「従前の課程に於て和漢文学とありしを、総て和文学、漢文学と改め、特に漢作文に重きを置き、又第四年に卒業論文を課し(5)」ている。実際、その規則には次のようにあった。

一　第一学科第四年ノ英文学及漢文学ハ生徒ノ学フト否《しか》ラサルトハ其撰ニ任スト雖モ漢文章ヲ作ルノ業ハ必ス之ニ従事セシムルモノトス

哲学政治学及理財学科において、英文学と漢文学は選択科目としたが漢作文については必修となったことをこれは意味する。和漢文学科においては断わるまでもなく必修であるから、文学部の学生（当時の呼称によれば生徒）はみな漢作文を課せられたのである。また、課目一覧を見れば第一学科および第二学科のすべての学年に「漢文学及作文」の課目があり、しかも「漢文学」のみを標する課目はない。哲学政治学及理財学科第一年には「英文学及作文」があり、和漢文学科の第二年から第四年には「和文学及作文」があるにしても、それ以外に「英文学」や「和文学」など「及作文」を含まない課目があるのと比較すれば、やはり目につく。当時の公式の文章に用いられた漢字仮名交り訓読体の文章を書くためには、いやおうなく漢文が規範とされたことを考えれば、これらの施策は漢文に対する専門的な知識の伝授にあるというよりも、より一般的な文章力の増強に重点があったとすべきであろう。卒業論文が課されることになったのも、専門の研究を深めるというだけでなく、一つの主題にもとづいてまとまった量の文章を書かせるという側面があったのではないだろうか。

予備門

さらに注意すべきは、東京大学予備門においても同時期に同様の方策が採られていることである。[6] 一八七九（明治十二）年九月二十六日、岡本監輔《けんすけ》に「嘱託シテ和漢文章删潤ヲ主任セシム」との命を下し、十月には左のような規則を発布している。[7]

> 文章ノ学識ニ於ケル猶言語ノ意思ニ於ケルカコトシ言語有テ而シテ後以テ己ガ意思ヲ人ニ通スヘク文章有テ而シテ後以テ己ガ学識ヲ世ニ公ニスヘシ〔…〕苟モ学ニ従事スル者ハ文章ノ一日モ忽《ゆるが》セニス可ラサルハ言ヲ待スシテ瞭カナリ況ヤ欧米ノ学ヲ採テ以テ我国ニ化用セント欲スル者ハ殊ニ先ツ国文練熟スル非レハ不可ナルヤ万々矣曩《さき》ニ予備門創設ノ日国書ノ課程ヲ革《あらた》メシヨリ已ニ此ニ閲学年而ルニ文章ニ到リテハ未タ其進歩ノ効ヲ見ス甚タ遺憾トスル所ナリ是ニ因テ今国書教員中特ニ文章校正主任ヲ置キ専ラ其

業ヲ督奨セシム庶幾《ねがは》クハ生徒自奮シ唯講読ニ汲々タルノミナラス兼テ文章ニ於テモ孜々励精シ以テ学識ト並進ミ遂ニ学士ノ美誉ヲ異日ニ完フセン事ヲ乃チ文章ノ課規ヲ更生スル事左ノ如シ

一、国書課第一級ハ漢文又ハ漢文体仮字ヲ雑フル文、同二級ハ漢文体仮字ヲ雑フル文、同第三第四級ハ俗用往復手簡文ヲ毎二週ニ交々宿題或ヒハ即題ヲ与ヘテ作綴セシムル事

但第三級ニ在テハ漢文体仮字ヲ雑フル文ヲ作綴シ能フ者ハ考試ノ上之ヲ許ス事モアルヘシ

規則ではさらに宿題の期間、即題の方法、提出の形式や評価について細かく定められており、最後には「文章ニハ評点ヲ附シテ還与スヘシ而シテ該評点ハ講読ノ評点ト合算スルヲ以テ其優劣ハ共ニ大学部ニ入ルノ許否ニ関スヘキ事」と念を押されている。第一章二四頁にも指摘があるように、この方策は文学部のカリキュラム改訂と軌を一にしたものであろうし、加藤弘之が和書講習科について最初の建議を行なったのが一八七九（明治十二）年十二月であったことも、やはりこの流れにあるとみて間違いない。文学部と予備門と古典講習科は、作文という水脈でつながっている。

ここで重要なことは、作文ヒエラルキーの頂点に漢文が位置していることである。低学年からいえば、まず「俗用往復手簡文」、これは要するに往来物のことと見てよい（本書第五章参照）。次に「漢文体仮字ヲ雑フル文」、これはいわゆる訓読体で、まさに右の規則のような文体に他ならない。最上級の第一級においては「漢文又ハ漢文体仮字ヲ雑フル文」のように「又ハ」という留保があるけれども、最上位の規範に「漢文」が置かれていることは明らかである。「国文練熟」と言いつつ、ここには国学者たちが好みそうな雅文は含まれていない。

だからこそ、文学部のカリキュラム改訂において「漢文章ヲ作ルノ業」が強調されたのであり、のちの一八八一（明治十四）年の古典講習科設置においても「漢文及作文」がとりわけて言及されたのであった。

ちなみに、和漢文章刪潤主任（文章校正主任）として嘱託された岡本監輔は、本書第三章に詳述するように、一八三九（天保十）年阿波の生まれ、幕末に樺太と蝦夷地を訪れたのを皮切りに、明治初年の北方経営に深く関与した人物であり、一八七四（明治七）年および七五年には清国にわたっている。漢詩文を善くし、一八七六（明治九）年には漢文による月刊の新聞冊子『東洋新報』を発刊しているが、その「題言」には、多くの新聞が「国字」で書かれているために海外で読まれないこと、そこで内外情勢の記事を漢文に訳して「亜細亜州内同好之士」と共にしたいとの趣旨が述べられている。漢文それ自体の実用性も含めて、彼が文章刪潤の役を任じられたことにも注意したい。

なお、文学部における漢作文について、『東京大学第一年報』（起明治十三年九月止同十四年十二月）に次のような報告があるのは興味深い(8)。

毎月大約二三次ハ作文ヲ試ミタリソノ文ハ之ヲ添削シ或ハ評語ヲ加ヘ以テ之ヲ奨励セリ文題ハ我ヨリ出スコトアレトモ大抵ハ学生ヲシテ平日ソノ読メル英書ヨリ一二章ヲ抽キ出シ漢文ヲ以テ翻訳ナサシメタリコレハ余少シク英書ニ通スルノミナラス該学生固ヨリ英学ヲ可ナリニ能クスルコトナレハカクノ如キ課業ハ後来ニ至リ英漢対比スル訳文ヲ造ルノ時ニ補益アルベシト思ヘルナリ又目今ノ利便ニモ漢文ヲ作リナガラニ英文モ細読シ訳語ヲ考求シ得ヘク功力分レズシテ一挙両得ノ益アルベシト思ヒタルカ故ナリ学生モコノ挙ヲ喜ヒ勉強シテ従事セシカハ一学年ノ終ニハ大ニ進歩ヲ見《あら》ハシ余カ意ヲ満足ナサシメタリ

報告者の中村正直だからこそ可能だったとも言えるが、この時期の漢作文が実用性を重んじていたことを示すものでもある。

再建議の意味

古典講習科の側からいえば、一八七九(明治十二)年の建議は失敗に終わり、一八八一年末の再建議、一八八二年四月の文部省回答によってようやく日の目を見ることになったのではあるが、右に述べてきたような状況からすると、一八七九年時点では、まずは文学部と予備門で梃入れを図るのが先であったと考えることもできる。それがなぜ八二年には設置となったかについては、第一章二八頁以降が指摘するように、より直接には、旧典から国体を発明することで憲法を基礎づける作業を行なえる人材が急いで必要とされたからに違いない。文学部や予備門における梃入れ程度では追いつかない事態に直面したというわけである。

漢学についても、同じことが言えるのではないか。つとに町泉寿郎《せんじゅろう》「三島中洲と東京大学古典講習科の人々」[9]は、井上毅が一八八一(明治十四)年十一月に草した「進大臣」に「蓋シ忠愛恭順ノ道ヲ教ユルハ、未ダ漢学ヨリ切ナル者ハアラズ」と述べる「漢学ヲ勧ム」条があることを踏まえ、漢文が「道徳の為に必要」「国語の材料として必要」という井上の後年の文章を参照しつつ、古典講習科の設置には井上の「国・漢文教育に対する理念」と「構想」があったのではないかとする。全体の流れとしてはそのように思われるが、しかし古典講習科という特殊な形態をとったことには、全体的な理念や構想とは別に、何らかの緊急性があったのではないかとも思量される。そこで注意されるのが、これまで述べてきたような漢作文強化の流れである。

繰り返すまでもないが、当時の公的な文章は漢語を多用した訓読体であった。役所間のやりとりに使われる候文にしても、定型的な接続詞や文末の結びを除外すれば、近世期のそれに比して格段に訓読体に近づいていること、本書の引用例や附載資料からも明らかだろう。公的に発布されるものも内部でやりとりされるものも、すべて訓読体に基礎づけられたものばかりなのである。

もし天皇の詔勅が雅文で書かれるようになっていれば、こうした事態になにがしかの変化が生じた可能性はある。しかしもともと漢文による詔勅を正式のものとしていた伝統は忽《ゆるが》せにはできなかったらしく、第五章でも述べるように、明治天皇はおもに訓読体で詔勅を発し続けた。当然のことながら親政以来詔勅の数もこれまでないほどに増加している。公文書の頂点たる詔勅が訓読体であるからには、いかに国体の闡明《せんめい》は国学に拠るにしても、漢文の読み書きの基盤たる漢学はなお必要であった。そもそも年号（天皇号）も漢籍に出典を求めている以上、体制の基盤から漢籍を切り離すことは不可能であった。

立憲政体の整備が急務の課題となったとき、憲法起草はもとより、詔勅から法令に至るまで多くの文章が必要とされたことは言うまでもない。とりわけ詔勅はそれ自体が文章の鑑となるべきものであったから、構文に誤りなく修辞も適切であることが求められる。明治以降急速に西洋化が進むなかで、漢籍を使いこなせる後継者の養成が急務と感じられたのは不思議ではない。もちろん、漢書課の設置にあたっては、忠孝に代表される道徳規範の強化の流れという側面がまったくないとは言えないが、東京大学古典講習科という枠組みの設置に即して見る限り、そうした理念はどちらかといえば建前として有効なものであって、実際には文章の基盤としての漢学、しかも直接に公文書を作成する能力を養成するための漢学という側面が強かったことが見え隠れするのである。

従来、漢書課が国書課に遅れて設置されたことは、国学と漢学の間の問題として、より狭くいえば、それぞれの学統とその拮抗の問題として考えられてきたように思われる。しかし、古典講習科全体として捉えるならば、国書だけでは、国体を闡明するには不足はないとしても、大量の公文を起草するにはなお不充分で、漢書課を別に設けて漢作文の教師も含めた人材育成の道を絶やさないことも大きな役目であったことは疑いない。漢学復興の夢を託した漢学者たちがいたことは事実であろうが、その夢が古典講習科によって果たされる可能性があるかどうかは、こうした状況を鑑みれば、約束されたものではなかった。

3　漢書課の授業

漢書課のカリキュラムは、外形的にはきわめて伝統的な漢学の姿を呈している。一八八三（明治十六）年二月二十八日付の古典講習科乙部規則によれば、修業年限四年を八期に分け、第一・二・四期が経学・史学・諸子・詩文、すなわち経史子集の四部である。第三期は諸子の代わりに法制が入り、第五・六期は諸子も法制も入らない。第七期は逆にすべてが入り、第八期はそれに卒業論文が加わって経学・史学・諸子・法制・詩文・卒業論文となる。[10] 注意すべきは四部の他に法制が加えられていることで、甲部（国書課）と同様、伝統的な学問に加えて明治の当世の用に立つ実学が指向されているとしてよいだろう。応募者は甲部が百人程度であったのを大きく超えて一六〇人におよんだ。定員は官費生二二名と自費生一八名であるから、約四倍の競争率だったことになる。授業担当者は中村正直、三島毅、島田重礼の三教授に加え、助教授井上哲次郎、准講師大沢清臣、同小杉榲邨らがいた。

一八八四（明治十七）年一月四日に甲部・乙部の名称が国書課・漢書課に改められ、さらに五月にはカリキュラムにも変更があった。修業年限を五年十期とし、第一期から第三期までは経学・史学・諸子・詩文、第四期以降はそれに法制が加わり、第十期は法制に代えて卒業作文が入る。[11] これによって法制が実践に即した応用の学であることがいっそうはっきりしたと言えよう。

もう一つ、小さなことではあるが注意されるのは、甲部や国書課では支那歴史や支那法制といった名称が立てられているのに対し（和漢文学科には支那哲学の課目もある）、乙部や漢書課ではすべてが中華世界のなかにおさまっているためにそうした呼称が不要となっていることである。乙部設置までの東京大学と文部省とのやりとりのなかでは支那古典なる語がしばしば見られ、組織の名称も支那古典講習科と称されることもあり、そのまま本邦古典課と支那古典課とする道もありえなくはなかったのだが、結局のところ漢書課に落着したのは、伝統的な漢学の立場からすれば支那の語を冠してあたかも外国研究であるかのように見なすのは穏当を欠くと感じられたのかもしれない。いずれにしても、国書課と漢書課は、それぞれの枠内しか考慮していない課目名称となっていることは明らかで、講習科全体としての方向性は見えにくい。

カリキュラムはカリキュラムとして、実際の授業がどうであったかは、教員たちによる報告（申報）を参照するのがよいだろう。『東京大学第三年報』[12]（起明治十五年九月止同十六年十二月）に載せられた三島毅の申報から古典講習科にかかわる部分を抜粋しよう。

古典講習科乙部一期生ニハ詩経ヲ輪講セシメ諸生相互ニ討論ノ末誤解ヲ正シ疑義ヲ辨セリ流石ニ漢学専門タケニテ他ノ兼学生ヨリハ注意深ク誤解モ少ナシ但中途四月ヨリ始リタル科ニ付進歩ノ効ヲ見ルニ至ラス又一科中ニ数等優劣ノ差アルヲ覚ユ文章モ一ヶ月一篇宛課シ教授三人分配シテ添削ス是モ数等ノ差アルヲ覚ユ

島田重礼は、同じく『第三年報』に掲載された報告で次のように述べている[13]。

古典講習科乙部第一年級ニ毎週三時間ハ周礼ヲ講義シ二時間ハ第一期ニ大学第二期ニ中庸ヲ輪講セシメ三時間ハ左伝ノ質問ヲ為サシム〔…〕然ルニ周礼ハ生徒創見ノ書ニテ曾テ一読セシコトナク且ツ文義簡奥他書ノ比ニ非サルヲ以テ講義ニテハ記臆甚タ難キノミナラス徒ニ口授ヲ聴受スルノミニ流レ自己ノ精力ヲ労スルコト尠ク以テ其学識ヲ暢発スルコト能ハス因テ講義ヲ廃シ改メテ輪講トナシ各自ニ之ヲ研究セシメ其疑義錯解ハ随テ一々辯正セリ爾来数月間ニシテ進歩ノ効大ニ従前ニ勝ルヲ覚ユ文章ハ毎月二題

ヲ課シ教員三人ニテ之ヲ分任シ学期ニ至リ其平均点数ヲ以テ試業ノ点数ニ配合ス

此級生徒ノ数甚多ク学力互ニ等差ナキヲ得ス然レトモ人々競テ勉励セシ故ニ其優等ニ至リテハ超然卓出ノ者アリ次等以下ト雖モ後来望ヲ属スヘキ者其人ニ乏シカラス是余カ欣喜ニ堪サル所ナリ

どちらも経書を教材とし、また漢作文を課して添削していることがわかる。伝統的な漢学教育の形式をそのまま用いたもので、学生間に出来不出来のばらつきが甚だしいことも指摘されているが、総じて新しい教育を試みようとしていた東京大学のなかでは、旧套を否めないであろう。さらに、前掲「三島中洲と東京大学古典講習科の人々」が紹介する南摩綱紀《なんまつなのり》の三島毅宛書簡の内容も興味深い(14)。

〔…〕幸に古典科生徒文章本ノ文法講議〔ママ〕ヲ望候者も多分有之候ニ相聞、依テハ文章軌範ノ文法講義ニテモ致候様ノコトヲ以テ御周旋被下而ハ如何候半哉《さうらはんか》。又ハ生徒ノ文直シニテモヨシ、又ハ編輯等ノ手伝ニテモヨシ、御見込ヲ以テ宜　様《よろしきやう》御尽力之程呉々奉願上候。〔…〕

一八八三（明治十六）年十月十五日付の書簡で、三島が南摩を乙部の助教に推薦したことを背景に述べられているが、ここでも作文が話題になっていることは注意される。しかし「新しい教授法・研究法に関しては何も持ちあわせず、生徒からの反応を確かめながら、半ば手さぐりの状態で出発したことが想定できる」と町が指摘するように、そこには確立されたシステムやメソッドといったものは見出せないのである。

4　古典講習科と和漢文学科

古典講習科は、一八八六（明治十九）年三月の帝国大学令公布にともなって文科大学の附属課程となるものの、すでに前年に新入生の募集は停止され、漢書課は一八八七年に一八八三年入学の第一期二五名、翌年に一八八四年入学の第二期一六名の卒業生を送りだしたのみで、その使命を終えることになった。

一方で、一八八五年に和漢文学科は和文学科と漢文学科にわかれ、実質的な拡充を果たすことになった[15]。時系列で見れば、古典講習科の設置、乙部（漢書課）の設置、和漢文学科の分割となり、この分割案が加藤総理から文部省に提出されたのが一八八四年十二月九日、認可が一八八五年二月五日という事実からしても、古典講習科の停止を前提として構想されたと推測しうる。別の側面からいえば、本科のカリキュラムにおいて統合されていた和漢が、古典講習科漢書課の設置によってその分離が始まり、それを受けて本科の和漢も分割に向かったのであり、一連の流れを近代高等教育における和漢文の分離の過程と見なすこともできる。

第一章三一頁以降が指摘するように、小中村は古典講習科と同様のカリキュラムを拡充された和文学科に持ちこもうとして失敗したのではあるが、分割以前の課目にはない経学や法制が和文学科にも漢文学科にも導入され、さらに和文学科には歌文、漢文学科には諸子や詩文が加えられているのを見れば、むしろ古典講習科の課程が本科に大きく取り入れられたと捉えることもできる。実際、漢文学科の課目は、漢文学、経学、史学、諸子、法制、詩文、東洋哲学、西洋哲学であり（最終年度の第四年は卒業論文が加わる）、古典講習科の課目に漢文学と東西哲学を加えて成り立っているとも解釈しうる。

とするならば、古典講習科は結果として和漢文学科拡充のための実験台となったと見なすことも可能だ。もちろんそれは、漢書課のカリキュラムをベースに漢文学科が編成されたのではなく、漢書課のカリキュラムをあくまで構成要素として摂取したという意味においてである。近代学術という大枠にいかに接続させるかが、大学本科としては重要であった。ちなみに、一八八六（明治十九）年に天皇が東京大学を視察したおりの感想とそれに対する元田永孚の答えとが「聖喩記」[16]として残されているが、それによれば「和漢ノ学科ハ修身ヲ専ラトシ古典講習科アリト聞クト雖トモ如何ナル所ニ設ケアルヤ過日観ルコト無シ」という状態であったらしい。しかしながら、明治天皇によるこの理解は、修身を主とする旧来の漢学に立ったものであり、和漢文学科にせよ、古典講習科にせよ、修身のみを専らとするものではすでになくなっていた。実際、元田による答えも「自今以往　聖喩ニ因テ和漢修身ノ学科ヲ更張センニハ其道ニ志アル物集島田等ノ如キ聊《いささ》カモ国学ニ僻セス漢学ニ泥《なづ》マス西洋ノ方法ニ因テ教科ヲ設ケ時世ニ適応シテ忠孝道徳ノ進歩ヲ生徒ニ教導センコト何ノ難キコトカアラン」というものであって、忠孝道徳を説くにせよ、「西洋ノ方法」や「進歩」を考慮しないわけにはいかなかったのである。

漢書課の卒業生に、市村瓚次郎（一八六四―一九四七）、林泰輔（一八五四―一九二二）、岡田正之（一八六四―一九二七）、瀧川亀太郎（資言。一八六五―一九四六）、島田鈞一（一八六六―一九三七）、児島献吉郎（一八六六―一九三一）、長尾槙太郎（雨山。一八六四―一九四二）、黒木安雄（欽堂。一八六六―一九二三）らの名を見出せば、実証的な歴史学への傾斜が全体として強いことも看取され、それは漢文学科へと継承されるものでもあった。

こうした漢学の近代化の模索の一つとして、古典講習科漢書課および漢文学科の設置を一連の状況依存的な試行として捉えるならば、そこに内包された問題もおのずと浮かび上がってくる。すなわち、東京大学創立当初からの和漢文学科は、和洋漢兼修という新しい学制の理念のもとに設置されたけれども、学生もきわめて少なく、絶学の危機に瀕していた。そこに帝国憲法体制のための整備が契機となって、旧来の漢学の枠組を援用した古典講習科漢書課が設けられ、さらにそれを半ば取りこむかたちで、新しい漢文学科が設置された。以前の和漢文学科には見られなかった経史子集《けいししゅう》の枠組みが明示され、この学科が伝統的な漢学を継承するものであることが意識されるようになった。とはいえそれは、伝統への回帰というよりも、新たな枠組みをいまだ創出し得ない段階において絶学の危機に瀕した学問が、ひとまず旧套に依らざるを得なかったというのが実情ではないだろうか。

大学制度の改変が今日にもまして頻繁であった時代、漢文学科のカリキュラムも帝国大学の設置によって大きく変わり、一八八九（明治二十二）年には漢文学科は漢学科に名称を変更するに至る。その詳細の検討は他に譲るとして、ひとまず古典講習科漢書課の位置については、以上のように確認することができよう。

注

（1）町田三郎『明治の漢学者たち』（研文出版、一九九八年）、三浦叶『明治の漢学』（汲古書院、一九九八年）、陶徳民『明治の漢学者と中国——安繹・天囚・湖南の外交論策』（関西大学出版部、二〇〇七年）など。

（2）初期の英和辞典では、『英和対訳袖珍辞書』（一八六二年）の classic に「古ヌ第一等ノ記者．経典」とあり、『附音挿図英和字彙』（一八七三年）の classic では「経典、古典、第一等記者」として「古典」が追加されているが、これはロブシャイド『英華字典』（一八六六年）の Classic の訳語に「経」「経典」「典故」「典章」の後に「古典」が見えるのを利用したものと思われる。一方、『和英語林集成』初版（一八六七年）には classic および classics の見出しはなく、再版（一八七二年）では classics の訳語として Kei-sho, kei-ten, go-kiyo が挙げられ、和英の部に「古典」の見出しはない。三版（一八八六年）に至っても、「皇典」Japanese classics はあるが「古典」はなく、classics の訳語も再版と同様である。ちなみに『哲学字彙』で classic が立項されるのは三版（一九一二年）になってからだが、しかしその訳語は「華文、経書、経文、経典」である。

（3）一八七九（明治十二）年九月十日付通知、『東京帝国大学五十年史』（東京帝国大学、一九三二年）上冊六九一頁。以下『五十年史』。

（4）一八七七（明治十）年九月三日付加藤弘之上申書、本書第一章二二頁。

（5）『五十年史』上冊六九二頁。

（6）『五十年史』上冊九一八頁。

（7）『五十年史』上冊八八九頁。『第一高等学校六十年史』（第一高等学校、一九三九年）三八頁。

（8）東京大学史史料研究会編『東京大学年報』第二巻（東京大学出版会、一九九三年）八四頁。以下、『年報』。

（9）戸川芳郎編『三島中洲の学芸とその生涯』（雄山閣、一九九九年）所収。
（10）『五十年史』上冊七三四頁。
（11）第五期には詩文の代わりに作文が入っているが、誤植の可能性があるので、ここでは取り上げない。
（12）『年報』第二巻二八九頁。
（13）『年報』第二巻二八七頁。
（14）前掲『三島中洲の学芸とその生涯』三六七頁。
（15）『五十年史』上冊七〇八頁。
（16）『五十年史』上冊一〇六五頁。また、『教育に関する勅語渙発五十年記念資料展覧図録』（内閣印刷局、一九四一年）。

第三章　漢文とアジア——岡本監輔の軌跡と企て

齋藤希史

近世日本の漢文は、朝鮮通信使や長崎における清国文人との交流という限られた実践を除けば、その普遍性は実用面ではなく理念的なところに重点があった。言い換えれば、理念的な普遍性を背景にしていたからこそ、漢文には一定の権威があった。さまざまな偏差はあるにせよ、儒教道徳が近世日本の普遍的価値を構成していたことは事実であり、それが漢文で書かれた四書五経を正典としていたことによって、漢文の権威はゆるがないものであった。また、近世日本において統治を担っていた士族階級は、幼少から漢文の読み書きを学ぶことで、儒教道徳を身体化すると同時に、士人たちの私的世界における隠逸あるいは艶情に及ぶ発想も含めて、漢文によって書かれた世界に親しみ、それを自らの世界とした者も少なくなかった。

近代以降、西洋世界への参入によって、理念としての儒教は普遍の座を科学や哲学に譲ることになる。士族を核にして再編された明治の知識‐統治階級は、先を争って西洋の学問を吸収し、新たな普遍を構築しようとした。漢文の権威は、その意味では失われたのであった。

とはいえ、文体としての漢文が有していた機能までが失われたのではない。明治の知識‐統治階級にとって、漢語漢文は、彼らの知的基盤を支えるものであった。西洋の書物を翻訳するさいに用いられた文章がおおむね漢文訓読体であり、多くの学術用語が漢語によって翻訳された理由の一つは、漢文が知的権威をもつ文体であったことに求められる。

そしてもう一つ、近代日本における漢文は、それ以前とは異なった機能をもつことになった。東アジアの領域言語としての漢文である。西洋列強の東アジア侵略への対抗として掲げられた同文同種というスローガンのもとに、いわば東アジアの紐帯を象徴するものとして、漢文は新たな役割を負わされたのである。

本章は、おもに十九世紀末から二十世紀初頭にかけて見られたこのような漢文の役割を、第二章でも言及した岡本監輔《けんすけ》（韋庵。一八三九―一九〇四）という興味深い人物に焦点をあて、アジア主義の流れを参照しながら、明らかにしたい。(1)

I　岡本監輔とアジア

岡本監輔は、幼名を文平といい、天保十（一八三九）年、阿波藩に生まれた。徳島県立図書館蔵「岡本氏自伝」(2)によれば、「家ハ世々農事ニ服シ、傍ラ医業ヲ修メ、纔《わづか》ニ生活ヲ営ミタルホド」であったが「サレドモ読書ハ頗ル嗜ミテ、耕耘ノ間ニモ巻ヲ懐中ヨリ放タズ」であったと言う。十五歳のころ、阿波藩の儒者岩本贅庵に入門し、本格的に漢学を学ぶが、詩文を事とする学問のありかたに反発して、まもなくそのもとを去った。「余幼ヨリ四方ノ志アリ。何トゾシテ一家ノ人物タラント思ヒタリ」と「自伝」の冒頭に記すように、岡本はもともと文章よりも経世に意があり、『日本外史』なども熱心に読んでいた。幕末維新期の典型的な志士と言える。

やがて岡本は北方に「サガレン」（サハリン）という大きな島があることを知り、大きな興味を抱く。文久元（一八六一）年、二十二歳で江戸に出てから、間宮林蔵『北蝦夷図説』を読むなどして情報を集めた後、文久三年にはついに新潟から北海道に渡り、さらに樺太シルトタンナイにまで至った。いったん北海道函館に戻った後、翌年、再び樺太に渡ってシラヲロで越冬し、慶応元（一八六五）年には、四月から十一月にかけて樺太全島を踏査した。北端のガオト岬に天照大神の社を建ててもいる。その翌年、北海道に戻り、幕府が樺太をめぐってロシアと交渉に入ったことを聞くと、北地開発の意見書を箱館奉行に提出し、江戸・京都に戻ってさらに運動を重ねたが、結局、樺太雑居条約によって、樺太領有問題は棚上げとなり、岡本は失意のうちに帰郷した。

慶応三(一八六七)年一月、京都に出て、山東一郎(直砥。一八三九―一九〇七)とともに「北門社」を結成し、北方開発を目指しての運動を行なった結果、翌明治元(一八六八)年には明治政府太政官より函館裁判所の権判事に山東とともに任じられた。北海道に渡ると、樺太全島の開拓事務を委任され、六月に樺太に渡り、クシュンコタンに役所を置いた。樺太ではロシア側との交渉にあたったが、結局、ロシアの武力の前にどうすることもできず、明治政府の後押しもなかったため、明治三(一八七〇)年に官を辞し、以後、神奈川県雇員、長崎県師範学校雇員などを転々とした。ここまでが、岡本監輔の前半生であり、おおまかに言えば、漢学の修業、北地開発への野心、その挫折という展開になろう。

後半生を特徴づける契機となるのは、一八七四(明治七)年の清国行である。[3]岡本は同年より陸軍省参謀局に務めていたが、在官のまま、八月に天津から入清し、山東を巡り、十一月に帰国した。[4]おりしも日本の台湾出兵によって清国との関係に緊張が生じていた時期であるが、この時の旅行記である『烟台日誌《えんだいにっし》』[5]を閲すれば、台湾よりも北方開発を優先すべきことが述べられていたり、道中の記事ももっぱら清国を実地に見聞することに第一の興味が置かれていたりするなど、陸軍の意向が岡本の渡航にどれほど反映されていたかはわからない。岡本自身にとっては、佐田白茅編『名誉新誌』第八号(一八七六年五月)に掲載された「岡本監輔支那遊歴ノ紀事」に「君既ニ北地ノ跋渉ヲ止メ、雄心勃々、髀肉ノ嘆アリ、乃将サニ支那ニ遊ハント欲ス。明治七年ノ秋、天津ニ航シ、山東ノ地ヲ観ントス。会々《たまたま》台院ノ警アリ、遊観意ノ如キヲ得ス、因テ登州府蓬莱県蓬莱閣等ノ処ニ遊ヒテ還ル」(句読点を補った)とあるように、念願の大陸渡航ということであったのではないか。

翌一八七五（明治八）年五月には再び清国に渡り、翌年一月の帰国まで、九ヶ月に及ぶ長期間の滞在を果たした。北京から盛京（奉天）に至り、さらに再び山東を訪れ、泰山、曲阜を巡って、孔子の子孫とも出会い、さらに開封から洛陽に至り、南に下って襄陽、武昌、九江と巡り、南京、上海に至るというように、その旅程も長大である。(6) 日清修好条規が結ばれた一八七一年からまだ数年のことであり、日本人にとって中国は書物の上ではともかく、実際にはいまだ未知の土地であった。

興味深いのは、かつては未開の地を踏査することに熱心であった岡本が、中国ではむしろ漢詩文の故地旧跡をまるで巡礼のように訪れていることである。現地の文人とも漢文の筆談によって積極的に交際している。もちろん、この当時は、筆談は会話の代替として止むなく為されるというよりは、文人同士の交際の手段として、きわめて正統的な行為であった。めずらしい身なりをした外国の旅行者に見物人が群がるのに辟易した岡本が「有知文章者可筆談。你輩無学人不足与談。可速去。吾観無学人如糞土(7)」、つまり文章を書ける者しか相手にしないと書きつけて見物人に示しているのも、そうした意識が背景にあろう。そしてこの一連の渡清経験が、岡本に大きな影響を与えたと考えられる。

2　『東洋新報』の創刊

一八七六（明治九）年七月、岡本監輔は漢文による雑誌『東洋新報』を創刊する。第四号までの冒頭に掲げられた「題言」は、以下のようなものであった（返り点に最小限の修正を加え、圏点を省き、句読点を施した。以下、『東洋新報』の記事についても同じ）。

我明治天皇陛下、践二万世一統之宝祚一、挙二七百余年之墜典一、玄鑑深遠、光二臨区宇一。自二明治維新一以降、于レ今九年、国仍二五圻七道之旧一、奠三神器於二東京一、増二置北海道一、恢二弘規模一、廃レ藩為レ県、不レ私二其地一。自二華士族一至二平民一、一視同仁、無レ論二種類一、定レ律為レ政、上下協治。改二正朔一、易二服色一、唯善所レ在、務在二日新一。教育大行、英俊輩出、官省使寮府県之間、無レ不レ得二其人一。問三台蕃於二支那一、所三以除二西陲之毒一、取三千島於二俄羅斯一、所三以絶二北顧之患一。禁二白露之売奴一、則遠人歆レ風、認二高麗之自主一、則頑民革レ面。凡其良法美政、綱挙目張、行レ見下豊功偉烈、震二耀五土一、而英法諸国之所三以号称二文明一者、皆萃レ於中我東方君子国上也。維新以降之事、其公報則有二史官編輯一詳レ焉、私報則有二新聞雑誌等一、委曲詳密、無レ所レ不レ備。吾儕小儒、豈得レ容三喙於二其間一乎。顧者其行文多係二国字一、其於下宣二揚聖徳一、示中之遐邇上、未二嘗無二遺憾一。因創二一新聞一、彙二我邦現今公私之事、海外諸国之異聞及各人論説詩賦等一、訳以二漢文一名曰二東洋新報一。将下自二明治九年七月一始、逐日録出、与二亜細亜洲内同好之士一共上レ之。四方君子有レ志レ於二斯民一者、幸賜二一評一、毋下以二余之不文一而附中之覆瓿上。其有二異聞新説一、亦幸毋レ吝二明教一、当二謹録以伝一也。

神武天皇紀元二千五百三十六年、明治九年七月中旬、名東県岡本監輔撰。

岡本は一貫して尊皇思想の保持者であったが、この「題言」にもそれが色濃く現われている。注意すべきは、そうした尊皇思想と「亜細亜洲内同好之士」との伝達手段としての漢文とが接続されていることであろう。もちろん、岡本にとって、表現手段としての漢詩文は、幼い頃から身に染みついたものであった。また、頼山陽『日本外史』に見られるように、幕末期の漢文は、儒教倫理と尊皇思想の主要な伝達媒体であった。そしてこの「題言」からは、その尊皇思想が明治維新と結びついて、西洋に対抗すべき新たな文明（もしくは新たな倫理）を支えるものとなっていることがわかる。そうした意味では、岡本にとって漢文はたんにアジアに共通の書記言語である以上のものであったと言える。

また、『東洋新報』の「凡例」には、以下のようにも記される。

一　此編訳以二漢文一者、欲レ使下我同文国老措大頑如レ余者、察二宇内之形勢一、悉中当世之時務上、所謂当レ仁不レ譲レ師之意、多見三其不二レ知レ量一也。名曰二東洋一、亦為レ此耳。

ここでは、漢文が古典を読むための手段ではなく、「同文国」の「老措大」つまり老書生が現在の世界情勢を知るためのものとして位置づけられている。実際、『東洋新報』は、日本国内の事情を伝える「内報」、海外の事情を伝える「外報」、さらに「論説」と「文苑雑識」から構成され、「文苑雑識」を除けば、基本的に岡本が漢文に訳したもの、もしくは在清発行の新聞記事を要約したものであった。

岡本が『東洋新報』を創刊するに至った経緯について具体的に記した資料はいまのところ発見されていない。しかし、二度の清国旅行がその大きな契機になっていることは、まず疑い得ないところであろう。一八七六年八月発行の『東洋新報』第二号および翌月の第三号には、「西遊錦嚢」と題して、岡本が二度目の清国滞在で多くの文人たちから贈られた詩がまとめられており、詩文による交遊がきわめて盛んであったことがわかる。樺太探検においてはこのような機会は到底得られるはずもなかったから、岡本にとっては、自身の「志」を果たすべき大きな転機に逢着したということになるのではないだろうか。「西遊錦嚢」の冒頭には、岡本自身の説明が記されているので、それを掲げておこう(8)。

余之欲下遊二清国一以講中合縦之説上也久矣。明治七年秋、始航二上海一抵二北京一、会三我大臣争二台湾事一、清人危疑故不レ得三広接二其人一而皈矣。明年五月、再赴二彼国一、六月、入京、観二万里長城一、七月、抵二盛京、経遼陽、到岫巖。八月、自営子航煙台天津、再入京。九月、又経天津、抵済南、登泰山、過鄒魯。十一月、行開封嵩洛、経汝州南陽、出武昌。十二月、下江、歴南京揚州、以達上海。此行沿道接名士頗多。終日筆談、情均膠漆、無復猜疑存乎其間。蓋我之於清、人同種、書同文、故其交際自然如此之殷也。窃謂使余住各省城数十日、従容論交、則其通彼此之情、未嘗無少補於両国也。恨余行程有期、不暇留連交歓、以吐露蘊奥也。頃者彙彼国名流贈余之詩、凡若干首命曰西遊錦嚢。詞多溢美、余恥非其人、然欲使世知清人親我之如彼也。苟有志切当世、学通宇内者、去游彼土、淹留歳月、開誠布公、互相応酬、則其於変化彼之積習、振興彼之国勢、殆無難為者、而所以修隣好、禦外侮者亦必在于此矣。是余録此篇之微意云。

アジア諸国が連合して西洋列強の侵略を防ぐという「合従之説」は、樺太を巡ってロシアと対峙した経験のある岡本にとって、ごく自然な発想であったとしてよいだろう。また、その背景として、東アジア諸国が儒教道徳を共通の倫理としているという彼自身の（そして当時の多くの人に共通の）認識があったことも、想定してよいであろう。しかしながら、それが具体性を帯びるのは、まさにこの訪清において、「終日筆談、情均膠漆、無復猜疑存乎其間」という直接的な経験をしたからであった。

この当時は、日清韓のいずれの知識人たちも、巧拙はともかくとして漢文（文言文）を書くこと自体に馴染んではいたから、筆談という手段は今日の私たちが考えるほどに不便な交際手段ではない。口頭言語ではなく書記言語であればこそ、文章を簡潔に交わしあうことも可能であった。詩を交換することもまた同様であろう。近世の朝鮮通信使や長崎に来航した清商はもとより、明治になってから訪日した清国の官吏文人も、日本の知識人と交わした多くの筆談を遺している。日本人が清国や朝鮮に赴いた時にも、筆談を求める人士が数多くいたことは、さまざまな旅行記から知ることができる。筆談は、漢字圏であればこそのコミュニケーション手段であったとしてよいし、それは一般に想像される以上に有効に活用されていたのである。曲阜で孔子の末裔孔慶鎔と会ったさいには、以下のようにして、筆談を交わしている。[9]

慶鎔揖余而致一房。遣使公府、使余待其帰。筆談移時。其子出代父亦筆談。慶鎔接余曰、貴国王云々。余曰、我邦皇統、一姓連綿。然中国自古易姓者多。是非聖人所欲。至千秋後、君臨中国者、以為至聖裔。敝国之評也。今接中国人、雖不可漫語、以理推焉。其説必有験。慶鎔聞此言、微笑為礼。又向其子曰、自今以後、中国為政、唐虞而来列帝王裔者于上議院、列天下知道者于下議院、合衆協同、而可躋斯民於仁寿之域。古語所謂、諮詢于郷士庶民之法也。而講洋学防耶蘇、以聖学而可発憤、如我邦文化日盛。此国姑息、徒慢聖人国。何其迂乎。請少察焉。其子大感為礼、指余曰大人。自謙称晩生。已置酒相款、而設午餐。情意懇到。

こうした場で記される漢文は、ややもすれば定型的なものになることは避け難い。日本人が書けば、いわゆる和習（日本語ふうの言い回し）も多くなる。岡本自身の漢文も、修辞に意を払うというよりは勢いに任せて書くというスタイルのもので、『東洋新報』中の記事にも、翻訳語としての漢語も含めて、日本で常用される漢語がふんだんに用いられている。筆談の漢文に近いとすら言えるかもしれない。もちろん、『支那遊記』に全面的な推敲の跡が見られるように、[10]文章を整えるという意識は岡本にも根強くあったけれども、一方で、その即時的な通用性も認識されていた。

『東洋新報』第四号（一八七六年十月）には、秋月新（新太郎）から贈られた詩と、それに対する岡本の評が載せられており、そこからも、岡本の漢詩文がどのようなものであるかが知られるので、以下に引用しよう。

読二東洋新報一似二岡本氏一

我観二今世一半庸奴、也有二先生是丈夫一。北海風濤詩胆壮、西天雲月酒心孤。文壇一自レ張二堅陣一、筆戦豈難レ摧二腐儒一。佗日駕駘挂レ冠去、椿山許レ入二社盟一無。

岡本監輔曰、秋月少佐文筆雄捷、千言立辨、非三余輩所二企及一、而其推レ余如レ此、余何以当レ之。方今文運之盛、其先達諸彦、有レ名於二文壇一者、指不レ暇レ屈。而余輩後生敢修二此業一、不二自揣一之甚也。豈筆戦云乎。然余従来悪レ修二浮華之辞一、不レ欲三拘二‐々文法一、常自謂文章無レ補二乎国家一、雖下駕二韓欧一而上上レ之、無レ所レ用也。此或少佐之所二以過許一レ余歟。

さらに、「西遊錦嚢」の末尾に付された岡本の詩は、以下のようなものであった(11)。

我生二南海浜一、抗レ志在二四辺一。読書領二大略一、経綸眇二前賢一。孔顔憂世意、管楽済時功。空談無レ所レ用、咄哉仰二蒼穹一。一旦抛二筆硯一、単身赴二窮北一。周遊三万里、慷慨思二報国一。畸迹人怪異、呼為二狂夫魁一。叨栄嘗有レ日、何知レ非二其才一。小人訾二我拙一、君子笑二我迂一。骯髒従レ成レ性、権門懶二奔趨一。竭来三五載、結レ茅椿山傍。林泉多二逸興一、誓将二与レ世忘一。独往柔桑下、緬想臥龍公。豪気除不レ得、朗吟吐二長虹一。避レ賢信長策、猶病死無レ聞。擬下持二杞人説一、敢干中聖哲君上。祇当レ尽二吾分一、何暇及二身図一。死所且無レ択、毀誉豈足レ虞。経営十数畝、嘉樹雑二蘭芷一。不レ識百年後、幽賞属二誰子一。皎々池辺月、宛々樹頭花。千秋同一観、此心又何加。人生如二朝露一、大千亦劫空。争似此心楽、与レ天一無窮。居レ貧知二官貴一、行レ遠懐二室安一。常情徒自累、葆レ真豈不レ難。慇懃同好者、為レ我恵二徳音一。徳音在二懐抱㆒、不㆓啻万黄金㆒。

総じていえば、岡本の漢詩文は、幕末明治期によく見られた志士の漢詩文とでも評すべきものであろう。従来、こうした志士の漢詩文は、民権運動との心情的な連続性などの流れで論じられることが多く[12]、東アジアという広がりのなかで捉えられることはまだ少ない。訪清と筆談という契機に着目することで、たんなる志士的感情の発露に留まらない意味をこれらの漢詩文に見出していくことも可能であろう。

もう一つ、『東洋新報』が日本の情報を中国に広く伝えるメディアとして企図されていたことにも、注意すべきであろう。「内報」は、雑報に類するような記事まで漢文に訳して掲載し、その分量も「外報」や「論説」に比べて多い。岡本は中国において日本の存在がそれほど知られていないことを実地に経験しており、それを中国の夜郎自大だと非難しているけれども、現実に知られていない以上、何らかの方策を立てる必要はあった。「内報」欄は、そうした意味で、いわば日本事情の紹介となっている側面がある。

このように、『東洋新報』の刊行は、北方からアジアへとその視線を転換せざるを得なかった岡本にとって、大きな意味を有する事業であると同時に、一八七六（明治九）年という時点で、このようなメディアが誕生していたことの歴史的意義も大きい。筆談という個別のコミュニケーションを活版の定期刊行物上に展開すること、そのコミュニケーションの発信地として、万世一系という正統性と文明開化という先進性を獲得した日本という国を示すこと。これは、近代以前には見られなかった漢文の機能であった。

3　出版活動と作文教育

『東洋新報』は、一八七八（明治十一）年十二月十日発行の第四七号をもって廃刊となる。しかし岡本自身の著述活動はむしろ盛んになり、翌七九年には、『万国史記』二十巻および『要言類纂』六巻を出版している。『万国史記』は、東西の歴史書を材料として漢文に翻訳編集したものであるが、[13]構成上の大きな特徴は、「万国総説」「亜細亜総説」「大日本記」「支那記」「印度記」のように、日本、そしてアジアから叙述を始め、次いでヨーロッパ、さらに南北アメリカ、さらにオセアニアで結び、明確なアジア（とりわけ日本）中心主義を採っていることである。一八七六年に文部省から刊行された『巴来万国史』（*Peter Parley's Universal History on the Basic of Geography*）もまたアジアから始めているが、それは世界の創造と洪水の地としてのアジアであって、キリスト教的歴史観をそのまま投影したものである。その二年前にやはり文部省から発行されていた師範学校編『万国史略』は、「漢土」から始められ、日本の部はない。どちらの書物も訓読体の漢字片仮名交り文で書かれており、学校教育用に編纂されたものである。

　これらと比較すれば、岡本の『万国史記』は、明治日本という観点から世界全体の歴史を通覧しようとした一個の著述として書かれたことがわかる。漢文で書かれているとは言え、返り点のみならず送り仮名や振り仮名も加えられており、一定の教育を受けた人にとっては読むのに困難を覚えるようなものではない。樺太探検のことを記した『窮北日誌』（一八七一年）がやはり訓点付きの漢文で書かれているように、著述の体裁として漢文がもっとも高いステイタスを有していたことの反映として、『万国史記』は漢文で書かれたと見てよいであろう。副島種臣《そえじまたねおみ》、重野安繹《やすつぐ》、中村正直《まさなお》、岡千仞《せんじん》という錚々たる人物が序を寄せている（すべて漢文）ことも、その裏付けとなろう。

　一方で、この書物の海賊版が清国で広く出回ったことにも、注意が必要である。刊行のおよそ二十年後に中国を訪れた内藤湖南は、天津で陳錦濤・蒋国亮と会い、「貴国書籍、翻して中文と作すは、此れ大に有益の事、既に以て支那の文明を開くべく、而して貴国又其の利を得ん、近日の万国史記、支那通史の如き、中国人此書を買ふ者甚だ多し」と蒋に言われており、実際、その部数は三十万部とも推計されている。[14]岡本は一八九九（明治三十二）年前後に吾妻兵治らと中国における漢訳書の出版を主務とする善隣協会および善隣訳書館の設立計画に加わっているが[15]、それもこうした需要を見込んでのことであった。

一八七九年当時において、清国で出版販売しようとの方策を岡本が持っていたわけではないが、東アジアにおける漢文の通有性が明確に認識されていたことは疑いなく、結果として『万国史記』が清国で広く流通したことは、岡本の意に沿うものではあった。なお、中国版では「大日本」が「日本」に、「支那」が「中国」に書き換えられるなどの例はあるが、日本を筆頭に置く全体の構成はそのまま踏襲されている。

『要言類纂』は、漢籍から文章を抄録して「事天」「立志」「蓄徳」「明倫」「居家」「処世」「知人」「莅官」「為政」「司憲」「議兵」「衛生」「励業」の十三門に分類した書物で、自跋には「自幼好読書、自経史至諸子百家注疏語録之類、無不渉猟網羅、有会心者、従而抄之、増損刪定、彙為一書、命曰要言。窃謂、漢学之要、尽在此矣」と述べる。岡本にとっての漢学が、書物上のものであるに留まらず、現実の世に処する上で有用なものとしてあったことが、ここからもわかる。彼にとって漢学は決して洋学によって代替されるようなものではなかったのである。

そしてこの年、もう一つ特筆すべき事柄があった。第二章で述べたように、一八七七（明治十）年の設立から二年を経た東京大学において学科改正が行なわれ、それにともなって作文重視のカリキュラムが文学部および予備門において実施され、その担当に岡本監輔が任じられたのである。

一八七九（明治十二）年九月十八日、東京大学文学部は従来の第一学科すなわち史学哲学政治学科を改め、哲学政治学及理財学科とした。東西兼修を旨とすべき史学は、担当できる教員がおらず、学生も少ないために、外国人教員でも担当できる理財学をもってそれに代えたという[16]。文学部には設立当初から第二学科として和漢文学科が設置されており、東京大学綜理の加藤弘之はその理由について「自ラ日本学士ト称スル者ノ唯リ英文ニノミ通ジテ国文ニ茫乎タルアラバ真ニ文運ノ精英ヲ収ム可カラザレバナリ」[17]と説明していた。欧米の学問が主軸にならざるを得ない時代であったとはいえ、東京大学が日本の「学士」を養成する機関である以上、「国文ニ茫乎タル」ことは許されない。一八七九年の学科改正において、理財学の追加と同時に「従前の課程に於て和漢文学とありしを、総て和文学、漢文学と改め、特に漢作文に重きを置き、又第四年に卒業論文を課し」[18]ているのは、そうした補正の意識が働いたものと見なせなくもないだろう。改正された文学部の規則では、第二章で述べたように、和漢文学科のみならず、哲学政治学及理財学科においても、漢作文が必修となった。

東京大学予備門においても同時期に同様の方策が採られ、一九七九年九月二十六日、岡本監輔に「嘱託シテ和漢文章刪潤ヲ主任セシム」との命が下された。[19]十月に発布された規則とその意義については、第二章四九頁を参照されたい。

なお、岡本の「漢文自伝」には、一八七七年八月より「東京大学文学部雇員」となり、同年十二月二十八日に岡本の希望によって退職したものの、同日をもって「本部校長」から作文校正を属託されたと記される。これが事実とすれば、岡本はカリキュラム改正以前から、作文担当の教員として配置されていたことになる。

第二章で言及したように、中村正直は文学部の漢作文教育の一環として英文漢訳をさせていた。岡本は英語に通じていなかったために、こうした芸当はしたくてもできなかったのだが、漢文を古典語としてではなく東西の事象に用いるべき書記言語と捉えているという点では、『東洋新報』や『万国史記』と共通するものがある。日本語の文章の基礎を固めるという側面と、英文に対抗しうる普遍性をもつという側面の二つが、大学における漢作文教育にはあり、岡本はまさしくその担当として任じられていたのである。

4　アジア主義と漢文

以上のように、岡本監輔という人物を軸に据えることで、日本の近代初期の漢文のありかたを、従来とはやや異なった角度から見ることができる。岡本は善隣協会の設立以前には思斎会や斯文学会など儒学復興のための結社の設立にもかかわった。東京大学予備門や第一高等中学校で教鞭を取り、また、徳島県尋常中学校校長にもなっている。一八九六（明治二十九）年七月には、それらの経験が買われたのと、ちょうど台湾総督府の民政長官が前徳島県知事の村上義雄であったことから、台湾総督府国語学校教授に任じられ、翌年七月に帰国している。[20]一九〇〇（明治三十三）年から翌年にかけて三度目の渡清を果たし、上海商務印書館から『西学探源』『鉄鞭』『孝経頌義』といった自著を出版する。また、さらに一九〇一年から翌年にかけては北京警務学堂に招聘されている。漢文を武器に、アジアにおいて事業を成功させようとした人物であることは間違いない。

そしてその漢文が、いわゆるアジア主義と結びつくものであったことも、容易に想像される。岡本の漢文は尊皇思想とともにあり、西洋に対抗すべき倫理をもつ地域としてのアジアのものである。そこで、「初期アジア主義」の団体と言われる興亜会と亜細亜協会の機関誌（報告）が漢文で書かれたことについて、一瞥しておこう。岡本と興亜会との関わりは不明だが、亜細亜協会には一八八四年より加入し、機関誌の編集も担当している。

興亜会は、一八八〇（明治十三）年二月に、長岡護美《もりよし》を会長として設立された。趣旨や会則は曽根俊虎が準備したから、実際の企画者は曽根ということになる。[21]注意すべきは、この結社が中国語学校の設立を目的としていたことで、ほぼ同時に興亜会支那語学校が開設された。これは近代の民間中国語学校としては最初期のものであり、かつ、日本における中国語教育の拡大をもたらすものであった。[22]『興亜公報』第一輯[23]に掲載された重野安繹の演説に「余カ如キ数十年漢籍ヲ閲スト雖トモ、変則ナル故ニ言語ニ通スルヲ得ス。已ニ昨年清客王紫詮東京ニ遊ヒ、暫ク敝寓ニ居ヲ同シ、日夜相接スレトモ、互ニ其言語ヲ暁得スル能ハス。此ニ至リ益正則ノ要務ナルヲ覚知セリ。縦令筆談ヲ能ストモ、両情相接スルノ蘊奥ハ、語言ニ非スンハ述フル能ハス」（句読点を加えた）とあり、「変則」（日本語で訓読）ではなく「正則」（中国音で直読）によって学ぶべきことが主張されているのも、こうした語学学校の設立を嘉してのことであった。

また、相互の交流をいっそう緊密にするためというだけでなく、中国語（清国官話）をアジアの共通言語にしようという考えも興亜会から生まれていることに注意せねばならない。『興亜会報告』第十二集（一八八〇年十一月）に掲載された広部精《ひろべくわし》「官話論」は、興亜会の学校で官話を教えてもアジアは言語が多様だから意味がないのではないかとの意見に反論する形で、官話を西洋における英語になぞらえ、「十八省雖有土話。中人以上。無不通官話者」、「満洲蒙古士民。各学官話。常交漢人」などの例を挙げ、ベトナムでも朝鮮でも官話に通じる者は多く、「亜細亜東部無下一不レ通二官話一之国上。則謂二之亜洲通話一。亦非二虚語一」、つまり、アジア東部で官話が通じない国はないのだから、官話をアジアの通用語だといっても虚言ではない、と述べる。言うまでもなく広部精は近代日本の中国語教育において大きく貢献した第一の人物である。

広部がここで「通話」と言うように、それはあくまで口頭言語としての中国語であったわけだが、一方で、『興亜会報告』はこの号から漢文を主とするように変更され、同時に編輯者は広部に代わっている。右に引いた広部の論説が漢文であるのもそのためである。『興亜会報告』第十二集冒頭の「本局告白」には、そのことについて以下のように宣言されている。

一　本報告。向二用二和文一録レ事。而外邦未レ能二尽通一。則非レ所三以伝二本会之意一也。因テ議ス今後改用二漢

文一。以広ク便二亜洲各国士人之覧一。非二敢有一レ所二区別一也。

「本会記事」欄に載せられた（一八八〇年）十月二十日の会の記録によれば、和文ではなく漢文を用いるべきだというこの提案は広部によってなされ、関新吾、渡邊洪基らの賛同を得ている。ここには、書記言語は漢文、口頭言語は官話をそれぞれアジアの共通語と見なす認識があると考えてよいだろう。後者は一足飛びには行かないが、前者であれば、すぐにでも実現可能だと広部は考えたのだろう。ちなみに、毎号の最後に「啓者。此集所レ編事体。於二行文措辞句読訓点之中一。不レ無二錯誤一。切望内外君子。高明指示。為レ幸」と記されるようになるのも、この第十二集からである。

ただし、全編を漢文にする試みは、第十三集までのわずか二号にとどまった。一八八一年一月発行の第十四集からは、和文の記事が「和文雑報」として復活し、漢文にもそれまであった返り点だけではなく送り仮名なども付されるようになる。冒頭の「本局敬白」では、先に「因議今後改用漢文」であったところが「因議今後改兼用和漢文」と変えられている。さらに新たに設けられた「和文雑報」欄の始めには、以下のような文章が掲載された。

本報ハ原ト擬下専用二漢文録上レ事。有二説者一曰。此報ノ諸事。有下専為二我人一者上。有下専為二漢人一者上。又有下為レ須二彼此同知一者上。其欲レ令下漢ヲシテ暢通シ。及ヒ須中同ク知道上者ハ。当ニレ訳二漢文一。若シ専為ニスル二我人一者ニシテ。而シテ訳セハ二漢文一ニ。反テ使二我人ヲシテ難一レ解。則徒労無レ功耳。云々。今専為二我人一者ハ。仍用二和文一録報ス。読者諒セレ之ヲ。

日本人向けの記事では和文を漢文に訳す必要はないというのが誰の意見であったかは不明だが、『東洋新報』を継承するかに見えた広部の試みは中途で妥協を余儀なくされた。そのことと関わりがあるかどうかはわからないが、第十五集（一八八一年三月）の最初の記事「林可桐癩病原委」は、広部による官話で書かれている。[24] ただし、『興亜会報告』において他に明らかに官話で書かれた記事は見られない。

一八八三年一月に興亜会を「改称という形で組織変え[25]」をした亜細亜協会の機関誌『亜細亜協会報告』においても、東アジアの通用語として漢文を用いるという方針は継承された。冒頭に掲げられた「例言」には、以下のように記される。[26]

一　本報。原期下与二亜細亜全洲一互通二消息一。求中広大益上。奈此語言文字。各邦各殊。遽難二徧知一。幸我国与二清韓一素称二同文一。是編中不三単用二国文一。而輙用二漢文一者。亟三於互通二彼此情事一。亦行レ遠自レ邇之意也。

『亜細亜協会報告』は、全体としては漢文が多く、第九篇（一八八三年十月）からは、「国文通報」（「和文通報」）欄が無くなり、全編にわたって漢文が用いられるようになる。編集者は吾妻兵治であり、第十五篇（一八八四年九月）は吾妻の病気のために岡本監輔に交代したが、第十六編（一八八四年十二月）からは再び吾妻に戻っている。吾妻も岡本も、通常会員として加入するや直ちに編集を担当しており、編集体制をめぐっては何らかの事情があると思われるが、具体的なことは不明である。さらに、一八八五年七月十五日の会において、以下の方針が定められた（『亜細亜協会報告』第十八篇）。

一　自レ今改二報告書編輯体例一。其要三均示二亜洲人士一者。漢文記レ之。或事係二清韓一。只要レ示二日本人一者。日文記レ之。又事係二日本一而要レ示二清韓人一者尚用二漢文一。

一　報告書中係二漢文記事一者。自レ今必先経二在東京清国公使館員添削一。然後付二剞劂一。頒二寄会員一。

『興亜会報告』の時と同じような意見が出されたということだろうか。漢文については清国公使館員の添削を受けてから刊行するというのは、文法的な誤りを含む漢文が目立つと会報の信用性、引いては協会の信用性も失われるということだろうか。いずれにしても、機関誌を漢文で書くことについては、会員の間にもさまざまな意見があり、編集も紆余曲折を経ていたことがわかる。

5　同文と同化

岡本にしても広部にしても、アジア共通の書記言語として漢文を設定した背景には、西洋への対抗とアジアとの連携という考えがあった。漢文はアジア主義のなかで近代東アジアにおける新たな価値を賦与されつつあった。一方、幕末維新期における漢文特有の尊皇思想は、反欧化主義としてのアジア主義に流れ込み、忠君愛国という倫理へ傾斜する。広部のように、官話を共通語とすれば、その流れから離れることは可能となろうが、『興亜会報告』にしても『亜細亜協会報告』にしても、官話をそのまま用いることはできず、やはり漢文に頼ったのであった。広部自身も、漢文から官話への道筋を示すことはなかった。

ちょうど同時期、一八八四（明治十七）年六月二十六日から『郵便報知新聞』紙上に三日間にわたって掲載された社説「我カ漢学諸大家ニ望ム所アリ諸君何ソ支那朝鮮ニ向テ其力ヲ施サヽル」においても、近代東アジアという領域における新たな漢文の機能が唱えられている。署名はないが、尾崎行雄（一八五八―一九五四）の筆によるものであろう[27]（引用にあたっては圏点を省き、読点と濁点を補った）。それは以下のような現状把握を前提とする。

我ノ始テ交ヲ朝鮮支那ニ通ズルニ方《あたり》テハ、二国ノ文明ノ我ニ超過セルコト弁ヲ要セズト雖モ、今ヤ文野地ヲ換へ、我ハ東洋ノ先進国ト為テ支那朝鮮ハ遠ク後ニ落ツルニ至レリ、〔…〕此時ニ方リ進ンデ二国ヲ誘導シテ其頑習陋俗ヲ打破シ、其知識ヲ開拓スルハ即チ千六百年間ノ長恩ニ報ユル所以ニシテ亦本邦ノ利益ニ非ズト云フ可ラズ、而シテ余輩ハ此重任ヲ以テ本邦ノ支那学士ニ望マント欲スル也

古代とは立場が逆転し、日本が文明国になった現在においては、後進国である中国や朝鮮を指導するのは「支那学士」の役目だとする。岡本などはまさにその役目を自任していたであろう。ただし、尾崎は「支那学士」つまりは漢学者に対して、以下のように、相当に辛辣であった。

夫レ支那朝鮮ノ固陋未開ナルハ世人ノ熟知スル所也、故ニ本邦ニ在テ遠ク時勢ニ後ルル所ノ漢学者モ之ヲ支那朝鮮人ノ頑愚固陋ナルニ比スレバ、先進先覚ノ士タリ、其議論見識遥ニ彼ガ上ニ出デンコトヲ必セリ、本邦ニ在テ時勢ニ並駆セント欲セバ、漢学先生固ヨリ洋学者ノ轅門ニ降ラザルヲ得ズ、力ヲ支那朝鮮ニ施サント欲セバ、労セズシテ毅然タル先覚先進ノ士ト為ルコトヲ得ト謂フ可シ

とはいえ、以下に述べられる具体的な提案は、すでに岡本が試みたことであった。

我ガ支那学士、若シ或ハ論説ヲ彼ガ新聞社ニ投ジ、或ハ泰西日進ノ思想ヲ漢訳シテコレヲ輸入シ、或ハ其士大夫ト交テ、天下ノ形勢ヲ談ジ、以テ誘導セバ、其迷夢ヲ覚スヤ将ニ益々迅速ナラントス、支那朝鮮ニ未ダ泰西ノ良史アラザル也、未ダ泰西ノ政治、法律、経済学ニ関スル良書アラザル也、我ガ支那学

士若シ今ヨリ洋学者ト計テ此等ノ書籍ヲ漢訳シ、以テ二国ニ輸入セバ、其之ヲ益スル実ニ大ニシテ、本邦亦拠テ千有余年ノ知識学藝トノ宿願ヲ還清スルヲ得可シ、亦以テ本邦ノ栄誉ヲ海外ニ輝カスヲ得可シ

しかしこの社説は、岡本の考えと表面的には同じように見えるが、根本のところが異なっている。尾崎にとっては、漢文はあくまで伝達手段であって、中国や韓国を「誘導」するのに有効だから用いるに過ぎない。一方、岡本にとって漢文は、伝達手段というよりも、自己の倫理や思想、さらには存在そのものと切り離せない表現手段である。それがアジアの連携のために有効な手段であると気づいたのが、清国における経験だった。「終日筆談、情均膠漆、無復猜疑存乎其間。蓋我之於清、人同種、書同文、故其交際自然如此之殷也」(「西遊錦嚢」)とあるように、「文」は「種」と同列に扱われる。アイデンティティを共有しているのである。

その意味では、岡本における漢文は、尾崎が揶揄するような中華志向的なものではすでにない。とはいえ、広部の官話論のように、現実的な機能主義のみに支えられたものでもない。あくまで明治日本の臣民のことばとして、自己意識と深く関わる表現手段としての漢文であり、それが清国において共有できたという喜びが、彼の支えになった。漢詩文の故地旧跡を巡礼しつつ、当地の文人と筆談を交わすことで、「同文」が強く意識されたのである。

したがって、岡本が「同文」と言う時、そこには同化の欲望が常に伴う。そしてそれは、同じではないものに対抗して、同じものたちによる領域の形成を欲することと表裏一体である。尊皇思想もアジア主義も、同化による領域の形成を促すだろう。岡本の同文意識は、東アジアを自己の領域として帝国の拡大を目論んだ明治日本の歩みと重なる。

近代日本の漢文に仕組まれた領域化(帝国化)のメカニズムは、理念的な普遍であった近代以前の漢文に

は見られないものであった。もちろん、翻訳語の大量生産や訓読体の広範な使用によって、機能化（＝脱領域化）もまた進行する。書記言語としての漢文は近代における言語階層の流動化の過程で解体されつつあった。しかし、その解体への反動であるかのように、近代東アジアにおける同化のことばとして漢文が再び回収されるという事態も同時に進行したのである。

漢文の使い手として多岐にわたる活動を展開した岡本監輔という人物に着目することで、こうした複層的な過程があぶりだされる。漢文の近代について論ずべきことはなお多い。

注

（1）岡本監輔については、阿波学会・岡本韋庵調査研究委員会編『阿波学会五十周年記念 アジアへのまなざし 岡本韋庵』（阿波学会・岡本韋庵調査研究委員会、二〇〇四年）によって総合的な資料紹介と研究がなされている。

（2）岡本韋庵銅像建設委員会『岡本氏自伝・窮北日誌』徳島県教育委員会ほか、一九六四年。

（3）明治六年改暦以降は西暦で示す。

（4）「岡本韋庵先生の家系と年譜」（前掲『岡本氏自伝・窮北日誌』所収）では明治八年のこととするが、岡本監輔「漢文自伝」（同書所収）、同「西遊錦嚢」（『東洋新報』第二号、一八七六年八月）、「岡本監輔支那遊歴ノ紀事」（佐田白茅編『名誉新誌』第八号、一八七六年五月）、韋庵会編『岡本韋庵先生略伝』（韋庵会、一九一二年）を参照して、明治七年のこととした。前掲『アジアへのまなざし 岡本韋庵』第五章参照。

（5）有馬卓也「岡本韋庵『烟台日誌』翻刻・訳注」（『言語文化研究』徳島大学、第四号、一九九七年）参照。

（6）「西遊錦嚢」に拠り、「岡本監輔支那遊歴ノ紀事」を参照した。「漢文自伝」には「九年二月再び支那に赴き北省諸所を観る。明年一月帰国す」とあるが、出発を二月とするのは記憶違いもしくは誤写であろう。なお、有馬卓也・真銅正宏両氏によって紹介された『支那遊記』（有馬卓也・真銅正宏「岡本韋庵『支那遊記』翻刻・訳注（その一）・（その二）・（その三）」〔『徳島大学国語国文学』第八・九・一〇号、一九九五・九六・九七年〕、同「岡本韋庵『支那遊記』翻刻（その一）・（その二）・（その三）」〔『言語文化研究』徳島大学、第三・四・五号、一九九六・九七・九八年』）は、「岡本監輔支那遊歴ノ紀事」と照らし合わせれば、この時の旅行記だと推測しうる。
（7）前掲「岡本韋庵『支那遊記』翻刻（その一）」十一月七日「墨筆原文」。
（8）『東洋新報』第二号、一八七六年八月。
（9）前掲「岡本韋庵『支那遊記』翻刻（その一）」十月二十九日「墨書原文」。
（10）前掲「岡本韋庵『支那遊記』翻刻（その一）」（その二・その三）参照。
（11）『東洋新報』第三号、一八七六年八月。
（12）色川大吉『明治の文化』（岩波書店、一九七〇年）所収「Ⅳ 漢詩文学と変革思想」参照。
（13）前掲「岡本韋庵先生の家系と年譜」には、「これは三宅舞村の弟憲章が仏文を翻訳した原稿を与えそれを漢文になおしたもの」とある。
（14）狭間直樹「初期アジア主義についての歴史的考察　第六章　善隣協会について――岡本監輔のばあい」（『東亜』第四一六号、二〇〇二年）参照。
（15）狭間直樹編『善隣協会・善隣訳書館関係資料――徳島県立図書館蔵「岡本韋庵先生文書」所収』（東方學資料叢刊第一〇冊、京都大学人文科学研究所漢字情報研究センター、二〇〇二年）参照。
（16）『東京帝国大学五十年史』上冊（東京帝国大学、一九三二年）六九〇頁。
（17）一八七七年九月三日付加藤弘之上申書。
（18）『東京帝国大学五十年史』上冊（東京帝国大学、一九三二年）六九二頁。
（19）『東京帝国大学五十年史』上冊九一八頁。
（20）前掲「岡本韋庵先生の家系と年譜」による。
（21）狭間直樹「初期アジア主義についての史的考察　第二章　興亜会について――創立と活動」（『東亜』第四一二号、二〇〇一年）参照。
（22）鱒澤彰夫「興亜会の中国語教育」（『興亜会報告・亜細亜協会報告』第一巻、不二出版、一九九三年）参照。
（23）前掲『興亜会報告・亜細亜協会報告』第一巻所収。
（24）前掲「初期アジア主義についての史的考察　第二章　興亜会について――創立と活動」は、「通話」としての漢文と官話の区別を敢えてせずに議論を進め、「和文雑報」欄を「地域版」とし、広部の試みが挫けたとは見なしていないようだが、さらに分析が必要だと思われる。

(25) 挟間直樹「初期アジア主義についての史的考察　第三章　亜細亜協会について」(『東亜』第四一四号、二〇〇一年)。

(26)『興亜会報告・亜細亜協会報告』第二巻、不二出版、一九九三年。

(27) 齋藤希史「天然自由の文体」(『海外見聞集』新日本古典文学大系明治編五、岩波書店、二〇〇九年) 参照。

第四章　国民文学史の編纂——芳賀矢一の戦略と実績

品田悦一

0　問題の所在

一八九四（明治二十七）年十一月、帝国大学文科大学（九七年より東京帝国大学文科大学）の学生・卒業生・教官ら百八十余名は、日本国民の精神的支柱となるべき文学の創出を旗印に「帝国文学会」を組織し、翌年一月に月刊の機関誌『帝国文学』を創刊した。同誌を拠点として展開された十数年間の学際的運動を、私は「明治後期国民文学運動」と呼ぶ。

その『帝国文学』の第一巻第五号（一八九五年五月）に、「界川」という変名による論文「文学史編纂方法に就きて」が掲載されている。私は、自身の研究上の転機となった一九九六（平成八）年の論(1)で初めて取り上げて以来、機会あるごとにこの論文に言及し(2)、運動の始発期に現われた注目すべき論説と位置づけてきた。民間伝承への関心が急浮上する動きをこの論文が先取りしていた点を重視したのだったが、それでいて、「文学史」の「編纂方法」という、論文自体の主題については、正面からの検討を避けていた。「界川」という筆名は他に使用された形跡がなく、執筆者が特定できなかったため、正確な分析は困難だろうと思っていたのである。

だが、最近になって、執筆者は芳賀矢一と見て間違いあるまいとの判断に到達した。後述するように、当時芳賀を取り巻いていた学問的・政治的環境を考慮すれば、変名で執筆したという事実そのものが執筆者推定の有力な根拠となるはずなのだ。

芳賀が書いたとの推定に立つとき、当該論文は、国文学（National Literature Study）という近代的学知の成立過程における記念碑的論考として位置づけ直すことができる。というのも、これも詳しくは後述するが、文学史の編述を大きな柱の一つとして出発した国文学は、ナショナル・アイデンティティーの確証という、学としての存在理由と、文学を「文明の精華」とする基本的了解とをうまく統合できないまま、いわば足踏みを続けていたからである。「文学史編纂方法に就きて」の主張は、この隘路を突破することにより、国文学の発展期を切り開いたと言ってよい。

当該論文の詳しい内容については、別途原文に当たられたいが、(3)当面の便宜上、私の作成した梗概を左に掲げておこう。

界川「文学史編纂方法に就きて」梗概

文学史は単なる詩文の変遷や文豪の列伝などの叙述に終始すべきものではない。文学は国民思想の記念碑であるから、文学史とは文学に表われた国民思想の発達・変遷を示すものでなければならない。では日本文学史はどこに本領を求めるべきか。広い意味での日本文学には、日本国民が自らの思想を表現した文章全体が含まれるが、肝要なのは日本国民文学という観点を堅持することだろう。精神・形態両面から見て他国に類例のない、独特の特色を前面に打ち出した叙述が望まれる。そのさい注意すべきは、国民思想は初めから文字に表現されているとは限らないという点である。人口に膾炙する種々の民間伝承にも国民思想は豊かに表現されている。

国民思想の潮流は決して単純ではない。その総体を把握するために、文学に影響を与えた政治、宗教、哲学、歴史、美術、外国文学の諸要素を広く考究する必要がある。

文学史は本場のドイツでも学問として未熟な段階にあり、まだ確立した方法論と呼べるものがない。世界文学史と国民文学史のどちらを基本的な視座に選ぶか、編年史体と文明史体のどちらを叙述法として選ぶか、言語と政体のどちらを時代区分の基準にするか、といった諸点について、文学史家はわが国の国情を熟慮して創意工夫すべきである。

地勢、風土、国民性、習慣、制度文物、時代思潮、個人の性格は、詩文を成り立たせる環境であり、国民文学に特殊な性格を与える要因でもある。特に、各種の民間伝承は文学史の生きた資料であって、はかりしれぬ価値を有する。世人は俗謡を卑俗として嘲笑するが、このような偏見に囚われている限り、国民文学の樹立などおぼつかないと言わねばならぬ。

古代ギリシャの文華はいったん行き詰まると衰退の一途をたどった。ギリシャ人は外国を卑しむ傾向が強かったため、外来思想の刺激による難局打開の途を潔しとしなかったのだ。逆にドイツ人は、内を卑しみ外を尊ぶ傾向が強かったため、外来の思想を巧みに同化し、よってもって世界に誇る雄大な文学を造り上げた。われわれ日本人は愛国心の強さではギリシャ人にも引けを取らないし、文化的同化力に富む点ではドイツ人よりはるかに優る。その証拠に、これまでも中国やインドの思想を摂取し、固有の思想と融合して燦然たる文物を生み出してきたではないか。日本文学の将来はまことに有望なのである。文学史家は確信をもって自己の使命を果たすべきである。

I　執筆者推定の根拠

本題に入る前に、第一章で述べたことがらを振り返っておこう。明治期の東京大学文学部に附設された古典講習科と、帝国大学文科大学の一学科として発足した国文学科との関係は、およそ次のように捉えられる。一八七七（明治十）年に東京大学が発足したとき、法理文三学部綜理加藤弘之の肝いりで文学部に「和漢文学科」が設置された。和漢洋の諸学を兼修した新時代の知識人を養成し、きたるべき国民国家日本の屋台骨を背負わせることが企図されたらしいのだが、欧化主義全盛の世相のもと、学生たちは洋学一辺倒となって、この学科にはまったく人が集まらなかった。

これとは別に、文学部には一八八二（明治十五）年から「古典講習科」という附属教育課程が設置され、帝国大学時代の八八年まで存続した。予備門を経由せずに直接入学できる部門であり、当初は和書専修の課程として構想されたが、まもなく漢籍専修の部門が追加され、それぞれ「古典講習科国書課」「古典講習科漢書課」と称した。受験科目からは外国語が除外されたほか、在学生の約半数に官費を給付するなどの優遇措置が採られたため、本科をはるかに凌ぐ盛況ぶりとなって、多くの優れた人材を世に送り出した。

古典講習科は、帝国大学の発足を機に廃止方針が確定したことからも分かるように、もともと臨時に設けられた課程であって、その設置目的はおよそ二つあったと考えられる。一つは、学生たちの作文能力が著しく低下していたことに対する梃子入れであり、もう一つは、きたるべき帝国憲法体制に向けて日本の国情を調査整理し、あわせて国体という名の伝統を創出していくことである。このどちらの目的にとっても、国学・漢学の振興が必要かつ有効と目されたらしい。(4) いずれにせよ、同科は近代的な意味での〈文学〉を学ぶ場所ではなかった。国書課第一期生の卒業論文題目一覧を見ると、「兵制ノ論」「修史案」「文章通論」「日本商業論」「日本族制論」「国体私論」「日本宗教略史」「帯刀考」等々、実に雑多な題目が並んでいて、なかには救荒作物を論じたものまでがある。「文学史論」と題したものも一編だけあるが、この場合の「文学」は〈言語芸術〉ではなく、〈文の学〉を意味した。

他方、本科にあたる和漢文学科は、一八八五（明治十八）年に「和文学科」と「漢文学科」とに分割され、翌年発足した帝国大学文科大学はこの編成を引き継ぐとともに、特待生制度などの振興策を講ずる一方、八九年には和文学科をさらに「国史学科」と「国文学科」とに分割した。こうして発足した国文学科の、第一期卒業生が、ほかでもない芳賀矢一である。

芳賀が文科大学国文学科に在籍していた当時、全国の中学校や師範学校・高等学校の国文／国語教師には古典講習科出身者が優先的に採用され、学閥めいた勢力を形成していた。が、彼らの勢力はやがて頭打ちとなったのに対し、芳賀の後輩や弟子にあたる国文学科出身者たちは勢いを増す一方だった。学修の内実を云々するまでもなく、当初弱小集団だった国文学科勢が古典講習科勢を追い詰めていく形勢は歴然としていた。学者としての出発期に国学を敵視していた芳賀は、ある時期から打って変わって、国学を国文学の前身として尊重する態度に出るのだが、そのことと、いま述べた勢力関係とは関連しているのではないかと思われる。

さて、問題の論文——以下、「編纂方法」と略記する——の執筆者を芳賀と推定できる根拠を挙げていこう。およそ三点ある。

まず指摘すべきは、「編纂方法」の論調が芳賀の持論と酷似する点だろう。

①芳賀矢一「日本文学史概要」『国文』第三号、一八九二年二月。
②芳賀矢一「日本文学史　新撰日本文学史略　和文学史」『哲学雑誌』第七〇号、一八九二年十二月。
③芳賀矢一『国文学史十講』冨山房、一八九九年。
④芳賀矢一『国文学歴代選』「序論」文会堂、一九〇八年二月。

芳賀が実名で発表した文学史論を四点挙げてみた。①は、国語伝習所で発行していた雑誌『国文』(5)に連載した論文の第一回分である。文中、「日本文学」とは広義には日本人の手に成った知的制作物全般にわたるが、「日本の国文学」と称するときには「日本人に特有なる思想、感情、道徳を表彰し純然日本的性質を帯ひたる文学上の傑作」に限定されると言い、日本文学史の仕事は後者を軸に日本人の「智性」の発達を知らせる点にあるとする。②は、この年出版された文学史書三編に対する書評であり、文中、「国文学」の定義と文学史の編述目的を「抑《そもそ》も国文学は我国人に固有なる思想感情の表出せるものにて国文学史は日本国民心性の発達を示すべきものならさるべからす」と、①とほぼ同様に説明している。

①で「日本人に特有なる思想、感情、道徳を表彰」「日本人智性の発達」と述べたのと対応する箇所が、②では「我国人に固有なる思想感情の表出」「日本国民心性の発達」とあって、語句が多少揺れている。芳賀の念頭にはおそらくドイツ語のGeist（精神、心、知力、才気）があったのだろうが、これと一義的に対応する日本語がないために、言い回しをあれこれ工夫していたように見受けられる。

この点を念頭に「編纂方法」の一節を読んでみよう。

> 文学史の今日に誤認され居るは、之を以て詩文の変遷を叙述するものとするより大なるはなく、之を以て文豪の列伝を網羅するものとするより甚しきはなし。〔…〕夫れ文学は国民思想の紀念碑にして、文学史は実に其発達変遷を示す指導石なり。故に、国民思想変革の跡を窺はんが為めに詩文の変遷を叙し、国民の稟性経歴を明にせんが為めに文豪の列伝を抄録するは可なりと雖ども、徒らに婦女消閑の妄想と緇徒《しと》孟浪の空言とを穿鑿縷述し、単に変遷を結構辞句の末に求めて、以て一代の文学史を叙述し得たりとする者の如きは、独り文学史の何物たるを知らざるのみならず、また文学の何物たるを解せざるなり。〔…〕
>
> 然らば則ち何をか日本文学と謂ひ、何をか日本文学史の本領とするか。単に日本文学と謂はゞ、日本

国民が思想の美を文字に著したるもの、総称にして、精神の如何を論ぜず、形躰の如何を問はず、苟《いやしく》も日本国民思想の煥発して文章を成したるものは、悉く日本文学の大範囲に容るべきものなれども、日本国民文学と謂ふときは、この大範囲の一部分にして、精神に於ても形躰に於ても一種固有の特色を有し、之に徴すれば容易に他国民文学と識別し得らる、ものならざる可らず。（6）（傍線品田。以下同じ）

傍線を付した箇所に注意すれば、①②との符合は明白だろう。「国民思想」の「発達変遷」の追跡を文学史研究の目的とする考えは、①②だけでなく、③にも「一国の文明は其国民が造出すものであれば、我国民の思想感情の変遷を現した文学史の裏面には世界に特殊なる我国民の歴史が認められる事であります」（傍点略。以下同じ）とあり、④にも「歴代の国文学は祖先国民の思想感情の流露せるものにして、吾人は之によりて現に祖先の言語に接し、直に古人の肺腑に入るを得べし。各時代には皆其特徴を備へ、合しては日本国民の特性を印象す。国民として国文学の大要に通ぜざるべからざるは、猶国民として国史の一斑を知らざるべからざるが如し」などと説かれているから、「編纂方法」を間に挟んで①②と③④が同一線上に並ぶ格好である。

もっとも、当時の日本の知識人がみなこういう考え方をしていたのなら、「編纂方法」だけは別人が書いたとも考えられるが、その可能性はまずないと思う。根拠の二点めがここに関わってくる。芳賀は先の②において、古典講習科出身者たちの「文学」および「文学史」に関する考えを痛烈に批判していたのだ。

②が書かれた一八九二（明治二十五）年には、尋常師範学校の国語科のカリキュラムに初めて文学史が組み込まれたため、それを当て込んだ日本文学史教科書が相次いで刊行された。

A増田于信・小中村義象『中等教育日本文学史』博文館、一八九二年。

B鈴木弘恭『新撰日本文学史略』青山堂、一八九二年。
C大和田建樹『和文学史』博文館、一八九二年。

芳賀が取り上げた三点のうち、A・Bの二点は師範学校用の教科書で、ともに古典講習科卒業生の著作である。Aは日本の学芸全般の歴史を記述しており、九章仕立ての内訳は、順に「総論」「学校」「学術」「文字」「文章」「歌」「詩」「歴史」「小説」というもので、「学校」と「学術」の部分に全体の半分近い分量を割いている。Bは「文学」を「国語国文の種類。理論及び用法を攷究する学」とする理解に立って、「本邦言文の種類盛衰変遷等」を略述する。もう一つのCは教科書ではないが、著者の大和田はかつて古典講習科で講師を務めた人物である。

AとBについて芳賀は、「文学」を「リテラツール」の義に解さない点ですでに失格だと決めつける。しかもAは、時代区分を施さないために各時代の特徴がつかめないし、逆にBは、時代を細かく区切りすぎていて要領を得ない。他方Cは、西洋の文学史書を手本にしただけあって、文学史としての体裁はいちおう整っているが、文学の「外形のみを観察して内部思想の変化に注意すること少なきこと」「時代を分ちながら其の時代文学の特性甚だ漠然たること」などの欠陥があるという。

花森重行はこの件に関して、「文章規範の確立を目指していた古典講習科グループにとって、形式としてのテクスト群のなかから国民の思想の流れを描き出すという作業は、未だ行われていなかった。例えば大和田も、テクストの向こうに思想を読み解くことは、さほど重視していないのである」と指摘する[7]。適切な指摘だと思うが、「文章規範」という点を多少補足しておこう。このころ古典講習科の関係者たちに共有されていた考えとして、過去の諸テキストの文体を取捨選択して近代の文語を制定する構想があった。たとえば池辺〔当時は小中村〕義象と落合直文は、純然たる和文では西洋語出自の翻訳語を移植しにくいとの考えから、和漢混淆文で書かれた諸テキストを比較検討した結果、『神皇正統記』が文法の間違いも少なく、規範とするにふさわしいと判定し、共編の『中等教育日本文典』(博文館、一八九〇年)では例文の多くを『神皇正統記』から引いた。彼らの念頭にあった「文学史」とは、こういう判断を導くための歴史的資料集のようなもので、言語芸術の史的展開であるとか、ましてそこに反映した国民思想の発達変遷とかいうような問題は、初めから関心の外に置かれていたのである。それが、芳賀の目には目的をないがしろにする態度と映った。

ところで、教科書の内容に対する公然の非難は、各地の学校での採否に響きかねない。その点、芳賀の書評②は、学術的批判である以前に露骨な営業妨害でもあったわけで、関係者の恨みを買わずにはすまなかったろう。じっさい芳賀は、古典講習科の出身者たちとはそりが合わなかったらしい。これが三つめの根拠である。

この点については三上参次の回想がある。[8] 門人たちの前で「人身攻撃になることであるから、これは後で省いてもらいたい」と前置きして語った内容がなぜか活字になったのだが、おかげで当時の人間模様が窺える。それによれば、もともと古典講習科の出身者たちには攻撃的気風の者が多く、互いに排斥しあう傾向があったところに、一八九八(明治三十一)年の九月十日、[9] 当時第一高等学校の教授だった落合直文が、新任の校長沢柳政太郎によって突如非職とされた。そのとき落合は、急にやめさせられたのは上田万年と芳賀が裏で策動したからに違いないと勘ぐって、方々にそう触れ回ったという。「古典講習科の人と大学の文科出の人とが意見が合わないことが多く、従ってすれすれになっておったという一つの現れであったと思うのです」と三上は観測している。

以上三点から見て、「編纂方法」の執筆者は芳賀と断定して差し支えないと思う。そもそも、論文冒頭の一文「文学史の今日に誤認され居るは、之を以て詩文の変遷を叙述するものとするより大なるはなく、之を以て文豪の列伝を網羅するものとするより甚しきはなし」にしてからが、世間に出回っていた文学史書の著者たちに喧嘩を売るような口ぶりであって、しかもそれら著者の一定部分を古典講習科関係者が占めていたのだ。実名での発表が憚られた理由はそこにあったと見てよいだろう。

2 草創期国文学のジレンマ

当面の話題に関係する人々を、四つの世代ないし集団に振り分けてみよう。ほぼ次のように分けられるのではないかと思う。

Ⅰ 古典講習科国書課の教員たち……小中村清矩《きよのり》、木村正辞《まさこと》、物集高見《もずめたかみ》、久米幹文《もとふみ》ら。
Ⅱ 古典講習科国書課の出身者たち[10]……落合直文、池辺義象《よしかた》、萩野由之、佐佐木信綱ら。
Ⅲ 国文学科出身第一世代……芳賀矢一、藤岡作太郎、藤井乙男《おとお》、塩井正男ら。
Ⅳ 国文学科出身第二世代……垣内松三《かいとう》、高木市之助、岡崎義恵、久松潜一ら。

古典講習科国書課の関係者は、Ⅰの教員たちも、Ⅱの出身者たちも、「文学」を〈文の学〉つまり〈学芸全般〉と解し、歴史と法制と言語をそのおもな構成要素と考えていたが、「国文学」についてはやや考えを異にしていた。教員のうち、たとえば小中村清矩は、かつて「和学」「国学」「皇学」などと称したものが時代の趨勢で「国文学」と名を変えただけという、多分に雑駁な認識だったのに対し[11]、彼の弟子筋と推定される某人は、「国文学」の「国」をはっきり「国民《ネーション》」の意味に解し、国民の学芸としての国文学を普通教育の基礎に据えよと主張した[12]。

他方、文科大学国文学科出身者たちのうち、芳賀矢一に近い世代に属するⅢの人々は、英独の文学史を直接学習したうえに、外国人教師のバジル・ホール・チェンバレンやカール・フローレンツからも直接教えを受けたので、〈言語芸術〉としての近代的な文学概念を早くから受容していた。他方、Ⅳは、昭和初期に国文学研究の枠組みを大きく刷新していく世代であり、芳賀の弟子筋のうち比較的年少の人々に該当する。リチャード・モールトンの学説を受容するとともに、その一環をなす〈口誦文学〉の概念をも自家薬籠中のものとした世代だが、ひるがえって、芳賀たちの世代Ⅲはまだそこまでは行かなかった。英語やドイツ語のliterature / Literatur が〈文字で書かれたもの〉を含意したように、芳賀たちの了解した「文学」は、〈言語芸術〉には相違ないものの、より狭く〈文字で書かれた芸術〉に限定されていた。

興味深いのは、この了解に立ってⅡの人々の了解を痛罵した芳賀が、言い換えれば、近代的学知としての国文学の立場から国学の認識枠組みを排斥した芳賀が、さらに言い換えれば、Ⅲの人々の依拠した「文学」概念全般が、文学史を実地に編纂しようとする場面では深刻なジレンマを抱えていたという点だろう。

それはどういうジレンマか。

〈文字で書かれた芸術〉という文学概念は、固有の文化という考え方よりも、普遍的な文明という考え方とのあいだに強固な親近性を有していた。「文明 civilization」と「文化 culture / Kultur」はともに人間生活の豊かさや進歩・向上に関わる概念で、それぞれ、ラテン語 civis（市民。または civitas 都市）、colerer（住む・耕作する）に淵源するという。語の素性という点で、もともと前者は都市や宮廷の生活を連想させやすく、後者は農耕生活と結びつきやすいという相違はあったようだが、西川長夫によれば、両者の対比が明確に意識されるのは十八世紀後半以降のことで、とりわけフランス革命、ナポレオンのドイツ占領、およびそれらへの反動としてのドイツ・ロマン主義運動においてだった。文明という普遍的価値を基準にしたときの後進性の自覚が、ドイツの知識人たち――たとえば『ドイツ国民に告ぐ』の著者、フィヒテ――の脳裏に、文化という特殊な価値を呼び込んだのだ。以来、文明と文化は一対の対抗概念として成長し、諸国家間の対立・緊張の狭間で、前者は先進国の、後者は後進国の、主要なイデオロギーとして機能することになった。[13]

明治中期の日本で陸続と刊行された文学史書は、最初期に現われた古典講習科関係者の著作を除けば、おしなべて「文学」を〈文字で書かれた芸術〉と理解するとともに、〈一国文明史〉という記述枠を採用していた。文字の使用は、農耕や金属器や国家の存在とともに、未開と文明とを分かつ主要な指標の一つとされていたから、この場合の文学とは、文明の利器による高度な精神活動とその果実――当時のことばでいう「文明の精華」――を意味したのである。文学史の主要な目的も、この線に沿って、文明国に生まれた喜びと誇りを人々に自覚させる点に求められた。

この局面には、口誦文学 oral literature という概念が成り立つ余地はなかった。W・J・オングはこの概念について、〈声で書かれたもの〉という言語矛盾を指摘するが、[14]それ以上に、〈無文字時代の文明〉つまり〈未開段階の文明〉という含意こそ根本的にナンセンスだったのだ。

一例として、「文学史」と題した日本で最初の書、三上参次・高津鍬三郎『日本文学史』(金港堂、一八九〇年)に触れておこう。「総論」に明言されているように、同書は、イポリート・テーヌの『英国文学史』(原著一八六三―六四年)など、当時の西洋諸国の文学史書に倣い、「文学の起源発達」を一国の「文明史」と捉えたうえで、「文学の起源発達を叙すると共に、つとめて、其中に潜伏せる元気の活動せし跡を示す」ことを基本方針としていた。総論にこのむねを謳った著者は、本論第一篇を「日本上古文字有無の論」から説き起こし、神代文字の存在を明確に否認した上で、漢字漢籍の渡来、仏教の東漸、大化の改新を順々に記していき、中華文明の受容が日本文学の成立要件だったことを明示する。この記述方式は、明治後期に書かれた類書の多くにも踏襲されていった。

一国文明史という記述枠の特徴は、時代区分上の〈上代〉[15]の位置づけにはっきり表われていた。明治後期に書かれた文学史書の多くが、〈上代〉の範囲に奈良時代を含めなかったのだ。しかも、文学史上の奈良時代の始まりは平城遷都からではなく、七世紀のある時点からとされており、その上限については、仏教が興隆した推古朝以降とする説、大化の改新が断行された孝徳朝以降とする説、柿本人麻呂が活躍した持統朝以降とする説、律令国家の体制が確立した文武朝以降とする説の、およそ四説があった。つまり、文運隆盛の指標を何に求めるかという点でこそ論者らの見解は分かれたものの、奈良時代を日本に文明が根づいた時代と見る点では、ほぼ共通の了解が形成されていたのである。『古事記』『万葉集』といった著作物は、まさに「文明の精華」の最初の実例だったのであり、裏返せば、奈良時代より前に位置づけられた〈上代〉とは、まだ文字が使用されず、したがってまともな文学も存在せず、せいぜい幼稚な歌があるばかりの未開時代を意味した。

これに似た〈上代〉観・奈良時代観は、文学史以外では早く田口卯吉『日本開化小史』（初版一八七七—八二年、岩波文庫・一九三四年）に打ち出されていた。ただし田口の見解では、「上古」とは、社会の未開状態に対応して政治組織も単純素朴だった時代であるのに対し、「中古」とは、社会は依然開けていなかったにもかかわらず、中国を模倣して変に大規模な政治組織を作り上げてしまった時代なのだった。「中古」の奈良朝から文弱の気風が蔓延しはじめ、平安朝にはそれがますますひどくなった、と述べる田口にとって、文明の価値は両義的だったことになるだろう。

それに比べると、国文学者たちの文明観は多分に楽観的だった。芳賀矢一と立花銑三郎の共編した中等教育用の国文（国語）読本、『国文学読本』（冨山房、一八九〇年）がこの場合の典型といえる。同書の時代区分は「上古・中古・鎌倉時代・室町時代・江戸時代・維新後」というもので、「上古」と「中古」は孝徳天皇の即位で区切られ、時代ごとに代表作の抜粋が示されているが、それら文例の筆頭を占めるのは柿本人麻呂と山部赤人の歌である。つまり、文例の掲載は「中古」から始まっていて、「上古」のものは一つもない。

もっとも、「緒論」では「上古の文学」にも触れるが、その「文学」はまだ漢学の影響を受けず、純日本風だった反面、社会の状態に見合う「甚だ幼稚なる」もので、使用語彙も局限されていた、と説明している。他方、「中古の文学」については、仏教思想と漢文学の知識によって国民の嗜好が高まり、従来の浅薄な内容では満足できなくなったために、措辞・格調を一新した流麗な和歌が生み出されたと言い、それこそが『万葉集』の和歌なのだ、と述べている。その一節には「これ実に我文学史中、価値あるもの、始にして、其之をして一時にかゝる隆盛を極めしは、抑《そもそ》も亦当時朝官の閑散なりし等の事情によるべしとは雖ども、然れども其高尚なる思想を文学中に注入し得たるは、全く漢文・仏教の及ぼせる影響に外ならざりしを知る」とあって、傍線部には明らかに田口の論述がふまえられているが、同時にまた、「文弱遊惰」との否定的評価を逆転しようとの意図も容易に看取できる。

『万葉集』を質実雄壮な歌集とする見方は、このときまでにすでに知識人の常識となっていたから、この歌集を生んだ時代を肯定しようとするのは自然な発想でもあったろうが、見逃せないのは、『万葉集』の価値は固有性に求められたのではない、という点である。「漢文」と「仏教」という外来の文明こそが「価値あるもの」の源泉で、在来のものは「幼稚」なものでしかなかったというのが、この時点での芳賀たちの考えだったのだ。

〈上代〉は未開時代であり、文学なき時代であるということ、それが、一国文明史という記述枠を採用した場合の論理的帰結なのであった。

ただし、そう単純明快に割り切ってしまった書は、実際にはそれほど多くない。

三上・高津『日本文学史』を振り返ろう。その本論第一篇第四章は「奈良朝以前の文学」と題され、『古事記』と『日本書紀』に載る歌が「上古歌謡」という名目で紹介されている。文学を「著作物」とする同書の定義に照らせば、無文字時代の歌を「文学」扱いすること自体がすでに矛盾した措置だが、しかも当の

「上古歌謡」の評価たるや、「当時百般の事物が、皆、簡単素樸なりし状態を、示せるもの」「別に練熟を経たるものにあらず、声調を巧みにせしにもあらざりしが如し」ときわめて消極的であって、〈言語芸術〉としての内実が認められているわけではない。この曖昧な記述に対応する箇所は総論第五章にもあって、そこでは無文字時代の詩歌を「不文の文学」と呼び、本物の文学の芽が地中に埋もれている状態のようなものだと説明している。

三上・高津書は、大多数の後続書と同様、日本文学の範囲から漢文の諸テキストを排除する方針を採用していた。『懐風藻』については「我国、詩文集の嚆矢たるべき名誉を担ふ」の一文で片づけているし、諸国『風土記』については、「国語を写したる処は少し」「国文学上の価値は、殆と之れ無し」としており、文例も、口頭伝承の記録と見なされた「国引きの詞章」（出雲国風土記）しか挙げていない。要するに、われわれの文学は漢字漢文の受容とともに出発したと記す一方で、受容の直接の成果をことさら黙殺することで「日本」文学史としての一貫性を担保しようとしていたのだ。

同書の「第二篇　奈良朝の文学」において、紙幅の大半をあてがわれたのは、国民歌集『万葉集』であり、また固有の散文としての祝詞・宣命であり、さらには古伝承の記録としての『古事記』だった。つまり、前面に打ち出されたのは文明の普遍性・世界性への志向でありながら、なおかつ、「一国」の文化としての固有性・本来性までもが主張されようとしていた。この場合、文字は外来のものであり、文明に直結するわけだから、固有の文化を媒介するものは、文字がまだ伝わらなかったころからあった言語――むろん口頭の言語――だということにならざるをえない。声の文化が民族的アイデンティティーの表象とされる機縁がここにあった。

要するに、三上・高津書には、〈われわれは文明を持っている〉という主張と〈われわれは文化的に一貫している〉という主張とが併存していて、両者がうまく統合されていない。記述に分裂があると評しても差し支えなかろうと思う。

同じことは、前節に①として掲げた芳賀の「日本文学史概要」にも当てはまるだろう。論述の都合上ここまで触れずにきたが、実は、芳賀はこの文章を「口頭に伝へたると文字に載せたるとを問はずすべて日本人の作出せる智性的制作物を総称して日本文学といふ」と書き起こしていた。そのうえで、「日本の国文学」（＝「編纂方法」に言う「日本国民文学」）はより限定的な概念であり、「日本人に特有なる思想、感情、道徳」を表わして「純然日本的性質を帯」びた「文学上の傑作」のことだ、とするのだが、後者に口頭伝承が含まれるか否かについては明言していない。思うに、この時点では曖昧にしておくしかなかったのではないだろうか。もし含まれないなら、わが国文学は固有の文化と断絶しているということになりかねないし、含まれるなら、二年前『国文学読本』に打ち出したような、「文明の精華」としての文学了解を放棄しなくてはならない。先に「ジレンマ」と称したのはこのことである。

3　諸テキストの彼岸

もっとも、古典講習科の関係者たち――先ほどの分類でⅠとⅡに割り振った人々――は、こういうジレンマとは無縁だった。彼らの著書の一節を左に書き出してみよう。

我国。上代文学ノ実アリシカトモ。コレヲ載スル具アラズ。サレトソノ相伝ヘタル言語歌謡ハ。実ニ文学ノ原因ヲ見ルニ足ル。

（増田・小中村『中等教育日本文学史』前掲A）

文学は神代にはじまりて、人の代となりてあまたの御代〳〵をへて今につたはれりといはゞ、人あるひはうたがはむ。神代には文字あるをきかず、文学いかであらむと。されど、こは文学といふ文字にのみか、づらひていふにはあらず。我が文学の神代よりといふことわりは、このふみを見もてゆかば、おのづからさとられなむものぞよ。

（黒川真頼「新撰日本文学史略序」、鈴木『新撰日本文学史略』前掲B。濁点・句読点品田）

国学の思考法に沿って「文字は借り物」と発想する彼らにしてみれば、書かれたものだけを文学と見るのこそ不当な扱いで、口頭言語がありさえすれば文学はありえるのだ、ということになる。後の〈口誦文学〉を先取りした発想と評されることもあるが、「文学」を〈文の学〉と了解する点に決定的相違がある。

再三言及する三上・高津の『日本文学史』は落合直文が編集を補助したというから、くだんの「不文の文学」は落合の見解に由来するものだった可能性がある。(16) これを容れることで生ずる記述の分裂に、三上と高津は気づかなかったのかもしれないし、気づきながらも落合の顔を立てたのかもしれない。

だが、芳賀のケースをこれと同列に扱うわけには行かない。なにしろ、古典講習科関係者の「文学」理解を痛罵した芳賀なのだ。「口頭に伝へたる」ものも「文学」の範囲に入ると述べたとき、この措置の孕む矛盾に彼が無自覚だったとはとうてい考えられない。芳賀はこの矛盾にどう対処したか――「編纂方法」の主張は、まさにこの脈絡で画期的な意義を有した。

改めて「編纂方法」を振り返ろう。第1節に引いた「日本国民文学と謂ふときは、この大範囲の一部分にして、精神に於ても形躰に於ても一種固有の特色を有し、之に徴すれば容易に他国民文学と識別し得らる、ものならざる可らず」の直後にはこう書かれている。

而して、国民思想の煥発する、初めより悉く文字に由て表彰され居るものに非ずして、人口に噲〔膾〕

> 灸する伝説、讃歌、俗諺、俗謡の如きも、詩人の之を採輯して文学に表彰するときは国民文学の範囲に入るべきものにして、其の文学史に於ける価値は、毫も高潔なる詩文に譲る所なきなり。

単なる日本文学史ではなく日本国民文学史が必要だとの主張に沿って、民間伝承の重要性が説かれている。口頭で語られたり歌われたりする「伝説、讃歌、俗諺、俗謡」のたぐいは、それ自体としては文学ではないけれども、国民思想の端的な表現であって、詩人がこれを採集して文学に仕立て上げれば立派な国民文学となる。「寒村僻邑は、国民文学史編纂の好図書館」なのであり、文学史家は「半部の文学史を文献に考へ終たる后、飄然詩嚢を負ひて都門を出《い》で」、辺地に赴いて風俗を調査し、もろもろの民間伝承を採集して「前の半部の文学史と参考次序」すべきである。そうすれば「完全なる文学史」が編纂できるだろうし、たとえできなくとも「彼《かの》、文学史を文学の内に求むるを知りて、文学外に求むるを知らざるものゝ著の、支離滅裂次を乱して以て進む群瞽《ぐんこ》の行旅の状を呈する」よりははるかに有意義な書が作れるに違いない――。

文学を文明の精華とする見方と、一貫性や固有性に対する願望とが鮮やかに統合されている。「文学」の概念という次元で厳しく斥けた国学系の思考法を、「国民思想」の源泉という次元で回収したと評することも可能かと思うが、いずれにせよ、芳賀くらいの力量がなければとても構築できない論理であって、芳賀自身にも以前はできなかった力業、離れ業である。

芳賀――もう疑いの余地はないと思う――がこの論文を書いたのが一八九五（明治二十八）年。その三年後の夏に講演した内容をまとめたのが、第1節に③として掲げた『国文学史十講』だ。

> 近頃の文学史の中でも、鈴木弘恭さんなどは文章を作る学問といふ意味に取られて居り、小中村、増田両君の文学史には我国の芸文の歴史、学問全体の意味になつて居ります。茲で私が謂ふ文学は、さうい

ふ意味ではないのです。書かれたもの、即ち製作物を申すのであります。画師が画を書いて、其画が一の美術品であるが如く、文学といふものは、文人によつて作られた製作物であります。歌であるとか、文であるとか、作られた美術品を指して文学と云ふのであります。

冒頭の一節である。古典講習科出身者たちの文学史理解を否定的に取り上げているが、以前のように罵倒してはいない。自分は彼らとは考えが違うと述べる口ぶりには、勝者の余裕すら感じられる。

同書の別の箇所には「我国の文学は神代から始まつて、連綿として今日まで伝はつて居ります」ともあって、冒頭の定義と一見矛盾するようだが、さらに別の箇所には「神話から国史の始まつた我国民は、神話にまざつた歌謡を今日迄伝へて居ります。何事もまだ簡易な世の中に、美しい祭祀の詞を唱へて居りました」ともあるように、芳賀の念頭には一つの明確な図式が描かれていた。国民思想の精粋である民間伝承を核として、そこに外来の文明を摂取融合することでわが国文学が発達してきた、という図式である。

紀元九百年代支那の儒教が伝はり、千三百年代印度の仏教が伝つてからは、東洋の文明は全く我国の中に流れ込んだ。そこで純粋な日本思想に、この儒教や仏教の思想が雑り合つて後の世の文化は皆その結合から湧いて来ます。儒教も仏教も漢語で書いてあるが為めに、漢学の攻〔攷〕究といふことが智識の本源になりましたが、国民特有の文学は之と共に絶えず活動して居ります。

（芳賀矢一『国文学史十講』前掲）

「純粋な日本思想」と「儒教や仏教の思想」が融合してわが「国民特有の文学」の活動を導いてきたというこの図式は、過去の国文学／国民文学に関するものでありながら、というよりもむしろそれゆえにこそ、将来の国民文学の創出方法について当時語られていたことがら――明治後期国民文学運動の基本路線――とも完全に合致していた。[17]「編纂方法」末尾の一節は、この脈絡において味読に価するだろう。

> 欧文の入る、日未だ浅く、未だ其奥美を窺ふに至らずと雖ども、其之を迎ふるに容海の雅量を以てし、之を鎔化するに独得の妙技を以てせば、欧人が幾世幾年経営惨憺の余に成せる文物の美を一朝鍾集して以て我有となす、蓋し難きに非ず。是時に当りてや、名は日本文学と謂ふも、実は世界文学の精を鍾《あつ》めたるものと云ふ可きなり。日本文学の過去に豊富にして、亦未来に多望なる、斯の如し。文学史家たる者、豈今日に奮起せざる可けんや。

もう一つ見逃せない点がある。『国文学史十講』において、芳賀は日本文学史上の〈上代〉の範囲を変更するのであり、これも右の図式に合わせての措置だったと見られる。既述のとおり、前の『国文学読本』では「上古」と「中古」の境界は大化の改新に置かれていたのだが、『国文学史十講』では「神代から始まって、奈良朝の末迄」を「上古」とした。境界が繰り下げられただけではない。『国文学読本』では文例にさえ挙げなかった「紀記の歌」を、「奈良朝以前の歌、即ち万葉集以前の歌として誠に貴むべきもの」「後世文学の淵源するものとして、我文学の最も古い遺物として、最も大切なもの」と格上げし、後世の和歌の修辞技法はみな「紀記の歌の中に其萌芽が見えて居る」とまで述べた。

〈上代〉の概念を一変させるモメントは、固有性・本来性の強調だった。わが国民文学は決して借り物から始まったのではなく、固有の文化を基礎にして発足したのであり、そこに順次外来の要素をも移植同化してきたのだ、というわけなのだ。この見方は、今や〈上代〉の一部とされた奈良時代にも及ぼされた。中華文明と仏教の影響を認めながらも、「併し押並べて申しますと」というアクロバットめいた措辞とともに

「この時代の文学はまだ純粋な日本風の処が多い」とし、「幾分かは支那の思想も這入り、仏法の思想も認められますが、大躰に於ては」という、余人のよくなしえぬ匙加減によって「神代以来の思想を純粋な大和詞で書現したもの」と判定するのである。

拡張された〈上代〉には、以前とはおよそ異なる意味が認められた。未開で幼稚という否定的評価が消去されたのと軌を一にして、「純粋な日本風の処」が強調され、文明よりもはるかに高い価値がそこに見出された。〈固有の民族性〉という価値である。

〈文明化された国民〉に代わって〈民族のかけがえなき文化〉という想像が浮上しつつあった。ただし、芳賀の『国文学史十講』が一方で日本文学の複合性を強調していた点に照らせば、一国文明史の枠組み自体はこの時点ではまだ健在だったと見なくてはならない。同じことは、『国文学歴代選』や、同時代の他の文学史書にも当てはまるだろう。明治はやはり「文明開化」の合言葉で括られる時代だったのである。一国文明史が「民族の心の自叙伝」へと全面的に書き換えられるには、なお二十年近い歳月が必要だった[18]。

注

(1)「国民歌集の発明・序説」『国語と国文学』第七三巻第一一号、一九九六年十一月。

(2) 品田悦一「〈民謡〉の発明――明治後期における国民文学運動にそくして」(『万葉集研究』第二一号、塙書房、一九九七年)、同「国民歌集としての『万葉集』」(ハルオ・シラネ、鈴木登美編『創造された古典』新曜社、一九九九年)、同『万葉集の発明――国民国家と文化装置としての古典』(新曜社、二〇〇一年、新装版二〇一九年)。

(3)『帝国文学』には復刻版もある(日本図書センター、一九八〇―八一年)。

(4) 詳細は本書第一章「国学と国文学」を参照のこと。

(5) 月刊誌だが、経営が不安定で休刊が多かった。芳賀論文①は同誌に一八九二年から九五年にかけて六回連載されたまま中絶(3・4・9・19・20・28)。

(6)「編纂方法」の原文には句読点がほとんど使用されておらず、濁点も省かれた箇所が多いが、あまりに読みにくいので、本章に引用する際には適宜補うことにした。
(7)花森重行「国文学研究史についての一考察――1890年代の芳賀矢一をめぐって」大阪大学『日本学報』第二一号、二〇〇二年。
(8)三上参次『明治時代の歴史学界――三上参次懐旧談』吉川弘文館、一九九一年。
(9)東京大学教養学部駒場博物館所蔵の職員進退簿では九月九日付となっている。
(10)落合は在学中兵役を課されてやむなく中退したが、便宜上「出身者」として扱う。
(11)小中村清矩「諸君に質す」『国文学』第二一号、一八九〇年四月。
(12)無署名「国文学の意義を弁じて小中村博士に答ふ」『国文学』第二二号、一八九〇年五月。当該号の巻頭言として掲げられた文章。
(13)西川長夫『地球時代の民族＝文化理論』新曜社、一九九五年。
(14)W・J・オング『声の文化と文字の文化』桜井・林・糟谷訳、藤原書店、一九九一年（原著一九八二年）。
(15)「上代」「上古」「上世」の総称として〈上代〉の表記を用いる。次の拙稿を参照のこと。品田悦一「七世紀の文学は上代文学か」『国語と国文学』第七八巻一一号、二〇〇一年十一月。
(16)注15稿ではこの考えに立っていた。
(17)注2に挙げた諸稿を参照のこと。
(18)品田悦一「民族の声――〈口誦文学〉の一面」（稲岡耕二編『声と文字――上代文学へのアプローチ』塙書房、一九九九年）、同「文学のあけぼの――文学史記述における文明主義と文化主義」（大阪大学『日本学報』第二三号、二〇〇四年）。

第五章　国家の文体——近代訓読体の誕生

齋藤希史

近代日本の出発点となった文体は、漢字片仮名交りの訓読体である。それはやがて漢字平仮名交りとなり、言文一致体へとも接続していったが、国家の正式な文体としては、昭和の敗戦まで君臨しつづけた。君臨という語はやや大げさに聞こえるかもしれない。しかし、各種の法令、そして憲法、さらに天皇の詔勅がこの文体で綴られた以上、やはり君臨したと言うべきであろう。

訓読体は、漢文の訓読によって生成される「訓読文」を規範として書かれた文体であり、近代以前は必ずしも正式の文体として用いられたわけではない。ところが、明治以降、それは急速に広い範囲で用いられるようになり、幕府の公文書としても主流であった候文《そうろうぶん》や外交および詔勅に用いられた漢文にとってかわり、公式の文体として流通するようになった。「近代訓読体」と呼ぶべきこの文体の日本および東アジアにおける位相については、齋藤がこれまで論じてきたところであるが、本章ではそれらをふまえた上で(1)、国家の文体の誕生に至るまでの概観を行ない、天皇の詔勅が果たした役割に及ぶこととする。

I　前近代の漢字文

漢文と変体漢文

近代にいたるまで、日本の書記システムには、さまざまな文体が用いられていた。まずは、最も公式的な文体としての漢文。大陸から渡ってきた漢籍を規範とするその文体は、当然のことながら中国への国書に用いられ、国内向けにも権威ある文体となった。『日本書紀』は、基本的にこの文体で書かれており、(2)平安初期から中期の漢詩文を集めた藤原明衡（九八九?―一〇六六）撰『本朝文粋』には、漢文で書かれた公文書が多く収録されている。時代が下り、後に述べるような候文が普及した近世に至っても、天皇の詔勅や朝鮮国王への国書などは、漢文で書かれ続けた。(3)

一方、漢文をベースにしつつ、日本語の語彙やシンタクスにもとづく表記を取り入れた文体も行なわれた。一般には変体漢文や和化漢文と呼ばれる文体で、『古事記』はその早い例であり、平安朝以降の記録や日記、書簡に用いられた漢字文もまたそのように呼ばれる。(4)例えば、書簡文例集である『明衡往来』は、『本朝文粋』の編者藤原明衡の編纂にかかるとされるものだが、『本朝文粋』に収められる書簡文が漢文に熟達していなければ読み書きできない文章であるのに対し、『明衡往来』は、日本語話者にとって読み書きしやすい、もしくは、日本語話者でなければしばしば意味が不明になるような文章である。例を挙げよう。

右御産平安之由承悦侍桑弧蓬矢有其験乎身体髪膚禀于芳下給歟潘岳玉山不可及歟
（右、御産平安の由《よし》、承《うけたまわ》り悦《よろこ》んで侍《はべ》り。桑弧《くわのゆみ》蓬矢《よもぎのや》、其《そ》の験《しるし》有《あ》る乎《か》。身体髪膚　芳下に禀《う》け給《たま》へる歟。潘岳玉山及ぶべからざる歟。）

「桑弧蓬矢」は男子が生まれた時の儀式であり、『礼記』にも記され、「潘岳玉山」は、美男子の潘岳と偉丈夫の嵇康を称したもので、それぞれの逸話は『世説新語』に見え、また『蒙求』にも採られている。つまり、初歩的な漢籍の知識は具えていることが前提である。しかし、「御産平安」「承悦侍」は明らかに漢字表記された日本語であり、「稟于芳下給歟」は、返読を含みながらも、やはり日本語としてしか読めない。漢文と比較して和文は待遇表現を頻繁に用いるところに特徴があるが、それが「承」（うけたまわる）、「侍」（はべる）、「給」（たまう）のような漢字表記に現われているのである。つまり、「御産平安」という語彙レベルのみならず、語法レベルにおいても、日本語表記に適応した文体となっていることが重要であろう。

仮名文と宣命体

他方、漢字の仮借の技法を用いて日本語の音を表記する方法（万葉仮名）も早くから発達し、後の片仮名や平仮名の誕生へと繋がった。日本語の音をそのまますべて表記する表音的な書記法は、『古事記』中の歌や神名、『万葉集』中の大伴家持の歌などに見られ、正倉院に保存される奈良中期の書簡（正倉院仮名文書）にも、「和可夜之奈比乃可波利尓波」（わかやしなひのかはりには→わがやしないのかわりには）のような一字一音式を主にして表記したものがある。

ただし、こうした文章は、当然ながら和語（倭語）を中心として書かれている。漢語を頻繁に用いるのであれば、漢語をそのまま用いてしまったほうが効率的である。言い換えれば、こうした書記法は、漢語をほとんど知らない書き手か、もしくは敢えて漢語を用いないような意図によるものということになろう。

ここで注意すべきは、倭語を主としながら、漢字を倭語で発音する「訓読み」の技法を積極的に用い、一字一音式表記を補助的に用いる宣命体である。その例として、「文武天皇即位宣命」（六九七年、『続日本紀』巻一。訓は青木ほか『続日本紀』第一巻に拠る）を挙げておこう。

現御神《あきつかみ》止大八嶋国所知天皇大《おほやしまぐにしらしめすすめらがおほみこと》命良麻止 詔《のりたまふ》　大命《おほみこと》乎、集侍《うごなはりはべる》皇子等《みこたち》王《おほきみたち》等百官人等《ももつかさのひとでも》、天下公《あめのしたのおほみた》
民《から》、諸聞《もろもろきき》食《たまへ》止 詔《のりたまふ》。

宣命体は、全体のシンタクスは漢文ではなく日本語にもとづくものであり、音読するときには、すべて和語として読まれる。また、おもに日本語の助詞を表音で表記した漢字を小さく書くことで〔「止」〔と〕、「良麻止」〔らまと〕、「乎」〔を〕〕、日本語としての可読性を高めている。しかし、別の観点からいえば、小書きされた漢字は助詞などに限られていて、「天下」は、それが「あめのした」と読まれるものであったにせよ、表記としては「天下」という漢語である。「百官人」を「もものつかさのひと」と読ませるのは、そもそも律令制が中国から来たものである以上、それが土着のやまとことばであるよりは、翻訳によって作られたやまとことばであることを容易に推測させる。

後にも論じることになるが、宣命は、もともと天皇が臣下に示すことばであり、儀式の場における発声を伴うものであった。もし、発せられた音声にのみ意味があるのなら、一字一音式で書く選択肢もあったはずである。だが記録および伝達のために書写されるものとしては、このように、訓による漢字表記を多用するものとなった。これは、一つには、書記文体としての権威を持たせようとしたということ、もう一つは、そもそもこの文章で示される概念が漢語由来であったということが、大きく作用しているのではないだろうか。

仮名文に話を戻せば、平安朝以降の『源氏物語』などの仮名文学の発達は、土着の和語と翻訳による和語と日常的に用いられる漢語によって日本語の表現が豊富になったこと、平仮名の成立によって、漢語と相対する和語としての文字表記が整えられたことに支えられている。そして、日本語を表記するための漢字文（変体漢文）と仮名文の発達は、その中間形態とも見なしうる和漢混淆文を生み、中世には、漢字とひらがな、もしくは片仮名が、使途に応じてさまざまな比率で用いられ、仮名文と漢字文の境界は、それほど明確なものとは言えなくなった。とはいえ、公式の文体、もしくは公家や武家の書簡などの準公式的な文体に限れば、漢文か変体漢文のどちらか、すなわち漢字文が用いられたとしてよいだろう。

候文体の普及

注目すべきは、平安朝中期の十一世紀中ごろから現われ始める候文（体）である。ベースとなっているのは、前述した『明衡往来』に見られるような変体漢文だが、文末を「候」で結んだり、定型的な表現を多用することが、文体としての統一性を保つ働きをしている。つまり、一定のパターンさえ習得すれば、あとは書き手のリテラシーの程度に従って、自由に書きうる文体なのである。漢文よりも書きやすいことはいうまでもなく、『明衡往来』の文章よりもさらに読み書きしやすい。さらに、候文体書簡の手本として十四世紀ごろに編まれた『庭訓往来』などの「往来物」は、文例集としてのみならず、字を習うためのテキストとしても用いられた。『庭訓往来』の冒頭は以下の通りである。

春始御悦《はるのはじめのおんよろこび》　向貴方先祝申候畢《きはうにむかつてまづいはいまうしさうらひをはんぬ》　富貴万福猶以幸甚々々《ふつきばんぷくなほもつてかうじんかうじん》　抑歳初朝拝者《そもそもとしのはじめのてうはいは》、以朔日元《さくじつがんさんのつい》
三次可急申処《でをもつていそぎまうすべきのところ》　被駈催人々子日遊之間《ひとびとねのひのあそびにかりもよほさるるのあひだ》　乍思延引《おもひながらえんいんす》　似谷鶯忘檐花《たにのうぐひすのきのはなをわすれ》　薗小蝶遊日《そののこてふのひかげにあそぶに》
影《にたり》　頗背本意候畢《すこぶるほいにそむきさうらひおはんぬ》

平安朝の仮名文には、敬語表現としての「はべり」が多く見られ、漢字では「侍」と表記される。また、和漢混淆文などでは、同様の表現として「候」（さうらふ）も多用される。日本語には、相手との関係を示す待遇表現が不可欠であることから、日本語表現としての変体漢文にも「侍」や「候」が用いられ、時代が下るにつれて「候」が主流となった。それが候文体成立の経緯である。

候文体は、日本語を表記するためのものでありながら、仮名文とは異なって、返読を含む漢語表現を用いることが多い。上の例にも「似谷鶯忘檐花　薗小蝶遊日影」のような対句的表現が修辞として用いられている。また、「可急申処」のように、返読は含むけれども、漢文として読むことは不可能なものも、とりわけ

定型句的表現には多い。漢字を主とするが、仮名が混用されることもある。つまり、漢籍の世界と日常語の世界の中間に位置するような文体なのである。

書簡文例集である往来物は、最初は僧侶や武家の子弟のために用意されたと思われ、その内容も彼らの生活に即したものとなっているが、江戸時代になると、さらに学習者の範囲は広がり、さまざまな職業に応じた往来物が編纂され、日常の社会生活に必要な文字と知識を学習するための入門書として広く用いられた。手紙を書くという行為は、文字によるコミュニケーションを必要とする社会生活を営む上で、最初の段階として要求されるものである。社会生活における文字の読み書きの第一歩は、まずは自分の名前を書くことから始まるであろうが、その次は手紙である。書簡文例集によって文字と知識を習得するという方法は、きわめて有効であった。

近世日本の実用文は、この候文体を基本とし、幕府から庶民に向けた法令（触書）もまた、候文体で書かれた。例えば、一六八五（貞享二）年七月十四日に徳川綱吉によって出された御触れは、いわゆる「生類憐れみの令」の早い例だとされているが、その文体は次のようなものであった（近世史科研究会編『江戸町触集成』第二巻）。

先日申渡候通　御成被為遊候御道筋江　犬猫出申候而も不苦候間　何方之御之節も　犬猫つなき候事可為無用者也

「先日申し渡したとおり、将軍がお出かけになる道筋に、犬猫が出てもかまわないので、どこへ将軍が行くにしても、犬猫をつなぐことは、無用のことである」ということが候文体で書かれている。町人に向けたものであるから、わかりやすい。

右の御触れの二年前、一六八三（天和三）年に出された「天和令」（武家諸法度）の文章は、以下のように、もう少し硬い。

参勤交替之義　毎年可守定所之時節　従者之員数不可及繁多之事

武家に向けた正式のものだという意識が反映されているためであろう。もちろん「之義（儀）」「之事」などは、日本語の書記表現であって、漢文としてそのまま読んでも意味は通らない。「毎年可守定所之時《まいとしさだむるところのじせつをまもる》節《べし》」などの句を見ても、これが変体漢文であることは明らかである。適宜「候」を挿入すれば、候文体に変換することも難しくはないだろう。

候文体の普及は、江戸時代における出版文化の隆盛に支えられた。さまざまな往来物が出版され、版を重ねたのである。また、幕藩体制による統治が安定し、多くの法令が、とりわけ庶民に向けてこの文体で出されたことも、候文体が実用文の規範となることを後押しした。

となれば、候文体は近代の書記言語の基盤にもなったのではないかと考えるのが自然であるように思われる。しかし、実際のところはどうなのだろうか。この問題について述べる前に、近代訓読体の成立に深くかかわった翻訳について見ておこう。

2　翻訳の時代

蘭学から英学へ

漢字とその派生文字（片仮名や平仮名）を日本語の書記として用いて以来、日本における翻訳は、基本的に漢文からのものであった。正確にいえば、それは今日の私たちが考える translation とは異なって、あくまで漢字という文字を媒介にして、日本語に置き換えるというものである。

translation は、文字を経由せずに成り立ちうるものであるはずだが、漢文からの翻訳は、ほとんどの場合、漢字に依拠し、漢字を保存する。そこに大きな違いがある。文字を異にするはずの仏教にしても、日本には漢訳仏典によって伝えられ、やはり漢字に依拠した。新たに伝来したキリスト教や洋学の知識も、最初は漢訳によって伝わった。日本にとって漢字が世界への窓だったのである。

そのようななかで、十八世紀以降に盛んになるオランダ語の学習および翻訳は、大きな事件であり、近代の書記文体を考える上でも、重要である。オランダ語によって書かれた科学技術の知識を学ぶ学問、すなわち蘭学は、享保の改革によって公けに認められ、安永三（一七七四）年には医学書である『解体新書』が翻訳された。杉田玄白『蘭学事始』（一八一五年）は、この翻訳について、舵のない船で大海に漕ぎ出でたようなもので、途方にくれるばかりであった、と述懐するが、漢字という文字を離れての翻訳は、彼らにとって確かに未経験のことであった。

とはいえ彼らにとって学問と漢字は切り離せないもので、『解体新書』もオランダ語から漢文への翻訳であった。漢方はその名のとおり漢籍にもとづくものであり、漢籍と同様に原書としての権威をもたせるためには、漢文で翻訳される必要があった。蘭学は漢学に対抗すべき学問であり、そうであるならば、学術の文体として行なわれている漢文で翻訳することが、やはり求められたのである。また、訳者たちの考えでは、医学の根本を漢学から蘭学に改めるためには、中国の医者たちの考えを改めねばならず、そのためにも漢文で翻訳する必要があるということもあった。漢文が東アジアにおける普遍的な書記言語であることを彼らも意識していたのであるが、この点、第三章で述べた岡本監輔の意識とも重なる。

一方で、杉田ら蘭学者はあまり触れようとしないが、オランダ語からの翻訳において先駆者となったのは、学者よりも通詞であった。オランダとの貿易に必要な通詞は、蘭学が公認される以前から、平戸、ついで長崎に置かれていた。オランダ語の知識は、まずは彼らを通じてもたらされたのであり、日本語とオランダ語の辞書も、彼らの力によって、編纂された。『ハルマ和解』（一七九八—九九年）がそれであり、広く普及した『訳鍵』（一八一〇年）や『改正増補訳鍵』（一八五七年）、また『和蘭字彙』（一八五五—五八年）は、そこから発展したものである。そしてそれらの辞書は、漢文ではなく、すべて漢字片仮名交りで訳文が書かれていた。また、たとえば幕府の事業として文化八（一八一一）年から行なわれたオランダ語の百科事典の翻訳（『厚生新編』）の稿本は、漢字平仮名交りの文体で書かれ、地理書の翻訳である青地林宗訳『輿地《よち》誌略』は漢字片仮名交りの文体で書かれている。どれもが候文体ではない。しかし、近代以降の漢文訓読体かと言えば、そうではない。

たとえば『和蘭字彙』で natuur を引くと、De gewoonte is eene tweede natuur. という例文があり、「仕癖ハ二番目ノ性質ナリ」という訳が当てられる。「仕癖」に対応するのは gewoonte である。漢字片仮名交り文であり、文末も「ナリ」と書かれているから、一見したところ漢文訓読体に見える。しかし「性質」は漢籍に由来するが、「仕癖」は「しくせ」であって、和語である。「二番目」という言い方も、漢文のものではなく、日本語の漢字表記である。語彙から見れば、むしろ和漢混淆体の候文に近いと言える。

De gewoonte is eene tweede natuur. はなぜ「仕癖ハ二番目ノ性質ナリ」と訳されたのだろうか。というのも、例えば英語の Habit is second nature. の訳文は、現代の日本語ではおおむね「習慣は第二の自然」あるいは「習慣は第二の天性」のように訳されている。また、江戸時代の知識人であれば、この例文を見て、「習与性成（習い 性と成る）」（『尚書』太甲上）や「習慣若自然也（習慣は自然のごとき也）」（『孔子家語』七十二弟子解）といった漢籍の句を思い出すのが自然であろう。しかし通詞たちはそのようには訳さなかった。

彼らは、日常の実用的な書記言語に近い語彙を使って、オランダ語を翻訳したのだった。候文体に用いられるような語彙と言ってもよい。オランダ語の通詞たちは、幕府の役人であり、学者ではない。彼らの書記言語の基盤は、候文体にある。そうであれば、オランダ語の訳文も、わざわざ漢籍の句に置き換える必要はない。蘭学者とはおのずから異なるのであった。

ということは、逆に、なぜ、当時は「仕癖」と訳されたものが、現在では「習慣」になっているのかということになる。近代日本の書記言語は、どのようにして近世の実用的な書記言語と異なるものとなったのか。

その一つの鍵となるのが、蘭学から英学への転換における英華辞書の利用である。

宣教師たちの中国進出にともなって、一八一五年から二三年にかけて刊行されたロバート・モリソン（馬礼遜）『華英字典』、S・W・ウィリアムス（衛三畏）『英華韻府歴階』（一八四四年）、W・H・メドハースト（麦都思）『英漢字典』（一八四七―四八年）など、英語と漢語の辞書が陸続と出版された。これらの辞書がいわゆる新漢語の生産と伝播に大きな役割を果たしたことは早くから指摘されている（森岡『改訂　近代語の成立――語彙編』、陳『和製漢語の形成とその展開』、沈『近代日中語彙交流史――新漢語の生成と受容』、宮田『英華辞典の総合的研究――一九世紀を中心として』）。

日本の知識人が英語を学習するさい、これらの英華辞書は大いに役に立った。漢字を媒介にして西洋の知識を理解するという伝統的な方法にも適っていた。もちろん、英華辞書には、「仕癖」のような日本語の漢字表現は存在しない。そこにあるのは基本的に漢語である。従って、英語を学ぶということは、同時に、漢語に習熟するということにもなり、漢語に習熟していれば、英語に熟達するのも、少なくとも読解の面では、早いということになる。新漢語はこうした学習のなかから生まれたと考えることができる。

もう一つ注意しておきたいのは、訳語として列挙された漢語を見ると、伝統的な語彙に混じって、口語や方言も、何の区別も表示されずに混在して並べられていることである。たとえば『康熙字典』のような漢語辞書であれば書かれているはずの出典表記もない。これらの漢語は、どの漢籍にもとづく語であるかも明らかでなく、その階層性も明示されず、ただひたすら英語の訳語や訳文として並べられているのである。こうした英華辞典のありかたも、西洋語の訳語として新たな漢語を作ることを促進したのではないだろうか。漢語が古典から切り離され、英語と対照される語彙としての性格を強めたことが、新漢語の大量生産を促したと見ることができよう。

候文体と訓読体

福沢諭吉は、幕末の翻訳について、以下のように述べている（福沢・慶應義塾編『福澤諭吉全集』第一巻）。

> 或日、先生余に告げて云はるゝよう、今足下の翻訳する築城書は兵書なり、兵書は武家の用にして武家の為めに訳するものなり、就ては精々文字に注意して決して難解の文字を用うる勿れ、其次第は日本国中に武家多しと雖も大抵は無学不文の輩のみにして、是れに難解の文字は禁物なり、〔…〕故に翻訳の文字は単に足下の知る丈けを限りとして苟も辞書類の詮議立無用たる可し、玉篇又は雑字類編なども坐右に置く可らず、難字難文を作り出すの恐れあればなり、〔…〕俗間の節用字引にて事足る可し

福沢が訳しているのはオランダ語の築城書であり、ここで言う「先生」は、適塾の緒方洪庵である。彼らは通俗的な語彙と文章を用いて、オランダ語を翻訳しようとしていた。それは、通詞たちの方法と通じるものであったとしてよいだろう。『玉篇』は漢字の字典、『雑字類編』は中国の小説に出てくる語彙の辞典であり、いずれも中国の漢語を理解するためのものである。それに対して「節用字引」とは、日常の読み書きに必要な用字集であり、より通俗的なものであった。彼らの目指す方向は明らかである。さらに、以下のようにも述べる。

〔…〕依て窃に工風《くふう》したる次第は、漢文の漢字の間に仮名を挿み俗文中の候の字を取除くも共に著訳の文章を成すべしと雖も、漢文を台にして生じたる文章は仮名こそ交りたれ矢張り漢文にして文意を解するに難し。之に反して俗文俗語の中に候の文字なければとてその根本俗なるが故に俗間に通用すべし。但し俗文に足らざる所を補うに漢文字を用うるは非常の便利にして、決して捨つべきに非ず。行文の都合次第に任せて遠慮なく漢語を利用し、俗文中に漢語を挿み、漢語に接するに俗語を以てして、〔…〕唯早分りに分り易き文章を利用して通俗一般に広く文明の新思想を得せしめんとの趣意にして〔…〕

「漢文の漢字の間に仮名を挿み」とは、漢文を訓読する文体をモデルにすること、すなわち漢文訓読体を言い、「俗文中の候の字を取除く」とは、候文体から「候」を取り除くことを言う。どちらも「著訳の文章」にはなるが、と言いつつ、選択したのは後者であり、同時に、それだけでは語彙が足りないので、「遠慮なく漢語を利用し」というふうにして訳文を作る。

金文京（『漢文と東アジア訓読の文化圏』）は、この一節を引いて、明治の新文体に影響を与えたのが漢文訓読体だけではなく、候文にもあったことを指摘し、「明治の文章への漢文の影響は、狭義の漢文だけではなく、その背景にある候文という変体漢文の存在をぬきには語れないであろう」（二一七—二一八頁）と指摘する。たしかに、近世日本において最も普及した書記言語は候文体であり、それが近代文体に影響を与えていないとするほうが無理であろう。

しかしもし、福沢の言う方法が一般的なものとなっていれば、「仕癖ハ二番目ノ性質ナリ」は、そのまま使われたはずである。だが実際には、「習慣は第二の自然」という訳文が定着した。(5) むしろそのことに注意したい。

候文体は、書簡にせよ、御触れにせよ、文章の読者があらかじめ想定され、それに向かって呼びかけるような体裁をとるものであった。誰が誰に伝えようとしているのか、その関係が見えるようになっているのである。「候」という語はその象徴であり、候文体から「候」を抜き取ってしまえば、むしろ文体としての統一性は、たいへん危ういものとなる。福沢はすぐれた文章家であったから、「候」を抜いても、文章における対話性を維持しながら、「文明の新思想」を語りかけるかのように伝える文体を構築することができたのかもしれないが、一般には容易なことではない。

また、こうした文体は、対面的な関係を前提とした実用文にはふさわしいものではあるが、技術や思想を伝える文章としては、決して使いやすいとは言えない。仮名文で書かれた和文についても、同じことが言えるだろう。こうした用途には、待遇表現を必要としない漢文を訓読した文体のほうが向いている。

訓読体は、もともと知識人たちが、当面の目的のために用いた文体である。漢文として書くべき文章の下書きであったり、漢文の注釈や解釈であったり、思いついたことを書き留めたものであったりした。日記や記録にもしばしば用いられた。漢文のように、漢籍を参照し、典故を用いながら書くべき文章とは異なる。また、新しく作った漢語は、漢文にそのまま入れると不自然な印象を与えかねないが、訓読体であれば、それほど気にする必要はない。漢文の語法は、注意していても「和習」がまぎれこむことがあるけれども、訓読体は、もともと日本語文であるから、格段に書きやすい。仮名で書かれた和文よりも、文法的に簡略化されているという利点もある（齋藤文俊『漢文訓読と近代日本語の形成』）。

問題は、漢文に由来する語彙の難しさである。しかしそれは、どのみち新しい訳語を定めるのであれば、大きな障害とはならないだろう。結局のところ、漢文訓読体こそが、彼らにとって便利な文体だったのだ。

さらにいえば、候文体の対話性は「です・ます」体の成立とかかわるように思われる。現代日本語における「だ・である」体と「です・ます」体の大きな違いは、後者がより丁寧であるということではなく、前者は対話性がなく、後者には対話性があるというところにある。現代日本語の話者は、手紙を「だ・である」体で書くことはできない。言い換えれば、現代日本語の文体には「だ・である」体と「です・ます」体の二つが存在し、必要である。候文体の近代における継承は、この観点から捉え直すべきではないだろうか。

3　天皇の文体

日本における近代化は、西洋への開国と王政の復古という、一見すると相反するような変化によって成し遂げられた。前節は、いわば開国の文体について論じたわけだが、本節では、王政復古を国家の文体という観点から見るとどうなるか、考えてみたい。

明治以前

詔勅は、奈良朝までは第1節で述べたように宣命体で書かれることもあったが、律令制が整備されるに従って、漢文で書くことが正式となった。宣命体は、神社や山陵の神霊に天皇が祈る告文などに用いられ、神官としての天皇の文体となった。大まかにいえば、統治者としての天皇の文体は漢文であり、数もこちらの方が圧倒している。

平安朝には多くの詔勅が発せられているが、鎌倉時代以降、幕府による統治が行なわれるようになるとその数は当然のことながら減少し、江戸時代には寥々たるものとなり、漢文の詔勅が記録されない天皇も少なくない。幕末期の孝明天皇以降は、詔勅や宣命が明らかに増加する。三浦藤作編『歴代詔勅全集』には、詔として「嘉永改元の詔」（嘉永元〔一八四八〕年）、「安政改元の詔」（安政元〔一八五四〕年）、宣命として「石清水臨時祭に国難奉告の宣命」（弘化四〔一八四七〕年）、「石清水放生会に外患を祈禳し給へる宣命」（嘉永六

〔一八五三〕年)、「東照宮に奉幣し給へる宣命」(慶応元〔一八六五〕年)などが掲載され、また、候文体で書かれた書簡、漢字片仮名交り文で書かれた勅書が付載されている。書簡と勅書から、一例ずつ挙げる。

夫聖人ニ非ザルヨリ、内安ケレバ必外ノ患有リト。方今天下二百有餘年、至平ニ慣レ、内遊惰ニ流レ、外武備ヲ忘レ、甲冑朽廃シ、干戈腐鏽ス。卒然トシテ夷狄之患起テ、不能応之。〔…〕

「時局を御軫念御述懐の勅書」(文久二〔一八六二〕年)

攘夷之存意者聊茂不相立、方今天下治乱之堺ニ押移リ、日夜苦心不過之候。〔…〕

「徳川慶勝宛書簡」(文久三〔一八六三〕年)

勅は、詔よりも小事について用いるものとされているが、ここでは文体も漢字片仮名交り文によって書かれていることが注目される。また、ここに挙げた候文はかなり硬い書きかたをしているが、他の臣下に宛てたもののなかには、平仮名を多く交え、くだけた文体のものもある。総じて、公から私へと向かって、漢文、漢字片仮名交りの訓読体、漢字漢語の多い候文、俗語を交えた候文のようなグラデーションが、孝明天皇という一人の署名のもとに、書き分けられていたことが興味深い。なお、詔については、その作成は内記という書記官が行なったと思われる。

訓読体の詔勅

明治天皇の詔勅は、前代とは比較にならないほど数が多い。王政復古とは、天皇の名による文章が世に溢れるということでもあった。そのなかでは、慶応四(一九六八)年正月十日、各国公使に宛てて「従前条約

雖用大君名称　自今而後当換天皇称」すなわち大政奉還にともなって、条約には大君ではなく天皇の称号を用いることにしたという国書を漢文で記したものが早い(6)。同年二月に、徳川慶喜を征討する詔を漢字片仮名交り文で発しているが、これは訓読体の詔として最も早いものである可能性が高い。その末尾は「汝列藩朕カ不逮ヲ佐《たす》ケ　同心協力　各其分ヲ尽シ　為国家努力セヨ」と結ばれる。また、同年三月十四日には、訓読体による「五箇条の誓文」とともに、宣命体による祭文が発せられている。つまり三ヶ月のうちに三種類の文体が用いられていることになるが、国外向けには漢文、国内向けには訓読体、神官としては宣命体というふうに文体が使い分けられていることがわかる。

国内向けに漢文で書かれたものには、改元の詔や戦功の有った者への詔、あるいは臣下の死を悼んだり諡号を与えたりなどの勅宣が多い。前例を踏襲する定型文を基本とし、分量も長くはない。その時期も、多くは明治初年であり、一八七七（明治十）年以降のものは稀である(7)。その意味では、漢文の詔勅に関しては、近世以前と変わらないとも言える。

宣命体についても、神社や山陵の神霊、あるいは皇族に向けたものに用いられるのを基本とし、近世以前の様態と変わりはない。なかには英国皇太子に宣命体で述べたものもあるが、これは同じ皇族として扱ったということであろう。神官としては宣命体なのである。

最も大きな変化は、訓読体で書かれた詔勅が大量に発せられたことである。従来は漢文で書かれていた国書も、明治四年五月の清国皇帝への国書、同年十一月のイギリス皇帝への国書のように、訓読体で書かれることになる。このことは、明治政府の文体として訓読体が正式のものとなったことを示す。律令制以来の伝統では、詔勅は漢文で書くことになっているが、大量に詔勅を発しなければいけない状況下にあって、漢文を自在に作文するのは、容易ではない。幕末期には漢学が普及し、漢作文ができる者の数は少なくなかったと思われるが、その者たちにしても、漢文を作るよりは、訓読体を作文するほうがはるかに楽であった。

また、幕府の法令が基本的に候文体で書かれていたために、新政府としては、法令を訓読体による文章に改めるだけでも、差別化を図ることができた。訓読体の採用は、現実に迫られてのものであったと推察されるが、言い換えれば、時代に即した文体を採用したということでもあった。訓読体が、一方では翻訳の文体であったことも、文明開化へと舵を切った明治政府にふさわしいものと感じられたのではないか。正統と近代を兼ね備えた国家の文体として訓読体は機能したのである。

皇典語と翻訳語

訓読体詔勅の文体には偏差があるが、内容が硬いものほど対句が多用されることは指摘しておいてよいだろう。例えば一八九〇（明治二三）年に発布された「教育勅語」の前段を引いてみよう。

> 朕惟フニ我カ皇祖皇宗国ヲ肇ムルコト宏遠ニ徳ヲ樹ツルコト深厚ナリ　我カ臣民克《よ》ク忠ニ克ク孝ニ億兆心ヲ一ニシテ世々厥ノ美ヲ済セルハ此レ我カ国体ノ精華ニシテ教育ノ淵源亦実ニ此ニ存ス　爾臣民父母ニ孝ニ兄弟ニ友ニ　夫婦相和シ朋友相信シ　恭倹己レヲ持シ博愛衆ニ及ホシ　学ヲ修メ業ヲ習ヒ　以テ智能ヲ啓発シ徳器ヲ成就シ　進テ公益ヲ広メ世務ヲ開キ　常ニ国憲ヲ重《おもん》シ国法ニ遵ヒ　一旦緩急アレハ義勇公ニ奉シ以テ天壌無窮ノ皇運ヲ扶翼スヘシ

対句に傍点を付してみたが、一見してその多さがわかる。こうした対句の多用は、詔勅が基点に置く漢文が、江戸時代に多くの人によって学ばれた『唐宋八家文』のような古文ではなく、六朝期に成立し、公的な文体として長く使われた四六駢儷体であったからだと考えられよう。それはまた、日本で作成された漢文の原器とも言うべき『日本書紀』の文体でもあった。その意味で、詔勅の訓読体は、それまでの訓読体とは性格が異なるものであった。訓読体に対句の修辞が施されたことで、一時的な目的のためではない、正式な文体としての訓読体が成立したのである。そしてその基点は、天皇の起源と歴史を記す『日本書紀』の文体におかれている。

もちろん、対句による修辞というだけでは、何も『日本書紀』を持ち出すには及ばないかもしれない。明治期の訓読体が対句を多用するのは珍しくはないからである。しかし、こうした文体の詔勅には「皇祖皇宗」や「天壌無窮」など、皇室にかかわる漢語や「恪守」「淬礪」「皇猷」のような難しい漢語が頻出する傾向があり（かりに「皇典語」としておく）、そうした組み合せの背景に『日本書紀』もしくはその系譜の漢文を想定することは、不自然ではない。逆に、何らかの儀式の挨拶に類するような詔勅については、対句もさほど目立たず、語彙もごく普通の漢語を用いている。

一方、日清戦争の宣戦の詔書のように、国際関係における国家元首としての立場が強いものについては、天皇としての措辞は用いながらも、当時の論説に近い文体になっていることも指摘できよう。それは次のようなものである。

天佑ヲ保全シ万世一系ノ皇祚ヲ践《ふ》メル大日本帝国皇帝ハ忠実勇武ナル汝有衆ニ示ス
朕茲ニ清国ニ対シテ戦ヲ宣ス朕カ百僚有司ハ宜ク朕カ意ヲ体シ陸上ニ海面ニ清国ニ対シテ交戦ノ事ニ従ヒ以テ国家ノ目的ヲ達スルニ努力スヘシ苟モ国際法ニ戻《もと》ラサル限リ各々権能ニ応シテ一切ノ手段ヲ尽スニ於テ必ス遺漏ナカラムコトヲ期セヨ
惟フニ朕カ即位以来茲ニ二十有餘年文明ノ化ヲ平和ノ治ニ求メ事ヲ外国ニ構フルノ極メテ不可ナルヲ信シ有司ヲシテ常ニ友邦ノ誼ヲ篤クスルニ努力セシメ幸ニ列国ノ交際ハ年ヲ逐フテ親密ヲ加フ何ソ料ラム清国ノ朝鮮事件ニ於ケル我ニ対シテ著《ちゃくちゃく》著鄰交ニ戻リ信義ヲ失スルノ挙ニ出テムトハ〔…〕

「朕」から「汝有衆」への命令という構造のもと、語彙としては、皇典語と翻訳語、すなわち「万世一系」「皇祚」と「国際法」「平和」「文明」が同居させられ、「親密」や「信義」のように前近代から広く使われている漢語も用いられている。

こうして近代の詔勅は、同時代の訓読体の発達を取り入れながら、天皇の文章として、用途に応じた複数の文体を成立させていったのである。

以上見てきたように、天皇制国家として再編された日本の公式文体は、和文体ではなく、漢文訓読体であった。江戸時代に普及した候文体は、和文体と同様、待遇表現を基礎に置くために、新たな公的空間を産出しようとする近代国家にはふさわしくないと感じられたであろう。近世の触書は、将軍や藩主との主従関係によって発せられるものだったのであるが、近代国家の法令はそのようなものではない。国家の成員が守るべき共有の規則として、それはあった。

注意すべきは、ほとんどが漢字片仮名交りの訓読体で書かれた詔勅のなかで、一八八二（明治十五）年の「軍人勅諭」のみは、漢字平仮名交りの和文体で書かれていることである。「朕は汝等軍人の大元帥なるぞされは朕は汝等を股肱と頼み　汝等は朕を頭首と仰きてそ　其親は特に深かるへき」とは、そのなかの有名な一節であるが、「其親《そのしたしみ》は特に深かるべき」という句は、この勅諭が天皇と兵士たちの間に前近代的な主従関係を取り結ぼうとしていること、それは訓読体ではなく、和文体でこそ実現されるものであろうことを示唆しているだろう。それが明治後半期においてどのように変化するのか、あるいは変化しないのかについては、さらに検討が必要である。

訓読体による天皇の詔勅は、日本の敗戦によって幕を閉じる。正確には、一九四六（昭和二十一）年元旦に発せられた「年頭の詔書」が最後である。そこにはこう書いてあった。

朕ト爾等国民トノ間ノ紐帯ハ、終始相互ノ信頼ト敬愛トニ依リテ結バレ、単ナル神話ト伝説トニ依リテ生ゼルモノニ非ズ。天皇ヲ以テ現御神《アキツカミ》トシ、且日本国民ヲ以テ他ノ民族ニ優越セル民族ニシテ、延テ世界ヲ支配スベキ運命ヲ有ストノ架空ナル観念ニ基クモノニモ非ズ

「終始相互ノ信頼ト敬愛トニ依リテ結バレ」を実現するためかどうか、一九四八年、詔勅は廃止されて「おことば」となり、同年の第三臨時国会開会式の「おことば」より、「です・ます」体が使われることになる。戦後の天皇制が天皇個人と国民との関係を重視する方向に傾くこととおそらくこれは無縁ではないだろう。国家の文体のポリティクスは、今なお息づいている。

参考文献

青木和夫・稲岡耕二・笹山晴生・白藤礼幸『続日本紀』第一巻、新日本古典文学大系、岩波書店、一九八九年。

井上哲次郎・中島力造・元良勇次郎『英獨佛和哲學字彙』丸善、一九一二年。

大槻茂雄（編）『磐水存響』大槻茂雄、一九一二年。

沖森卓也『日本古代の表記と文体』吉川弘文館、二〇〇〇年。

奥村悦三「仮名文書の成立以前—続——正倉院仮名文書・乙種をめぐって」『万葉』第九九号、一九七八年。

桂川甫周・杉本つとむ（解説）『和蘭字彙』早稲田大学出版部、一九七四年。

近世史料研究会『江戸町触集成』第二巻、塙書房、一九九四年。

——『明治大正昭和三代詔勅集』北望社、一九六九年。

金文京『漢文と東アジア訓読の文化圏』岩波書店、二〇一〇年。

神野志隆光「文字とことば・「日本語」として書くこと」『万葉集研究』第二一集、塙書房、一九九七年。

齋藤文俊『漢文訓読と近代日本語の形成』勉誠出版、二〇一一年。

齋藤希史『漢文脈と近代日本――もう一つのことばの世界』日本放送出版協会、二〇〇七年。

――――「言と文のあいだ――訓読文というしくみ」『文学』第八巻第六号、二〇〇七年。

――――「〈同文〉のポリティクス」『文学』第一〇巻第六号、二〇〇九年。

――――「近代訓読体と東アジア」沈国威・内田慶市（編）『近代東アジアにおける文体の変遷――形式と内実の相克を超えて』白帝社、二〇一〇年。

――――『漢字世界の地平――私たちにとって文字とは何か』新潮社、二〇一四年。

――――『漢文脈と近代日本』角川ソフィア文庫、KADOKAWA、二〇一四年。

沈国威『近代日中語彙交流史――新漢語の生成と受容』笠間書院、改訂新版、二〇〇八年。

陳力衛『和製漢語の形成とその展開』汲古書院、二〇〇一年。

永嶋大典『蘭和・英和辞書発達史』ゆまに書房、新版、一九九六年。

福沢諭吉・慶應義塾（編）『福澤諭吉全集』岩波書店、再版、一九六九年。

三浦藤作『歴代詔勅全集』全八巻、河出書房新社、一九四〇年。

宮田和子『英華辞典の総合的研究――一九世紀を中心として』白帝社、二〇一〇年。

村上重良『近代詔勅集――正文訓読』新人物往来社、一九八三年。

毛利正守「変体漢文」の研究史と「倭《やまと》文体」『日本語の研究』第一〇巻第一号、二〇一四年。

森博達『日本書紀の謎を解く――述作者は誰か』中央公論新社、一九九九年。

森岡健二『改訂　近代語の成立――語彙編』明治書院、一九九一年。

Lobscheid, William、那須雅之（解説）*English and Chinese dictionary : with the Punti and Mandarin pronunciation*, 復刻版、千和勢出版部・東京美華書院、一九九六年。

注

（1）齋藤希史「言と文のあいだ――訓読文というしくみ」、同「〈同文〉のポリティクス」、同「近代訓読体と東アジア」、同『漢文脈と近代日本』第二章、同『漢字世界の地平』第五章を参照されたい。とりわけ本章第2節については、『漢字世界の地平』第五章と内容に重複がある。

（2）『日本書紀』の文体および述作者については、森『日本書紀の謎を解く』を参照。

（3）ここでは、日本列島で日常的に話されていた（いる）言語を、語彙や語法の出自にこだわらず、「日本語」として考える。従って、日本語音で読まれて用いられる漢語も「日本語」のうちに含める。「和語（倭語）」は、日本列島の土着語に由来すると考えられる言語を指す。ただし、漢文の訓読によって生まれたと思われる「和語」も想定しうる以上、「和語」の土着性はフィクショナルなものであるとせざるを得ない。正倉院仮名文書に見られる語彙のなかにも漢語に由来するものがあると早くから指摘されている（奥村「仮名文書の成立以前―続」）。

（4）「変体漢文」の語を最初に定義した橋本進吉は、日本語の使用者が漢文を書こうとして誤りが混入したものを「変体漢文」として定義したが、日本語を表記することを念頭に、漢文の正確な語法を顧慮しなかった文体も、一般に「変体漢文」と称されている。そのため、日本語の表記として書かれた「変体漢文」については、それを「変格和文」（沖森『日本古代の表記と文体』）や「非漢文」（神野志「文字とことば・「日本語」として書くこと」）と呼び直す論もあるが、ここでは「変体漢文」の呼称をひとまず用いる。この問題については、毛利「「変体漢文」の研究史と「倭文体」」を参照。

（5）この訳文は、Samuel Smiles. *Self Help* の翻訳として明治期の大ベストセラーとなった中村正直訳『西国立志編』第十三編（十一）にもとづくであろう（齋藤『漢字世界の地平』）。

（6）以下、近代の詔勅については、近代史料研究会『明治大正昭和三代詔勅集』、村上『近代詔勅集』を参照。

（7）一八七九（明治十二）年には、内閣書記官の制定にともない、法令は「国文」すなわち漢字仮名交りの文章で書くことが定められた。ただし、それ以降も、重臣の死にかかわる勅宣については、漢文で書かれたものがある。

第六章　『万葉集』の近代――百三十年の総括と展望

品田悦一

I　国民歌集『万葉集』の発明

『万葉集』は、しばしば〝日本文化の源流〟だの〝日本人の心のふるさと〟だのと形容されるが、多少反省してみれば分かるように、実は古代の貴族たちが編んだ歌集であって、奈良時代末に成立してから一千年以上というもの、列島の住民の大部分とはおよそ縁のない書物だった。現在のように広汎な愛着を集めるのは、どう遡っても明治中期以降のことである。当時の公定ナショナリズムのもと、文化による国民的一体感《ナショナル・アイデンティティー》の喚起が模索されたとき、きたるべき「国詩《ナショナル・ポエトリー》」――国民全体に共有され、その精神的統合に寄与する詩歌――の、古代における先蹤と位置づけられたのが事の発端だった。

戊辰戦争に際し会津攻略を指揮した板垣退助が、あっけない勝利に胸を撫で下ろすそばからぞっとしたという逸話がある。会津の民百姓が誰も戦いに参加しなかったばかりか、なかには駄賃稼ぎのために官軍側の下働きを申し出る者までがいた。これがもし日本対外国の戦いだったらどうなっていたことだろう――そう思い至ったのだという（『自由党史』初版一九一〇年、岩波文庫・一九五八年）。この数年後、福沢諭吉も同様の考えを公にする。日本の社会では統治する者とされる者とが水と油のように分離しており、国の独立を賭けた戦争にも被統治者はおよそ無関心であると慨嘆し、「日本は政府ありて国民《ネーション》なし」と断言したのだ

（『文明論之概略』初版一八七五年、岩波文庫・一九九五年）。

国の成員がみな進んで国に協力しようとする状態、つまり国民としての自覚を有する状態を作り出さなければ、列強に伍して独立を保つことなどおぼつかない――西洋諸国の事情に通じた知識人たちは、明治維新の前後からそう痛感していたのだが、当初は軍隊や工場の創設など、ハード面の近代化で手一杯だった。ソフト面でも近代的学校教育が開始されたとはいえ、学校で学んだ人たちが世の中に出るまでにはかなりのタイムラグを見込まなくてはならなかった。

それが、維新後十数年を経て一八八〇年代を迎えると、国粋保存主義と呼ばれる思潮が巻き起こる。人々に文化の共有を自覚させることを通して、広汎な国民的一体感の醸成が目ざされたのだ。文芸の分野では、外山正一・井上哲次郎・矢田部良吉の三名が『新体詩抄』（丸屋善七、一八八二年）を刊行し、「国詩《ナショナル・ポエトリー》」の創出に向けて最初の一歩を踏み出した。以来、きたるべき「国詩」が備えるべき性質として、次の四点が繰り返し提唱されることになる。新時代にふさわしい複雑雄大な内容を盛り込むために、①詩形を長大にし、②用語の範囲を拡張すること。そして国民的普及を可能にするために、③表現を平明にし、④過剰な修辞や擬古的措辞を排すること、である。

『万葉集』が国民歌集《ナショナル・ポエトリー・アンソロジー》（国詩の集）として見出されたのも、まさにこの脈絡においてだった。新体詩の出現とともに和歌の存在意義が全否定されかけたとき、その立て直しを図った人々――萩野由之・池辺義象《よしかた》・落合直文ら、一八八二年に東京大学文学部に附設された古典講習科の関係者たち――によって、国学和歌改良論が展開される。国学の素養を身につけた彼らは、和歌は狭隘《きょうあい》短小で使い物にならぬとの非難をそっくり是認する一方、賀茂真淵らの議論を援用することにより、この非難は平安時代以降の堕落した和歌にこそ妥当するのであって、和歌の本源である万葉の歌々はこの限りではないのだ、と口々に反駁する。彼らに言わせれば、上記の指針①は万葉の長歌がとうに先取りしていたし、②に関しても万葉には少数ながら漢語を使用した先例がある。③④にしたところで、万葉のことばは当時の普通語で、表現も率直そのものだというわけだった。彼らはまた、外山や井上の実作を蕪雑粗笨《ぶざつそほん》で読むに堪えないと非難しつつ、この欠陥を回避するには指針④に固執すべきでないと説いて、古語や歌語を織り混ぜた「長歌」を創作する一方、短詩形にも固有の存在意義があることを強調し、指針①にも修正を加えようとした。

国詩創出とは、明治の現代に万葉時代を再現することにほかならぬ――こういう信念と使命感が、『万葉集』をきたるべき国詩の古代における先蹤に仕立て上げていった。〝天皇から庶民まで〟にわたる幅広い作者層と〝素朴な感動を雄渾な調べで真率に歌い上げた〟健全な歌風という、後々まで通念となる二つの特徴が事態を根拠づけたのだが、これらは二つとも、国民的一体感の喚起という目的に沿って見出され、誇張された特徴――つまり作られた特徴にほかならなかった。

2　国民歌集の二側面

『万葉集』を国民歌集とする通念には、実は二つの側面がある。

㈠　古代の国民の真実の声があらゆる階層にわたって汲み上げられている。

㈡　貴族の歌々と民衆の歌々が同一の民族的文化基盤に根ざしている。

㈠を「万葉国民歌集観の第一側面」、㈡を同じく「第二側面」と呼ぶ。第一側面は明治中期に、第二側面は明治後期に形成されて、互いに補い合いながら普及し、昭和初期までに日本人の一般常識と化した。

第一側面が形成された明治中期の時点で、翻訳語「文学《リテラチュア》」の概念は〈著作物／文字で書かれたもの〉という了解を基本に据えていた。文字の有無は、農耕や金属器や国家の有無とともに、未開と文明とを分かつ主要な指標に数えられたから、この場合の文学とは、文明の利器による最高次の精神的達成——当時のことばでいう「文明の精華」「国民の花」——を意味した。日本文学史の成立条件は漢字・漢学の渡来に求められ、書かれたテキストの出現する奈良時代がその本格的な幕開けであるとされた。「詩歌《ポエトリー》」の日本版と目された和歌も、詩歌が文学《リテラチュア》の一翼をなす以上、当然文筆の産物と見なされた。〝天皇から庶民まで〟にわたる作者層とは、この場合、宮廷の文雅が下層社会にまで行き渡った結果を意味するはずで、じっさい当時の知識人たちはそう主張したのだが、この主張は、地べたに藁を敷いて暮らす人々に読み書きができたと言い張るようなもので、明らかに非現実的だった。

この欠陥を弥縫する役割を果たしたのが第二側面である。国民の全一性の根拠をフォルク（Volk 民族／民衆）の文化に求める思想がドイツから移植され、『万葉集』に適用された結果、幅広い作者層という想像の力点が、天皇や貴族の側から庶民の側へと移された。具体的には、「明治後期国民文学運動」と私の呼ぶ学際的運動の渦中で、「民謡《フォルクスリート》」つまり〈民族／民衆の歌謡〉という概念が導入され、『万葉集』巻十四の東《あずま》歌《うた》や、他巻の作者不明歌に、ほとんど無媒介に適用されたのだ。短歌は自然発生的な民謡の一形式と見なされるとともに、貴族たちの創作歌を含む万葉歌全般の基盤が民謡に求められていった。

注意すべきは、ドイツ語 Volk の概念は王侯貴族を排除して成り立つのに対し、この概念と接触して成立した日本語「民族」の概念には〝天皇から庶民まで〟の全体が包摂される、という点である。十九世紀末ごろのドイツ人にとって Kaiser が deutsch Volk に含まれないことは常識だったのだが、日本で生まれ育った人にとって「天皇は日本民族ではない」との命題は当時も現在も奇異なものでしかないだろう。ドイツ流の Volk 理解においては、支配層は文明という普遍的価値と引き替えに民族性を喪失した人々であって、被支配層の文化こそが固有の民族精神を具現するとされたのだが、日本流の「民族」理解では、支配層と被支配層との対立が骨抜きとなって、両者の文化的連続性ばかりが強調されることになったのである。民謡を創作歌の基盤とする了解は、この、近代日本特有の「民族」概念と表裏一体だった。

「民謡」概念の適用がいかに無媒介だったか、一例を挙げよう。

稲搗《つ》けば皹《かか》る我が手を今夜もか殿の若子《わくご》が取りて嘆かむ　（巻十四・三四五九）

東歌中のこの一首を、江戸時代の契沖は作者が自己の体験をそのまま詠じた作と見て、「賤《いや》シキ女ノ、然《さ》ルヘキ人ニ思ハレテ、身ヲ知テ恥ラヒテヨメルハアハレナリ」と評した（代匠記精撰本）。賀茂真淵はこれに反対して「よろしき良民などの女が、身をくだりて賤女のわざをもていへるにぞ有《ある》べき」と説き（万葉考）、門弟の加藤千蔭がこれに従ったが（略解）、鹿持雅澄《かもちまさずみ》は、「かかる」を〈皹《ひび》が切れる〉意に解したほかは契沖説に同調した（古義）。

この歌は大正期から「民謡」扱いされるのだが、論者たちは、民謡と民謡でないものとを分かつ指標をなんら持ち合わせていなかった。たとえば佐佐木信綱は、「十四の巻は全部東歌で、多くは東方野人の作、民謡的趣味もつともゆたかである」（『和歌史の研究』大日本学術協会、一九一五年）と説く一方で、右の一首については「京より下つて来た国守などの子息との恋になやんでゐる東国の田舎少女の情のうかがはれるのみならず、その可憐な容姿までも、髣髴とうかんでくるものがある」（『万葉集選釈』明治書院、一九一六年）と、契沖・雅澄以来の解釈に立っていたし、東歌を「当時関東地方で民謡的に謡《うた》はれたもの」と捉えた島木赤彦も、同じ歌を「この手を取つて歎いて下さる情が身に沁みるのである。全体が慎ましやかに、しをらしい少女の心が如何にも適切に現れてゐる」と評していた（『万葉集の鑑賞及び其批評』岩波書店、一九二五年）。民謡と呼ぼうと呼ぶまいと、歌の具体的理解に変更の要はないという次第なのだ。「無媒介」と評するゆえんである。『万葉集』を民族の文化に仕立てようとする欲望が、この恣意的な扱いを支えていた。

3　国民歌集の普及と定着

正岡子規が「歌よみに与ふる書」を新聞『日本』に連載し、「貫之は下手な歌よみにて古今集はくだらぬ集に有之候《これありさうらふ》」と決めつけたのは、一八九八（明治三十一）年の二月から三月にかけてである。このとき万葉国民歌集観の第一側面はもう出来上がっていたし、師範学校のカリキュラムにもすでに導入されていたから（中学校では一九〇二年から導入）、子規は、かつてそう目されたような、近代における〝万葉再発見〟の功労者ではない。とはいえ、子規とその門弟たちが「写生」と「万葉調」を旗印に活動したことは紛れもない事実であり、そのことが端緒となって後のアララギ派の隆盛が導かれたことも周知のとおりだ。事態は、文学上の一流派の発展という次元をはるかに超えて、国民歌集『万葉集』の普及と定着の過程を端的に映し出す社会現象だった。

一九〇二（明治三十五）年に子規が亡くなると、その翌年、遺弟たちの手で歌誌『馬酔木《あしび》』が創刊された。伊藤左千夫率いるこのグループは、極端な万葉模倣に走ったため、他派からは時代錯誤の擬古派と冷笑され、五年後に後継誌『アララギ』を発足させてからもしばらくは足踏みを続ける。が、一九一一年に斎藤茂吉が編集を担当したころから面目を一新、一九一三（大正二）年に左千夫が没し、茂吉が第一歌集『赤光』を刊行したころからは会員も俄然増加して、その三年後には歌壇を睥睨《へいげい》する最大結社へと急成長を遂げる。

当時『アララギ』の編集責任者だった島木赤彦は、一九一六（大正五）年の短歌界を振り返って「一般の歌風の今年に至つて益《ますく》万葉調を趁《お》ふに傾いた事は争はれぬ事実である。予は躊躇《ちうちよ》なく之《これ》をアララギ調の流行といふ」と豪語した（『読売新聞』一九一六年十二月十五日。原文総ルビ）。『アララギ』以外で当時刊行されていた結社誌『潮音』『国民文学』『詩歌』『心の花』などの誌面からも確かめられるように、歌壇は総じて万葉尊重の空気に包まれていたのである。アララギはこの気運に乗じて組織を拡大した格好だが、気運そのものを作り出したわけではなかった。

では、何が気運を作り出したのか。各種中等学校の卒業者、つまり学校で『万葉集』の価値を教えられた経歴をもつ人の累計は、このころすでに数十万人に達していた。万葉尊重を擬古趣味とは思わない人々が広汎に育ってきていたのであり、この背景人口こそ、事態を下支えする基礎的条件だったと見て大過ないだろう。

アララギの歌壇制覇を実務面で支えたのは、看板歌人の茂吉よりもむしろ、すでに二度名前を挙げた赤彦だった。彼は、『万葉集』は祖先の素朴な感情生活の所産であり、複雑に分岐した文明社会に生きるわれわれにとって常に立ち返るべき原点であって、ともすれば枯渇しがちな活力の供給源でもある、と機会あるごとに説いて回ったが、論調にはかなりの振れ幅があった。当初は「万葉集は真情そのままを飾らず包まず其儘に歌つてゐる」(「万葉集に見ゆる新年歌」初出一九〇八年一月、全集3)などと発言し、国民歌集観第一側面に立って万葉歌の純真さを評価していたのだが、大正後期、歌人として円熟期を迎えると、実作で目ざした質朴枯淡な歌境を『万葉集』に投影するようになっていく。

一例を挙げよう。赤彦は、山部赤人の一首、

み吉野の象山《きさやま》の際《ま》の木末《こぬれ》にはここだも騒《さわ》く鳥の声かも　(巻六・九二四)

をこう絶讃した。

一首の意至簡にして、澄み入るところが自《おのづか》ら天地の寂寥相に合してゐる。騒ぐというて却つて寂しく、鳥の声が多いというて愈々《いよいよ》寂しいのは、歌の姿がその寂しさに調子を合せ得るまでに至純である為めである。（『万葉集の鑑賞及び其批評』前掲）

この批評は当時広く受け入れられたのだが、よく考えると変なところがある。なにしろ右の歌は、長歌に従属する反歌二首の一首めであって、一連の主題は聖武天皇の吉野行幸を讃美する点にある。離宮を取り巻く清浄な景観を讃え、大宮人の永遠の奉仕を誓う長歌に続くものとして、この「み吉野の」の歌が配されているのだ。それが寂しい歌ではまずくないだろうか。「ここだも騒く鳥の声」は、文字通り賑やかな声であり、聖地吉野が生命の営みに満ち溢れていることの象徴と読むべきだろう。

同書刊行を遡ること一一年、赤彦は仲間の斎藤茂吉・中村憲吉・古泉千樫らとともに「万葉集短歌輪講」の連載を開始していた（『アララギ』一九一四年六月より）。彼らの師、伊藤左千夫はその十年前から「万葉集新釈」に取り組んでいたし（『馬酔木』一九〇四年二月—〇七年五月、『アララギ』一九〇九年四月—一一年九月）、大正期には他派の歌人たちも競い合うように万葉歌の評釈を手がけた（前田夕暮「万葉短歌私鈔」『詩歌』一九一三年十月—一四年九月、窪田空穂『評釈万葉集選』日月社、一九一五年、佐佐木信綱『万葉集選釈』明治書院、一九一六年、など）。近代における万葉享受は、本格的研究がまだ軌道に乗らないうちに、実作者たちの主導によって開始されたのである。彼ら自身の作歌修練の一環として万葉歌の表現が吟味されたのであり、当然ながら、吟味は近代短歌に対するのと同様の基準でなされた。その結果、万葉歌はおしなべて自己表現の産物と見なされ、本来の作歌事情や制作環境が軽視されがちになった。アララギ総帥の赤彦の場合、この傾向が特に著しかったが、同じ傾向は他の評者たちにも多かれ少なかれ付きまとっていた。

アララギの歌壇制覇が成ると、赤彦は『万葉集』理解の比重をしだいに国民歌集観第二側面へと移し、

「我々はただ日本民族詩発生の源流に溯つて、そこに常に我々の活くべき真義を捉へてゐればいいのである」(「復古とは何ぞや」初出一九一七年十一月、全集7)といった発言を繰り返すようになる。万葉尊重の意義を民族的文化伝統の継承という点に絞り込んでいくのであり、その一環として民謡の価値をさかんに称揚し、「万葉びと」の民族的生命は民謡を介して後世のわれわれに現に伝わっているのだ、と力説する。『万葉集』は「一大民族歌集」と捉え直され(「万葉集一面観」初出一九二〇年四月、全集3)、「上古日本民族全体の全人格的生産物であつて、その間に貴賤貧富男女老若の差別がない」(同)点や、「凡ての階級のものが、此の時代の現実の問題に正面から向き合つて、一様に緊張した心を以て歌つてゐる」(『歌道小見』岩波書店、一九二四年)点に特徴があるとされ、作歌の規範である以上に人格陶冶の指針でもあるような、極端な聖典視の対象とされる。大結社アララギの共通理解となった彼の万葉観は、大正末期には、岩波書店の出版事業に代表される教養主義の思潮とも結びついて、広く読書人のあいだに浸透していく。

4　空前の万葉ブームと万葉歌人の制度化

こうして普及した万葉国民歌集観は、昭和初期には完成形態ともいうべき水準にまで精錬されるとともに、いっそう深く人々の意識に食い込んでいく。

当時の日本社会は、ヨーロッパ諸国が第一次大戦以来の精神的混迷を引きずっていたのとは対照的に、長らく目ざしてきた近代化が達成できたとの自負を深めており、もはや西洋に学ぶことなどないと極論する者までが現われていた。文学者や知識人のあいだに日本回帰の思潮が醸成された結果、『万葉集』はますます人々の愛着を集め、日本文化の優秀性や日本人の民族的美質といった想像を呼び寄せていく。国民歌集観第二側面と、文化民族という自己愛的想像とが結びつくことで成立したこの万葉像を、「文化主義的国民歌集像」と呼ぶことにしよう。千二百年以上前の祖先がみな一廉《ひとかど》の詩人だった民族。それを可能にする簡素な詩形を大切に守り伝えてきた民族。折々の喜びや悲しみや苦悩や希望をその詩形に託し、深い共感で繋がれてきた民族——この万葉像が拡散する過程で空前の万葉ブームが巻き起こった。

職業的な万葉学者が輩出し、校本や総索引など、研究上有益な基礎的著作を相次いで公刊していった。廉価で信頼性の高いテキストが普及する一方、複数の注釈が競作され、文献学的研究をはじめとして、個別の歌人論、編纂論、また地理・植物・動物・染色など、およそ万葉と名の付くあらゆるテーマが研究対象となっていく。

念のため、『増補国語国文学研究史大成』の第二巻、『万葉集下』(三省堂、一九七七年)を開いてみよう。巻末近くに掲げられた「研究略年表」に、天暦五(九五一)年から昭和三十六(一九六一)年までの主要な万葉研究書が年月順に配列されているのだが、明治から大正までの約六十年間の著作は四ページ分に満たないのに対し、昭和の戦前・戦中期、約二十年間の著作は一四ページ分に及ぶ。研究書の分量が桁違いに増加したことが確認できる。

現在まで続く万葉研究は、直接にはこの時期に出発したといってよい。たとえば、万葉時代を四期に区分する見方は今なお通説的見解といえるが、元をただせば沢瀉《おもだか》久孝・森本治吉『作者類別年代順万葉集』(新潮社、一九三二年)によって広まったのだった。

近代の万葉研究において王道とされたのは、江戸国学の場合と同様、文献学的手法にもとづく訓詁注釈である。近代人の手による最初の全歌注釈としては、すでに大正期から井上通泰《みちやす》『万葉集新考』(和装一九冊、歌文珍書保存会、一九一五—二七年)が書かれていたが、完成したのはこの時期で、続いて改装版も出た(国民図書、一九二八—二九年)。以後、類書の刊行が相次いだのは、出版すれば確実に売れるとの見込みが立ったからだろう。主なものだけでも、山田孝雄《よしお》『万葉集講義』(三冊、宝文館、一九二八—三七年)、武田祐吉

『万葉集新解』(二冊、岩波書店、一九三〇年)、鴻巣盛広『万葉集全釈』(六冊、大倉広文堂、一九三〇―三五年)、沢瀉久孝『万葉集新釈』(二冊、星野書店、一九三一―三四年)、武田祐吉(など一二名)『万葉集総釈』(一二冊、楽浪書院、一九三五―三六年)などを挙げることができる。

ただし、この時期の研究には江戸国学との決定的な相違点もあった。歌の評価が積極的に語られるようになった点、そしてその点とも相俟って、作者/歌人を基軸とする享受が前面に出て来た点である。江戸時代の注釈家たちは一首一首の逐語的パラフレーズに自足する傾向があって、評価は二の次という態度に終始していたのに対し、大正期の評釈家たちは個性的表現に高い評価を与えつつ、各歌人の作風に関するおおまかな共通理解を形成していった。その理解が明確な輪郭を獲得するのが昭和初期なのであり、前掲『作者類別年代順万葉集』はこの件を象徴する著作といえる(一九二一年にアルスから出た土岐善麿『作者別万葉全集』も一九三一年に改造文庫に収録)。具体的な論議を提供した著作としては、佐佐木信綱・藤村作・吉沢義則(監修)『万葉集講座』(全六巻・春陽堂、一九三三年)の『第一巻 作者研究篇』、また『作者別万葉集評釈』(全八巻、非凡閣、一九三五―三六年)などがあった。後者の内訳は、順に『皇室歌人篇』『柿本人麿篇』『山部赤人・高市黒人・笠金村篇』『大伴旅人・山上憶良篇』『大伴家持・高橋虫麿篇』『伝説歌謡篇』『女流歌人篇』『民衆歌人篇』というもので、最近の『セミナー 万葉の歌人と作品』(全一二巻、和泉書院、一九九九―二〇〇五年)のラインナップをすでに先取りしていた。

他方、作者不明歌の多くは、大正時代に引き続き「民謡」視されただけでなく、作者判明歌と対立的に捉えられることで没個性的な類同性が強調され、これを集団的な「労働歌」の特質と捉える見解も現われた。第2節で触れた「稲搗けば皹る我が手を」は、この見解によれば、身分違いの恋という「詩的想像」によって「幾らか仕事の能率を上げるに役立つたもの」と説明されることになる(土屋文明『万葉集名歌評釈』非凡閣、一九三四年)。

ブームには広大な裾野もあった。その点を鮮やかに印象づけてくれる事象として、家庭婦人向けの月刊誌『主婦之友』がこの時期に実施した、万葉秀歌の大々的な人気投票がある（一九二七年一―九月）。予選歌二〇〇首から応募者が各一首を投票し、得票順に上位一〇〇首までに投票した人から一首あたり五名ずつ、計五〇〇名が抽籤により当選する定めで、賞品は、安田靫彦《ゆきひこ》ら著名日本画家五名の下絵を木版画にした「特製万葉かるた」だった。一九二七（昭和二）年一月から開始された投票は、月を追うごとに白熱して締切が延長され、九月にようやく打ち切られた。翌年一月には投票結果と懸賞当選者が発表されたが、カルタは当選者以外の希望者にも頒価六円五〇銭で販売された。

日中戦争下の一九三八（昭和十三）年十一月には、岩波新書の創刊を告げる五点の一点として斎藤茂吉『万葉秀歌』上下二冊が刊行され、非常な好評を博した。発売後一ヶ月足らずで増刷の運びとなり、翌三九年の三月には早くも第五刷が発行されて、この年の文部省推薦図書にも指定された。太平洋戦争後の一時期には品切れとなるが、一九四八年に再刊されてからはまた増刷・改版を繰り返し、刊行から七十年を経た二〇〇八年、上巻はついに第一〇〇刷に到達した。著者没後半世紀を超え、著作権もとうに切れたのになお売れ続けているという、まさしく驚異的な超ロング・セラーである。

同書に収録された「秀歌」は、短歌三六〇首、旋頭歌《せどうか》五首だが、これらは茂吉が単独で選出したのではなかった。『アララギ』一九三五年一月号に、「万葉集百首選」というリストが掲載されている。中堅以上の会員一〇〇名と、別格の重鎮、茂吉・土屋文明・岡麓《ふもと》の三名とが各自一〇〇首ずつ選出した結果を集計したもので、一名でも選んだ人のいる歌はすべて掲げられ、それぞれの歌の得点が付記されている。『万葉秀歌』収録歌とこのリストの得点状況とのあいだには明白な相関があるし、茂吉自身「参考した」と明言している（「童馬山房夜話」二二四、全集8）。

『万葉秀歌』の採録方針を、茂吉は「国民全般が万葉集の短歌として是非知つて居らねばならぬものを出来るだけ選んだ」と説明していた。この方針は昭和初期におけるアララギ派の総意をふまえて実行されたのであり、その意味では、同時代の万葉享受の最大公約数的な集約をここに認めることもできる。

同書において茂吉は、採録歌に表われた「日本古語の優秀な特色」を指摘しつつ、柿本人麻呂の歌を「一種渾沌の調」「波動的声調」などと特徴づけるとともに、他の作者たちもそれぞれ個性的な作風を有すると し、主として声調という点から評し分けてみせた。他方、東歌については「東国の人々によつて何時のまにか作られ、民謡として行はれてゐたものが大部分を占めるやうである」と解説し、巻十一・十二の作者未詳歌にも「民謡的な特徴」がまま見られるとした。民衆の生活に培われた民謡を基盤としつつ、人麻呂や山部赤人や山上憶良のような個性的作者が輩出して興隆した詩歌の天地――文化主義的国民歌集像の大衆化という脈絡で『万葉秀歌』の果たした役割には、それこそ計り知れないものがあった。

5　戦時下の狂乱

上述の万葉ブームを、やがて時局の荒波が呑み込んでいった。国威発揚・戦意高揚を狙う国策のもと、『万葉集』は『古事記』『日本書紀』と並ぶ軍国日本の聖典に祭り上げられる。思想当局・文部当局が推進し、多くの学者・文化人が迎合することで加速されたこの動きは、「国体明徴」が叫ばれた一九三五（昭和十）年以降、露骨きわまるものとなった。文部省作成の国策宣伝パンフレット『日本精神叢書』（一九三五―四三年）、『国体の本義』（一九三七年）、『臣民の道』（一九四一年）などに、特定の万葉歌が繰り返し引き合いに出され、日本人が先祖代々発揮してきた忠君愛国精神の例証とされたのだ。この宣伝には小学校の国語教科書も巻き込まれたし（第四期国定教科書、通称「サクラ読本」）、一九四二年十一月に日本文学報国会が「愛国百人一首」を選定した際には、一〇〇首中二三首までを万葉歌が占めた。

もっとも頻繁に宣伝されたのは次の二例だろう。

今日よりは返り見なくて大君《おほきみ》の醜《しこ》の御楯《みたて》と出《い》で立つ吾は　（巻二十・四三七三）

〔…〕海行かば水漬《みづ》く屍《かばね》、山行かば草むす屍、大君の辺《へ》にこそ死なめ、返り見はせじ〔…〕　（巻十八・四〇九四）

第一例は下野国の防人、今奉部与曽布《いままつりべのよそふ》の作で、〈賤しいわが身だが、防人となったからには体を張って大君をお守りするぞ〉と忠勇の心意気を歌い上げる。第二例は大伴家持の「出金詔書を賀する歌」の一節であり、武門の一族である大伴氏に代々語り継がれてきた詞章を引用した箇所。〈海に山にわが骸《むくろ》をさらすことも厭《いと》わない〉と天皇への絶対随順を言立《ことだ》てるこの一節は、一九三七年に歌曲に仕立てられ、数ある戦時歌謡のうちでも屈指の名曲となった。この年十一月、日中戦争長期化を睨んだ「国民精神強調月間」を機に信時《のぶとき》潔《きよし》が作曲、当時大阪中央放送局が制作していた「国民歌謡」の一つとして発表され、太平洋戦争下の四二年十二月には大政翼賛会により「国民歌」に指定されて、四三年には公的会合における歌唱が義務づけられた。

あえて言っておこう。『万葉集』四千五百余首のうち、四割以上は男女の交情をテーマとする相聞歌である。だがそれらは一切黙殺された。百首近くある防人歌にしても、大多数は家族とのつらい離別を歌った作だが、これらも素通りされた。「今日よりは」のような勇ましい歌は、防人歌はおろか、『万葉集』全体でもごく僅かしかないのに、そういう例外的な歌ばかりをことさら取り上げ、戦争遂行に利用するという、恣意的かつ一面的な扱いがまかり通っていたのである。

6　戦禍をくぐり抜けて

一九四五（昭和二十）年八月の敗戦を受け、国民学校国語教科書の第六学年用単元「万葉集」は墨塗りの対象とされた。日本文化を全否定する言論が横行し、時流に乗って『万葉集』を平和日本建設の障害物と決めつける言説も一時流通するが、この状態は長くは続かなかった。文部省教学局的『万葉集』、日本文学報国会的『万葉集』は闇に葬られ、代わってあの文化主義的国民歌集像が息を吹き返していったのだ。

この万葉像の熱心な信奉者は、左翼陣営にも少なからず存在した。左に引くのは、かつてプロレタリア短歌運動を牽引した人物が戦後いちはやく書きつけたことばである。

> 吾々は万葉集こそ最も民主々義的な地盤の上に立つて作られた作品だと信じてゐる。勿論その末期のものは次第に貴族階級の遊戯に堕し、つひには民衆の手から離れて形骸化したのであるが。しかし万葉集の精髄と見らるべき作品には、如何に豊かに庶民的抒情が展開されてゐることか。何者にも囚はれることのない自由にして潑溂《（ママ）》なる、率直にして平明なる、直截にしてあくまで現実的なる、これら万葉集の作品は、今後の吾々の継承すべき最高のものである。万葉精神こそ真に民主的なものであると信ずる。
>
> 吾々は万葉の伝統を今日に生かし、歌壇に於ける誤れる伝統主義、封建主義と闘ひ、短歌の高く正しい発展のために、その庶民性、民主性を取り戻さなくてはならぬ。そして人民大衆の生活的実感を根底とした、芸術的に秀れた短歌を創造せねばならぬ。
>
> （渡辺順三「創刊の言葉」『人民短歌』創刊号、一九四六年二月。署名文末。傍線品田）

ほんの数ヶ月前まで「忠君愛国」やら「滅私奉公」やらの同義語として通用していた「万葉精神」が、なんのためらいもなく「真に民主的なもの」と読み換えられている。この、奇怪なまでに楽観的な転換がなぜ可能だったかといえば、民衆を民族の主人公と見なす思考法に人民解放の思想が絡め取られてしまったからに相違ない。明治のナショナリストたちが生み出した想像に、昭和の反体制派までがまんまと乗せられていたのだ。

おそらくこれと表裏すると思われる事象がある。終戦直後から一九七〇年代ごろまでの万葉研究においては、日本文学協会所属の俊英たちが有力な一群を形成していた。彼らは、従来の古典研究が文献学的トリビアリズムと独善的な印象批評とに分裂していた点を強力に批判しつつ、歴史学・民俗学・文化人類学など、隣接諸学の知見を積極的に取り込むことによって、新たな読みの方法を提起していった——万葉歌は近代短歌と同じように読まれてはならない。そこには神話的世界に根ざす魔術的想像力がまだ生き生きと働いているし（西郷信綱）、儀礼や宴の場で機能する境界文芸としての性質も濃厚に保存されている（土橋寛）。大正期以来の、自己表現としての了解枠組みを、こうして彼らは斥けていったのだが、その実、貴族の文化と民衆の文化が地続きだったとの見地はあくまで固守しつづけた。『万葉集』を「貴族文学」と規定して出発した西郷は、同時に、当時の貴族たちが「庶民社会から無限に離れてゐなかつた」点を強調しただけでなく（『貴族文学としての万葉集』丹波書林、一九四六年）、この考えを終生手放さなかったし、民謡と創作歌との関係を発展段階として把握した土橋にしても、短歌の定型を民謡以来のものと捉え、『万葉集』の短歌には少数ながら民謡も含まれると見ていた（『万葉開眼』ＮＨＫブックス、一九七八年）。つまり文化主義的国民歌集像に囚われていたのであって、この点では渡辺順三の轍《てつ》を踏んでいたと言わなくてはならない。

高度経済成長期から安定成長期にかけて、二度めの万葉ブームが到来する。岩波書店の『日本古典文学大系』に収録された四冊本『万葉集』（一九五七―六二年）が売れに売れ、犬養孝や中西進といったスター学者の活躍により一般愛好家の裾野が拡がって、各種カルチャーセンターには万葉の講座が必ず設けられる。専門研究の領域ですら文化主義的国民歌集像が温存されていたくらいだから、まして大衆は、〝日本人の心のふるさと〟としての『万葉集』に心酔しつづけた。これを当て込んだ出版物が次々に刊行されて当たりを取り、「万葉ポピュリズム」とも評すべき状況が出来した。

世紀の変わり目ごろ、この状況が大きく変化する。世界が大小の国民国家によって分割されている状態が揺らぎ始めたのを機に、『万葉集』に対する国民的愛着を批判的に分析する研究が現われた――こう書くと、自身の業績の先駆性を誇称することになってしまうが、それは本意ではない。私が右の研究に着手したのと軌を一にするようにして、当の愛着がめっきり色あせてきたのだ。若い世代は『万葉集』に背を向けるようになり、学会の会員はみるみる減り始めた。研究も享受も世代交代が思うように進んでいない。ひところNHKで流れていた「日めくり万葉集」には相変わらず万葉ポピュリズムが横溢していたが、早朝の放送だった点からして、明らかに若い人向けの番組ではなかった。

他方、戦後のブームのころ出典論として着手された中国詩文との比較研究は、成果を着実に蓄積するとともに視座を深化させ、昨今では、東アジア漢字圏という共通の知の基盤に立脚する間テキスト性が論じられる水準にまで到達している。厳しい研究環境に耐えてなお『万葉集』に立ち向かおうとしているのは、国民的愛着などとうにかなぐり捨てた人たちなのである。腐臭を放つ「万葉びと」への憧憬を踏み越えて進む人々の手で、『万葉集』がテキストとして徹底的に解読される可能性が開けてきたのだ。東アジアの一隅に成立した古代国家が、成員たちの心と生活とを掌握している証しとして編み上げた詩的テキスト――解読は、従来の訓詁注釈が避けて通ってきた問題とまともに向き合うものでなくてはなるまい。すなわち、個々の歌が何を意味しているかだけでなく、端的に何であるか――どう造形されているかを、フォルムの問題として俎上にのせること。そして、それらが相互に関連づけられることで全体としてどんなヴィジョンが織りなされているかを問うこと。

改元をめぐる一過性のブームが過ぎ去れば、『万葉集』と付き合う人はまたもや減少の一途をたどるに相違ない。それは、裏返せば、選ばれた人たちだけが『万葉集』と付き合うことを許されるということなのだ。繰り返す。百三十年来振りまかれてきた誘惑に決して心を動かされない人々によって、『万葉集』は、細く、長く、そしていっそう豊かに読み継がれていくに相違ない。

参考文献

品田悦一『万葉集の発明――国民国家と文化装置としての古典』新曜社、二〇〇一年、新装版二〇一九年。
――『斎藤茂吉――あかあかと一本の道とほりたり』ミネルヴァ書房、二〇一〇年。
――「東歌・防人歌論」(神野志隆光・坂本信幸(編)『セミナー 万葉の歌人と作品』第五巻、和泉書院、二〇〇五年)。

関連資料集

凡例

一、各図版に付したキャプションは、東京大学史史料室（現東京大学文書館）による史料分類および史料名をそのまま借用した。ただし、各キャプションの冒頭に本書掲載分資料の通し番号をローマ数字で記し（Ⅰ～ⅩⅢ）、末尾には各資料の影印図版ごとの通し番号を算用数字で記した。その関係を左に例示・図解しておく。

①	②	③	④	⑤	⑥
↓	↓	↓	↓	↓	↓
Ⅰ	文部省往復明治十四年・甲	（Ａ34）・	達乃内文部卿之部	「国会開設ノ勅諭」	1

①……本書掲載分資料に対し本書で付した通し番号。
②……大学史史料室における整理簿冊の名称。
③……大学史史料室における整理番号。
④……大学史史料室における下位分類。
⑤……大学史史料室で個々の資料（書類）に付した名称。
⑥……⑤が複数の図版にわたる場合に本書で付した通し番号。

二、各資料は罫紙に書かれた書類であり、それが袋綴じの形で簿冊に綴じ込まれている。旧ブックレット（『近代日本の国学と漢学』）掲載時には、資料の撮影を簿冊の見開きごとに行ない、影印図版もそれぞれの見開きを左右一対に配したため、各資料の先頭・末尾に別の資料の末尾・先頭が写り込む場合がままあった。本書ではこの紛らわしさを避けるべく、資料の先頭を右ページに配し、袋綴じの各葉を開いた状態を見開きに復元する方針とした。ただし紙幅の節約上、Ⅵ・Ⅹ・Ⅺについては元のままにしてある。

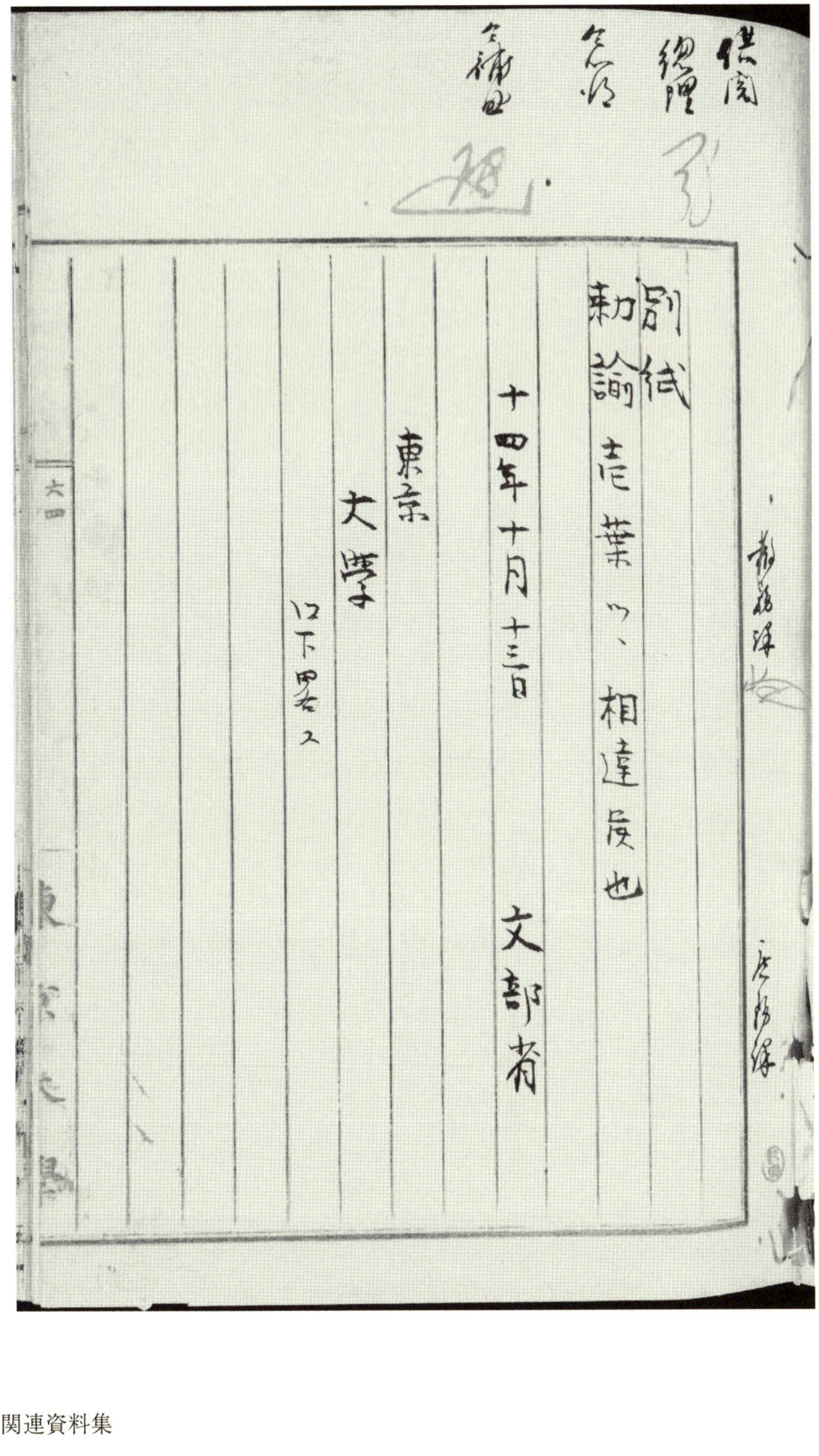

別紙
勅諭壹葉ツヽ相達候也
十四年十月十三日
文部省
東京
大学
以下略ス

勅諭

朕祖宗二千五百有餘年ノ鴻緒ヲ嗣キ、中古紐ヲ解クノ乾綱ヲ振張シ、大政ノ統一ヲ總攬シ、又夙ニ立憲ノ政體ヲ建テ、後世子孫繼クベキノ業ヲ爲サンコトヲ期ス、嚮ニ明治八年ニ、元老院ヲ設ケ、十一年ニ、府縣會ヲ開カシム、此レ皆漸次基ヲ創メ、序ニ循テ歩ヲ進ムルノ道ニ由ルニ非サルハ莫シ、爾有衆、亦朕カ心ヲ諒トセン

顧ミルニ、立國ノ體、國各宜キヲ殊ニス、非常ノ事業、實ニ輕擧ニ便ナラズ、我祖我宗、照臨シテ上ニ在リ、遺烈ヲ揚ケ、洪模ヲ弘メ、古今ヲ變通シ、斷シテ之ヲ行フ、責朕カ躬ニ在リ、將ニ明治二十三年ヲ期シ、議員ヲ召シ、國會ヲ開キ、以テ朕カ初志ヲ成サントス、今在廷臣僚

I　文部省往復明治十四年・甲（A34）・達乃内文部卿之部「国会開設ノ勅諭」3

ニ命シ、假スニ時日ヲ以テシ、經畫ノ責ニ當ラシム、其
組織權限ニ至テハ、朕親ラ衷ヲ裁シ、時ニ及テ公布ス
ル所アラントス
朕惟フニ、人心進ムニ偏シテ、時會速ナルヲ競フ、浮言
相動カシ、竟ニ大計ヲ遺ル、是レ宜シク今ニ及テ、謨訓
ヲ明徵シ、以テ朝野臣民ニ公示スベシ、若シ仍ホ故サ
ラニ躁急ヲ爭ヒ、事變ヲ煽シ、國安ヲ害スル者アラハ、
處スルニ國典ヲ以テスベシ、特ニ茲ニ言明シ、爾有衆
ニ諭ス
奉
勅　太政大臣三條實美
明治十四年十月十二日

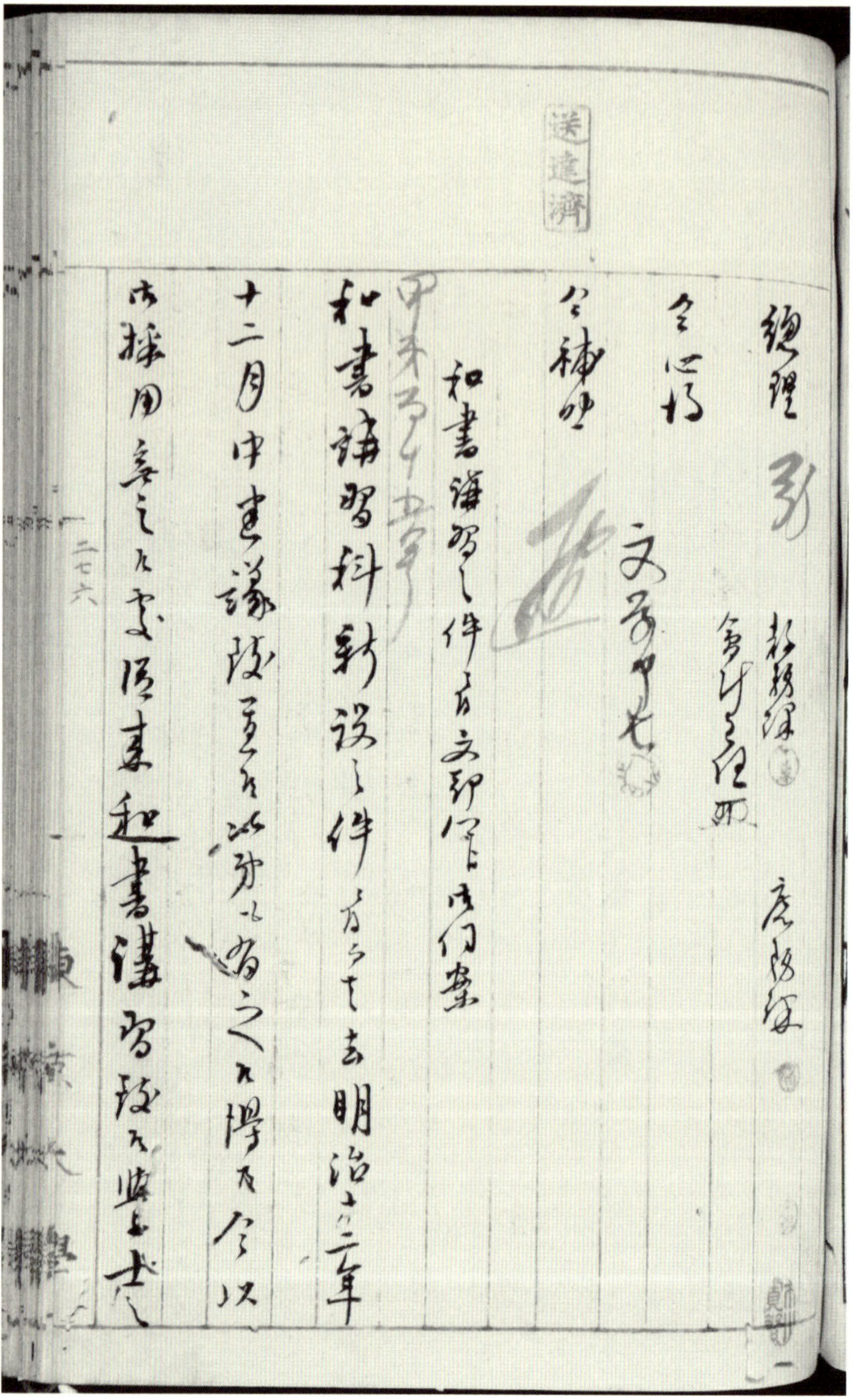

和書講習ノ件右文部省ヘ伺案
和書講習料新設ノ件右ハ去明治十二年
二七六

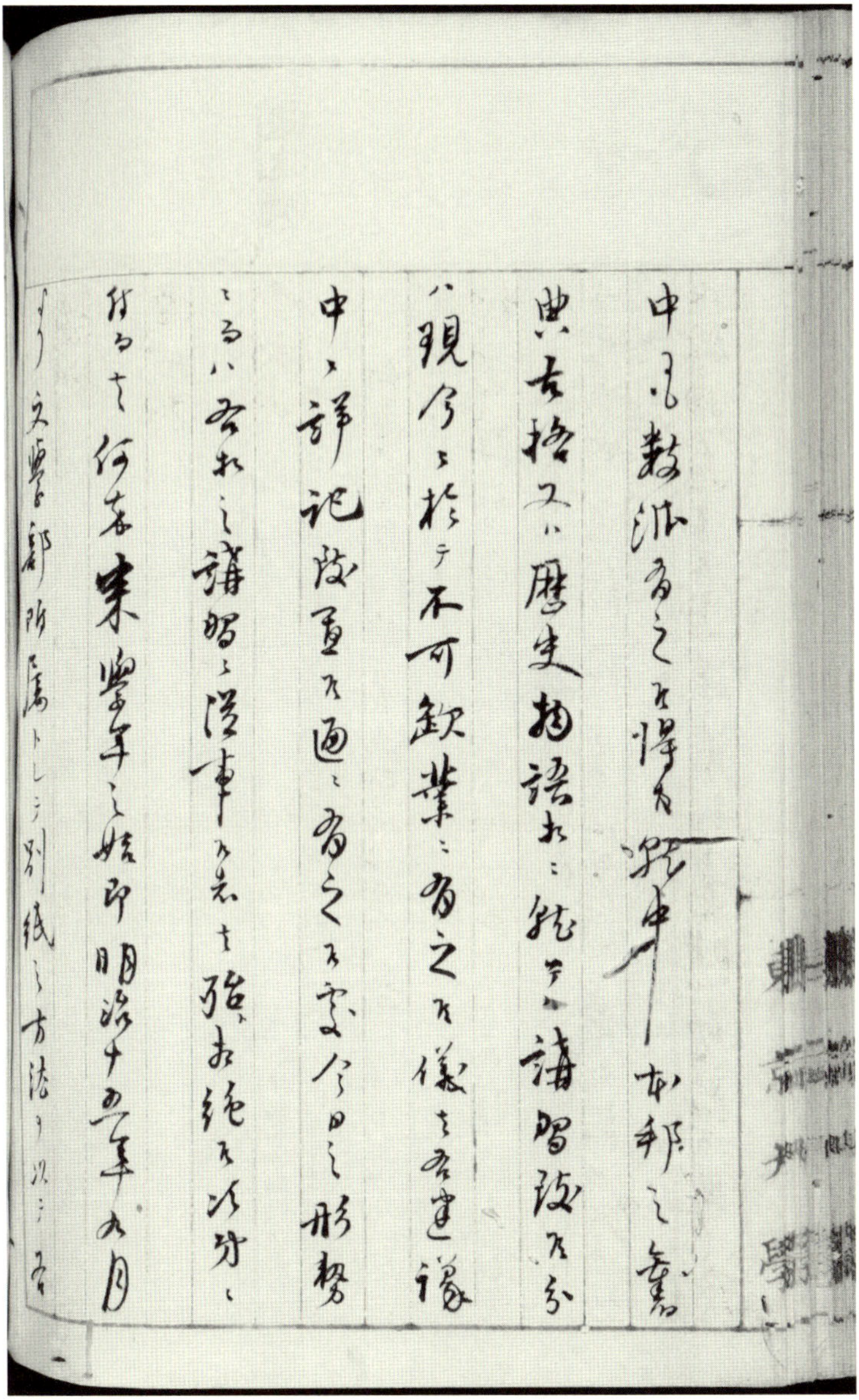
中ニ数派有之ヲ得ル　本邦之舊
典古格又ハ歴史物語等ニ就テハ講習致ス可
ハ現今ニ於テ不可欠業ニ有之候儀ト存候
中ニ詳記致置候通ニ有之候處今日之形勢
ニ至ルハ益之ヲ講習ニ従事スル者モ殆ト絶ヘントスル
然ルニ何卒右学業之儀即明治十四年九月
ヨリ文学部所属トシテ別紙之方法ヲ以テ

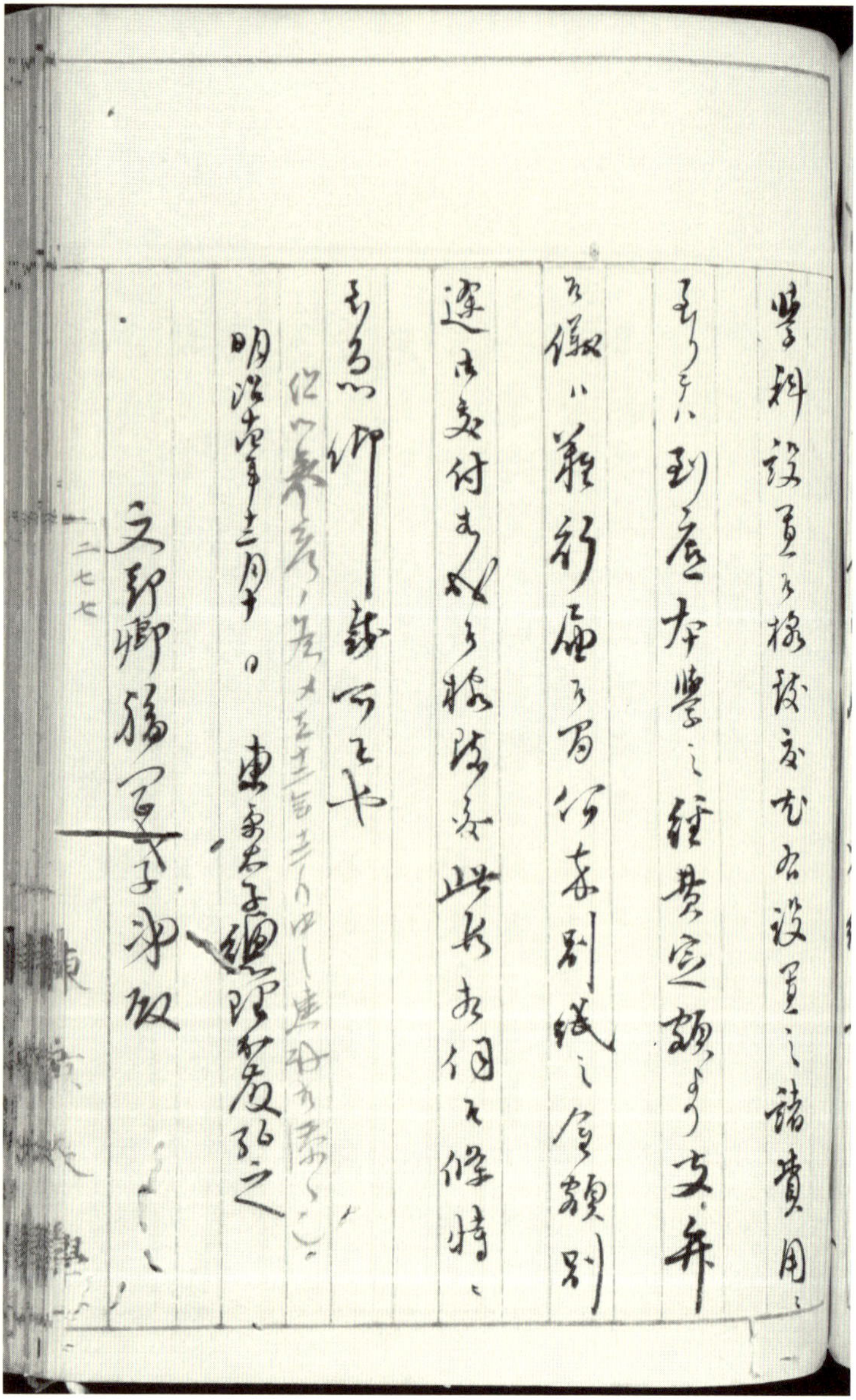
学科設置致度候ニ付右設置之諸費用ニ
至リテハ到底本学之経費定額ヨリ支弁
致候儀ハ難行届候ニ付別段之金額別
途御交付相成候様致度此段相伺候條特ニ
至急御許可有之度也

明治十四年十二月十　日　東京大学総理加藤弘之

文部卿福岡孝弟殿

二七七

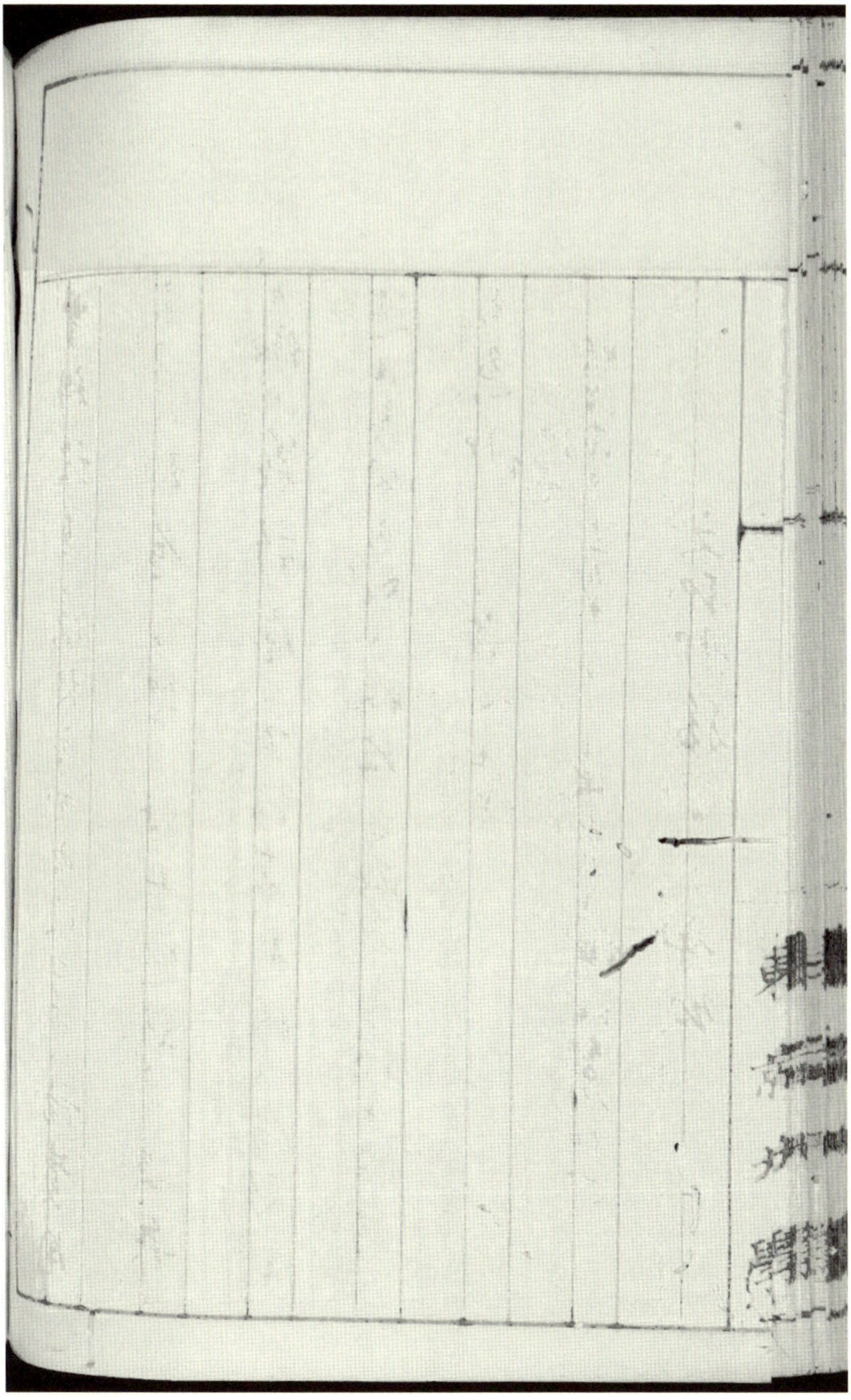

和書講習生徒募集概則

一生徒員數ハ二十五名トス

一右年齡ハ二十年以上三十七年以下トス

一入學試業ハ和漢學者數名ヲ委員トシテ之ニ托シ以テ務メテ從來學力アル者ヲ選フコトス

一官費ヲ以テ毎月學資金五圓宛ヲ給ス

一學習期限ハ全三年トス

一學習期限中ハ入舍セシム

一課業書籍ハ貸付スルコトス

一卒業ノ後文部省若シクハ直轄學校ニ用

二七八

○東京大學

向アレハ少クモ三ヶ年間其職務ニ従事スルノ義務ヲ負フモノトス

和書講習科一ヶ年入費概算

一　金千五百圓
是ハ生徒貳拾五人學資但壹人一ヶ月金五圓宛十二ヶ月分

一　金三千圓
是ハ教員五人俸給但壹人月俸金五拾圓宛十二ヶ月分

一　金六百圓
是ハ科用書及参考書購買代

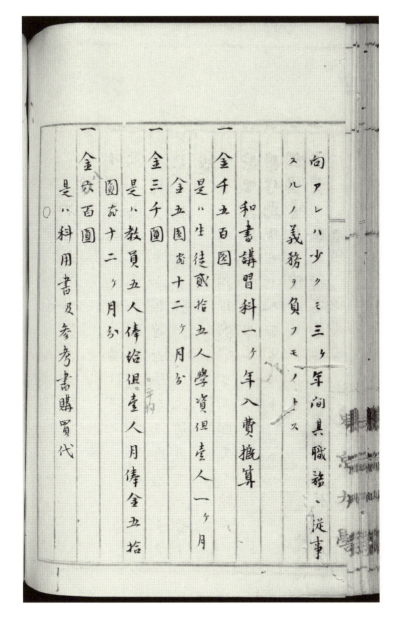

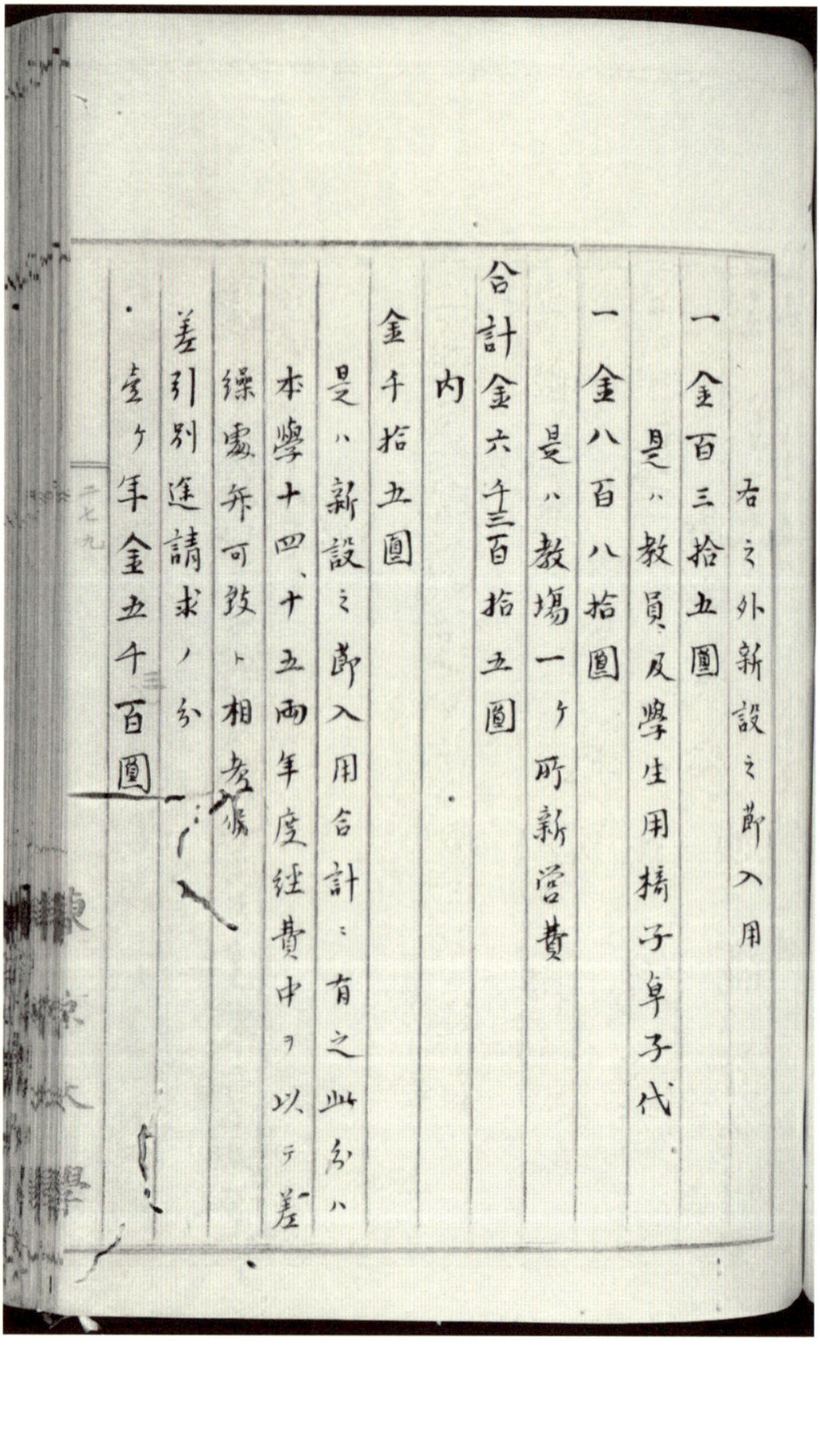
右之外新設之節入用
一金百三拾五圓
是ハ教員及學生用椅子卓子代
一金八百八拾圓
是ハ教場一ヶ所新営費
合計金六千三百拾五圓
内
金千拾五圓
是ハ新設之節入用合計ニ有之此分ハ
本學十四、十五両年度経費中ヲ以テ差
繰處弁可致ト相考候
差引別途請求ノ分
・壹ヶ年金五千百圓

二七九

補足説明――朱書き箇所について

この図版はモノクローム印刷だが、原資料に朱筆で書かれた箇所は文字が薄く写っているので、容易に判別できる。

たとえばⅡの伺案は、東京大学内で総理のほか役職教員と事務方の責任者に回覧され、必要に応じて朱筆による加筆訂正が施された。点検済みを示す署名も朱書きされている（捺印の場合もある）。またⅢでは、保管用の整理番号「甲三百八十三號」および文部省側の指令の書入れ「上申之趣古典講習科ト称スヘキ事明治十五年五月三十日」が朱書き箇所である。以下、この要領で理解されたい。

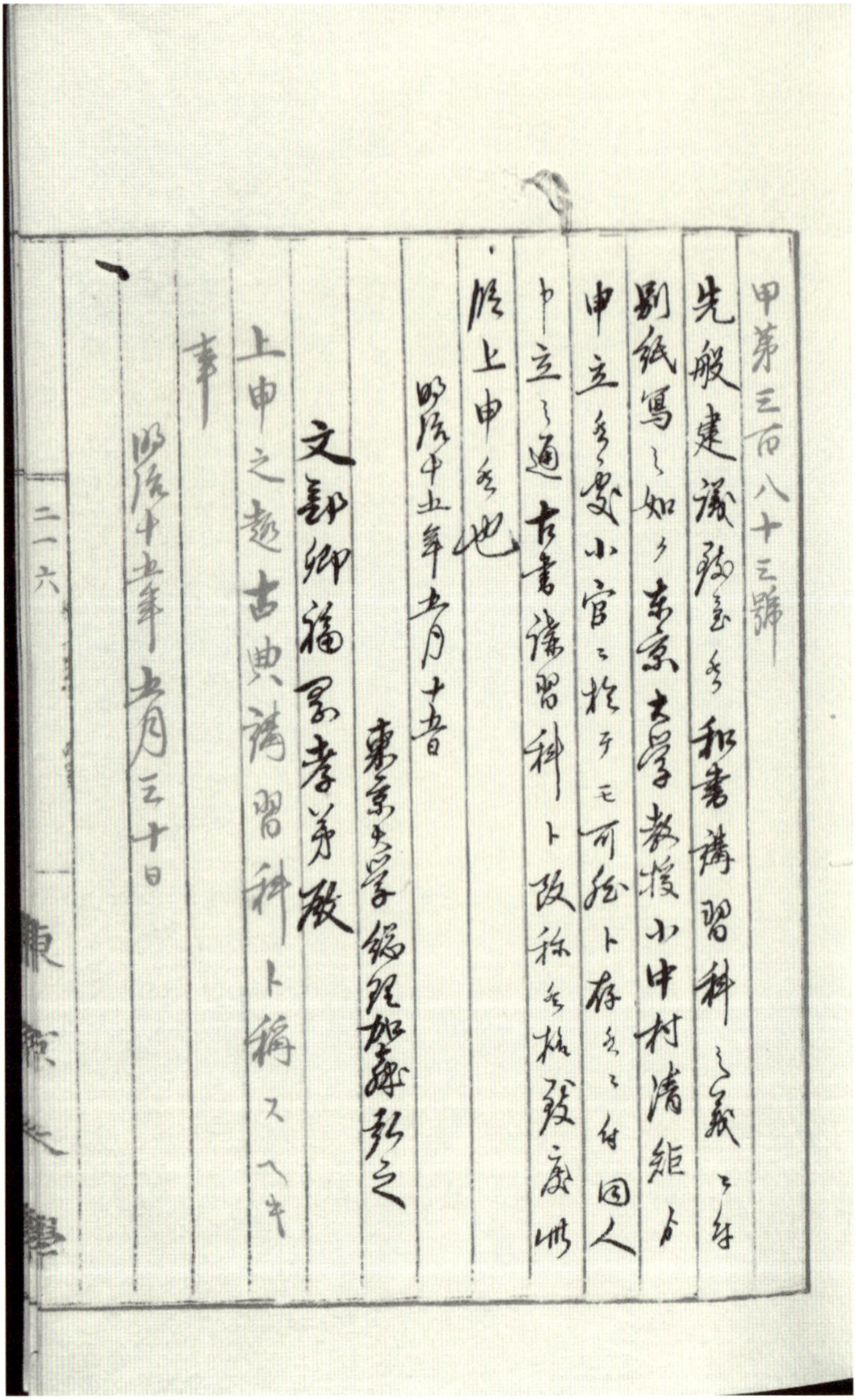
甲第三百八十三號
先般建議致置候和書講習科之義ニ付
別紙写之如ク東京大学教授小中村清矩ヨリ
申立候處小官ニ於テモ可然ト存候ニ付同人
申立之通古書講習科ト改称致度此
段上申候也
明治十五年十月十二日
東京大学総理加藤弘之
文部卿福岡孝弟殿
上申之趣古典講習科ト称スヘキ
事
明治十五年十月三十日
二一六

Ⅲ　文部省往復明治十五年・甲二（Ａ49）・准允「和書講習科ノ義ニ付小中村清矩ヨリ申立ノ件」 2

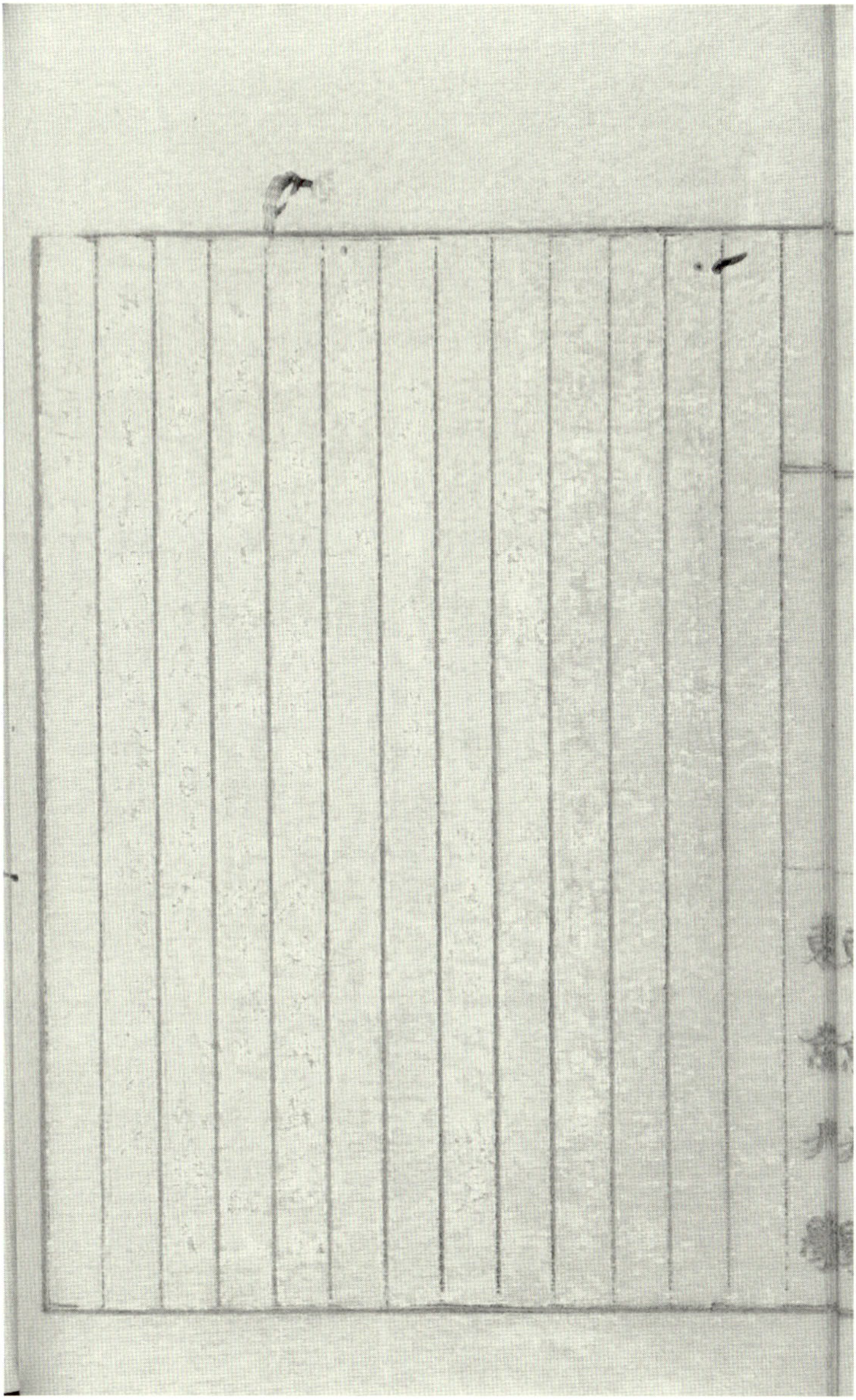

和書講習科之義ニ付拙按

今般大学中新ニ和書講習科ヲ設ケ専門生徒ヲ
置候様文部省ヘ御建議相成候趣蓋和殘候絶ル
ニ右名称ノ義ハ従来大学中和漢文学科ノ名称
アルニ基ツカレ候義トハ存候ヘ共原来和ノ字
ヲ國號ニ用候原由ハ支那ノ古ヘニ日本ヲ倭ト
書シ来ヲ此方ニテ奈良ノ朝ノ頃同音ノ好字ヲ
撰ヒテ和ト書改候モノニテ我國固有ノ名称ニ
アラス又近世和学國学ナト称スルモ漢学西洋
学ニ對スル名号ニ付私学ニテハ兎モ角モ大学
中御設立ニ相成候学科ニハ右様對偶ノ文字ヲ
用ヰズ只古書ニ拠テ我国ノ故事ノ轉末言詞ノ

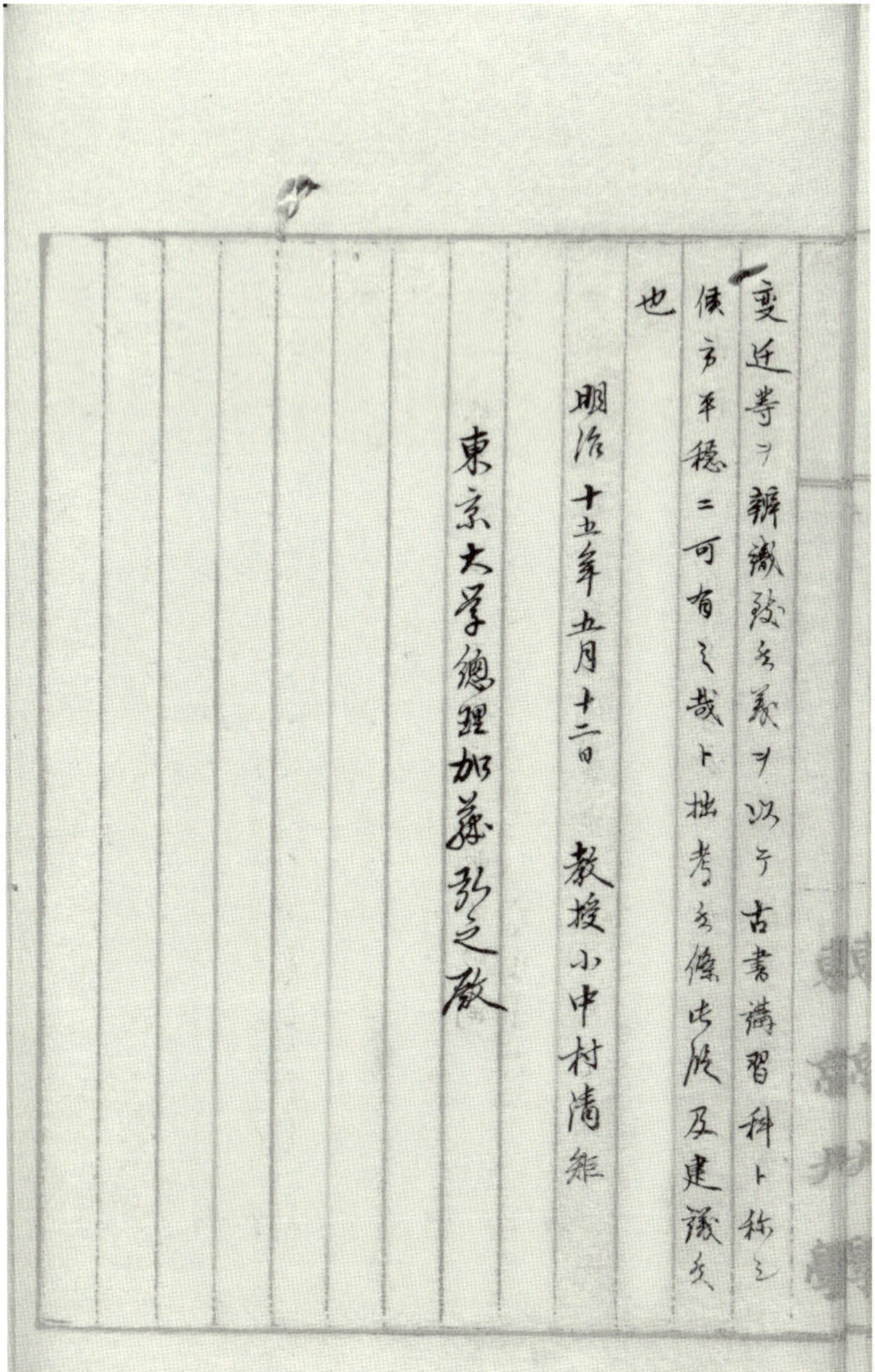
変迁等ヲ辨識致シ義ヲ以テ古書講習科ト称シ
候方平穏ニ可有之哉ト拙考之條件及建議候
也
明治十五年五月十二日　教授小中村清矩
東京大学総理加藤弘之殿

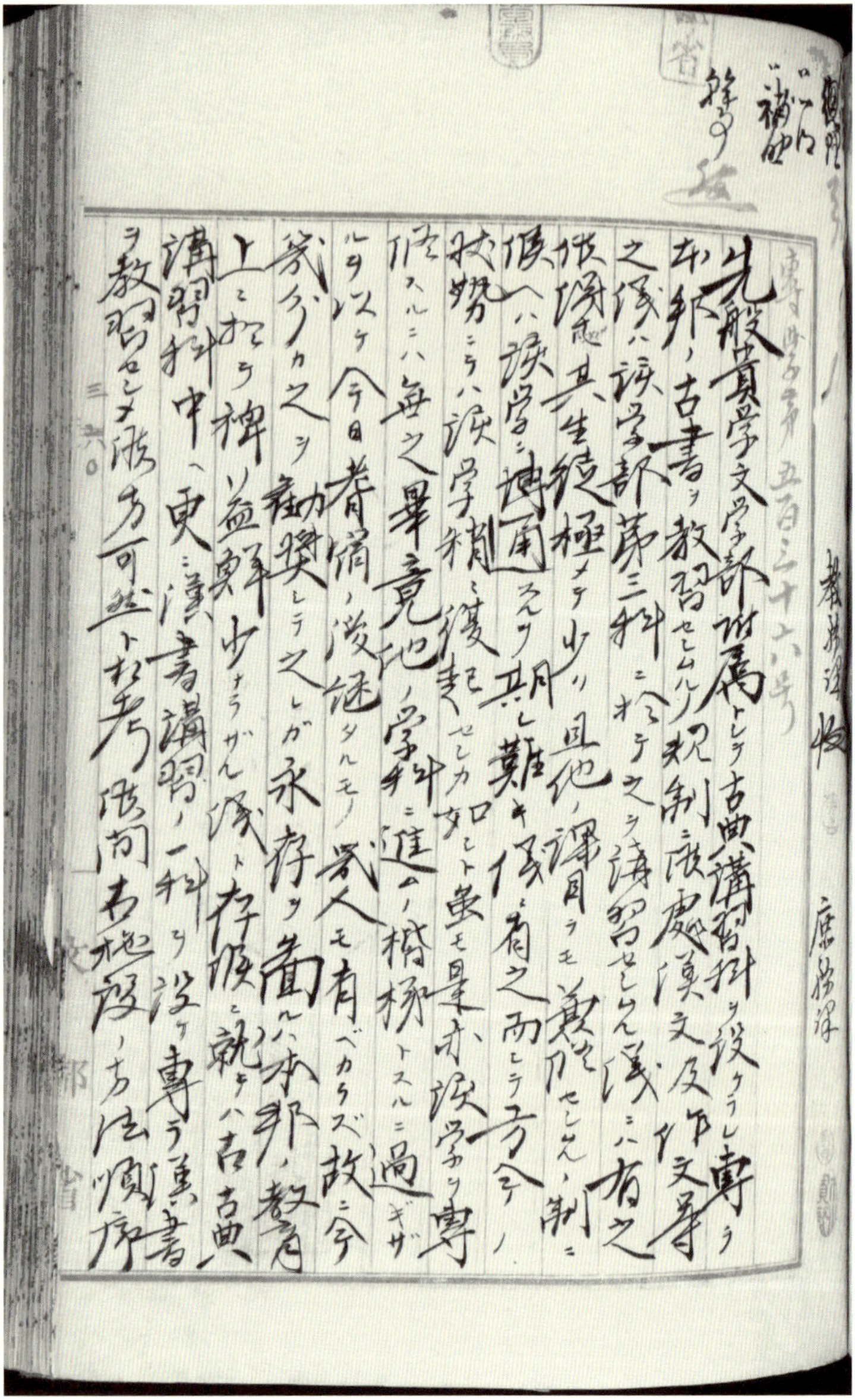
専甲第五百三十六号

先般貴学文学部附属トシテ古典講習科ヲ設ケラレ専ラ
本邦ノ古書ヲ教習セシムルノ規則被定候処漢文及作文等
之儀ハ該学部第三科ニ於テ之ヲ講習セシムル儀ニハ有之
候得共生徒極メテ少ク且他ノ課目ヲモ兼修セシメ、別ニ
候ヘハ該学ニ専周スルヲ期シ難キ儀ニ有之而シテ方今ノ
形勢ニテハ該学精微ニ達セシカ如ロシト雖モ是亦該学ヲ専
修スルニハ毎之畢竟他ノ学科ニ進ムノ楷梯トスルニ過ギザ
ルヲ以テ今日普備ノ没ユタルモノ衆人モ有ベカラズ故ニ今
最分ノカ之ヲ勧奨シテ之レガ永存ヲ図ルハ本邦ノ教育
上ニ於テ裨益鮮少ナラザル儀ト存候ニ就テハ古典
講習科中ヘ更ニ漢書講習ノ一科ヲ設ケ専ラ漢書
ヲ教習セシメ候方可然ト存候間右施設ノ方法順序

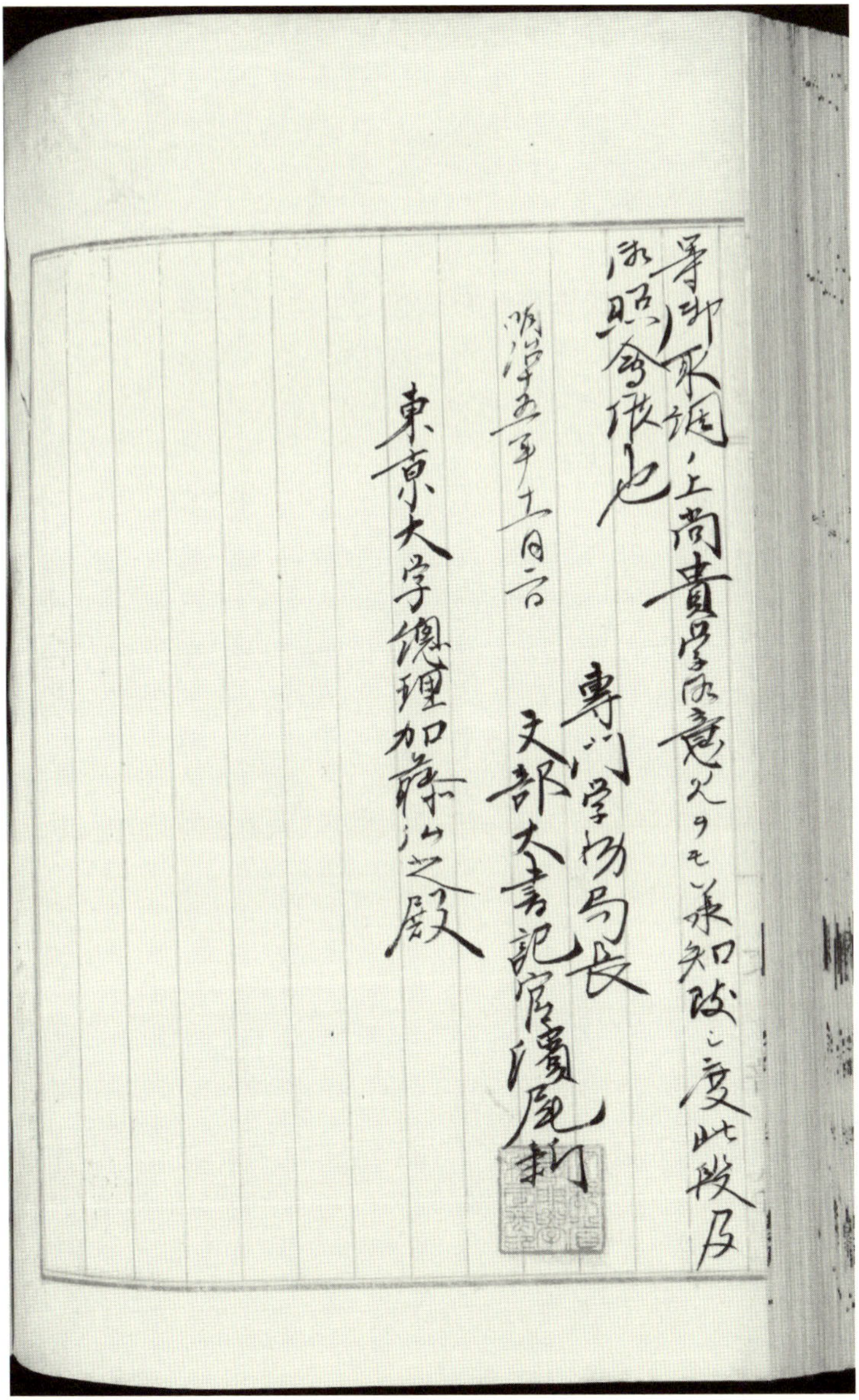
等御取調ノ上尚貴学ノ意見モ承知致度此段及
御照会候也

明治十五年十一月二日

専門学務局長
文部大書記官濱尾新

東京大学総理加藤弘之殿

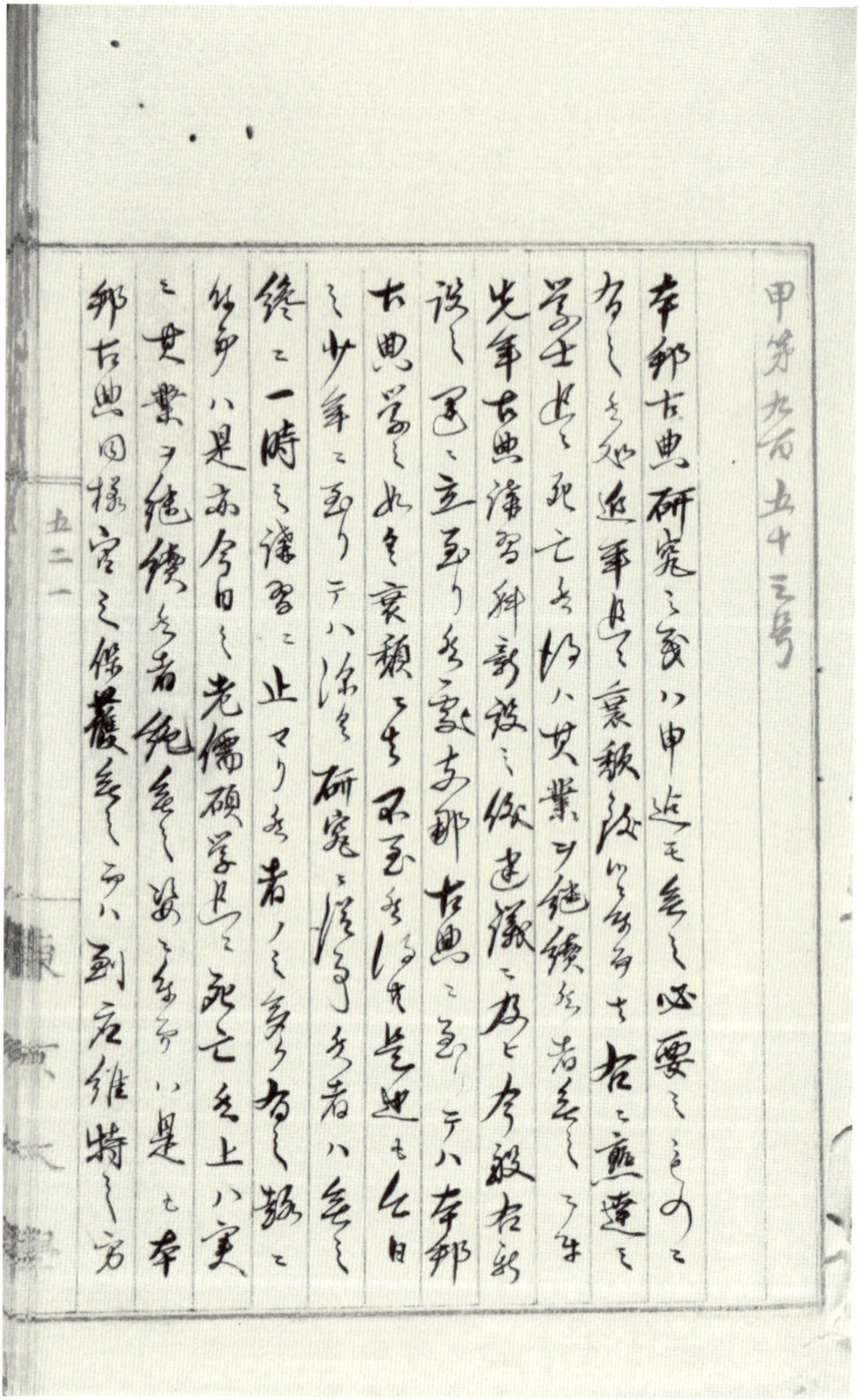
甲第九百五十三号
本邦古典研究ノ義ハ申迄モ無之必要ノ者ニ
有之候処近年其道ノ衰頽致シ候而已ナラス古ニ通暁ニ
学者モ其ノ死亡ニ従ヒ其業ヲ継続スル者無之ヲ以テ
先年古典講習科新設ノ儀建議ニ及ヒ右教授等新
設ノ運ニ立至リ候処支那古典ニ至リテハ本邦
古典学ノ如キ衰頽ニハ不至候得共是迄モ今日
ノ如少年ニ至リテハ深ク研究ニ従事スル者ハ無之
終ニ一時ノ講習ニ止マリ候者ノミ多ク有之数ニ
然ルニ今ハ是亦今日ノ老儒碩学モ其死亡スル上ハ実
ニ其業ヲ継続スル者絶無ニ可立至ハ是モ本
邦古典同様官ニ於テ保護無之テハ到底維持シ方
五二一

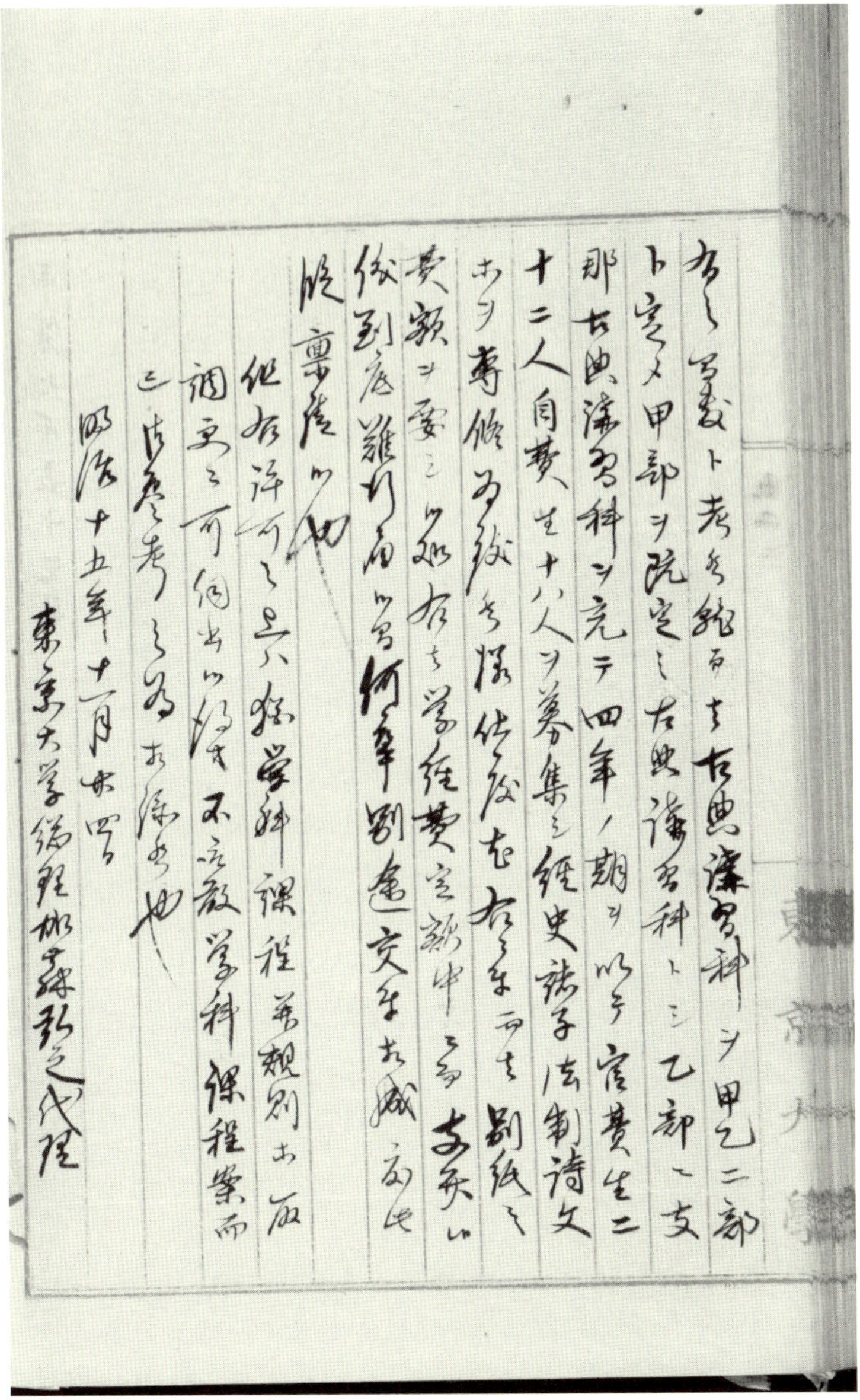
有之候處今般古典講習科ヲ甲乙二部
ト定メ甲部ヲ既定ノ古典講習科トシ乙部ヲ支
那古典講習科ト定メ四年ノ期ヲ以テ官費生二
十二人自費生十八人ヲ募集シ経史諸子法制詩文
ヲ専修為致候様仕度右ニ付テハ別紙ノ
費額ヲ要シ候ニ付本年ノ学校経費定額中ヨリ支出
候到底難行届候ニ付何卒別途交付相成度
候事情ニ候也
但右課程ハ本学科課程並規則ヲ取
調更ニ可伺出候得共不取敢学科課程案而
已進達候条御承知相成度候也
明治十五年十一月廿四日
東京大学総理加藤弘之代理

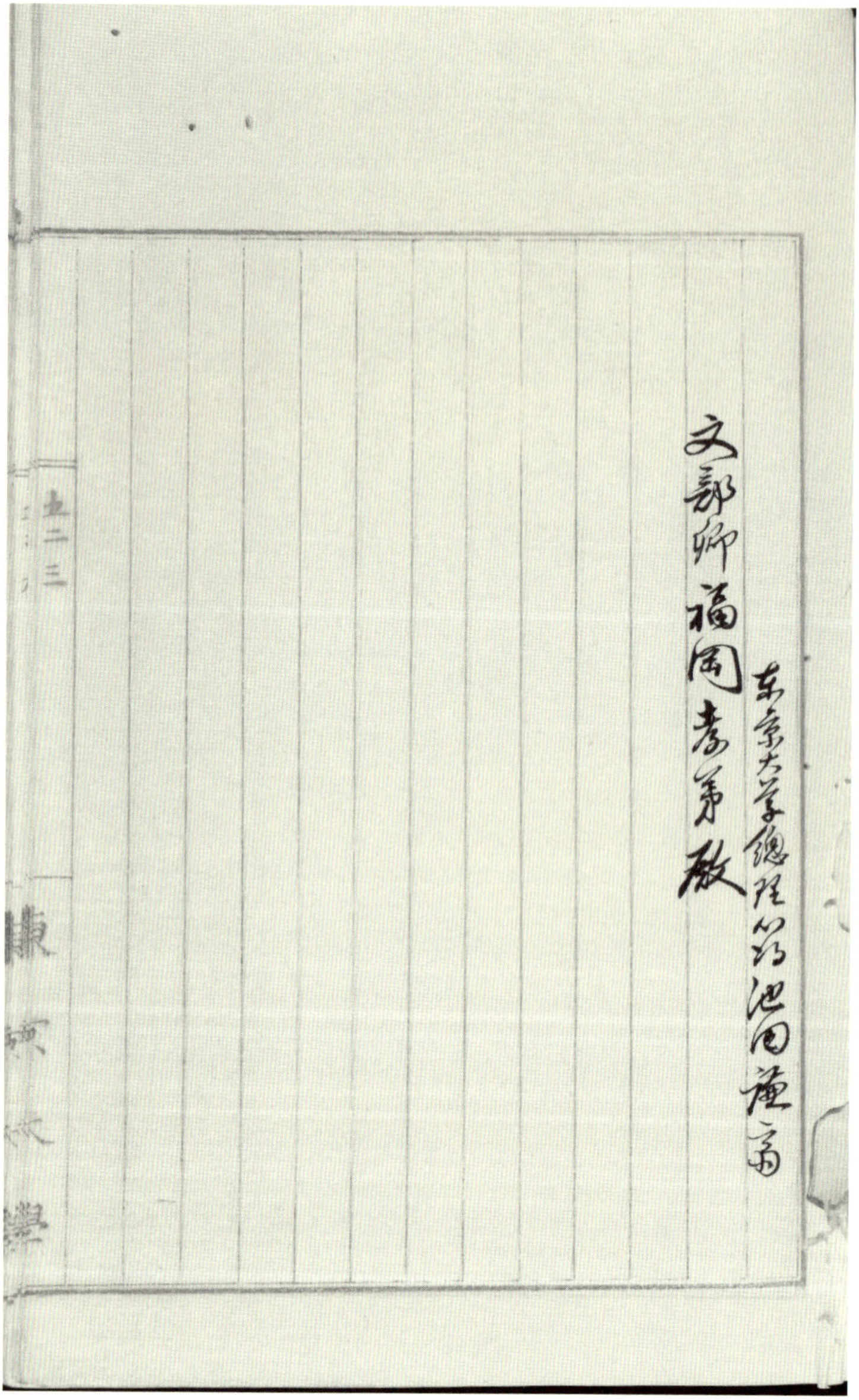

東京大學總理心得　池田謙斎
文部卿福岡孝弟殿

V 文部省往復明治十五年・甲三（A50）・上申「支那古典講習科ヲ新設ノ件」4

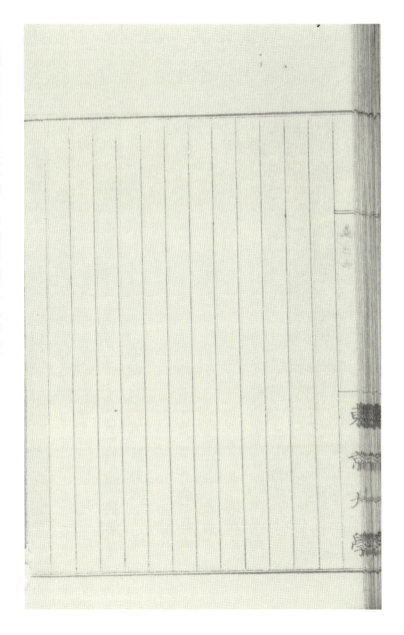

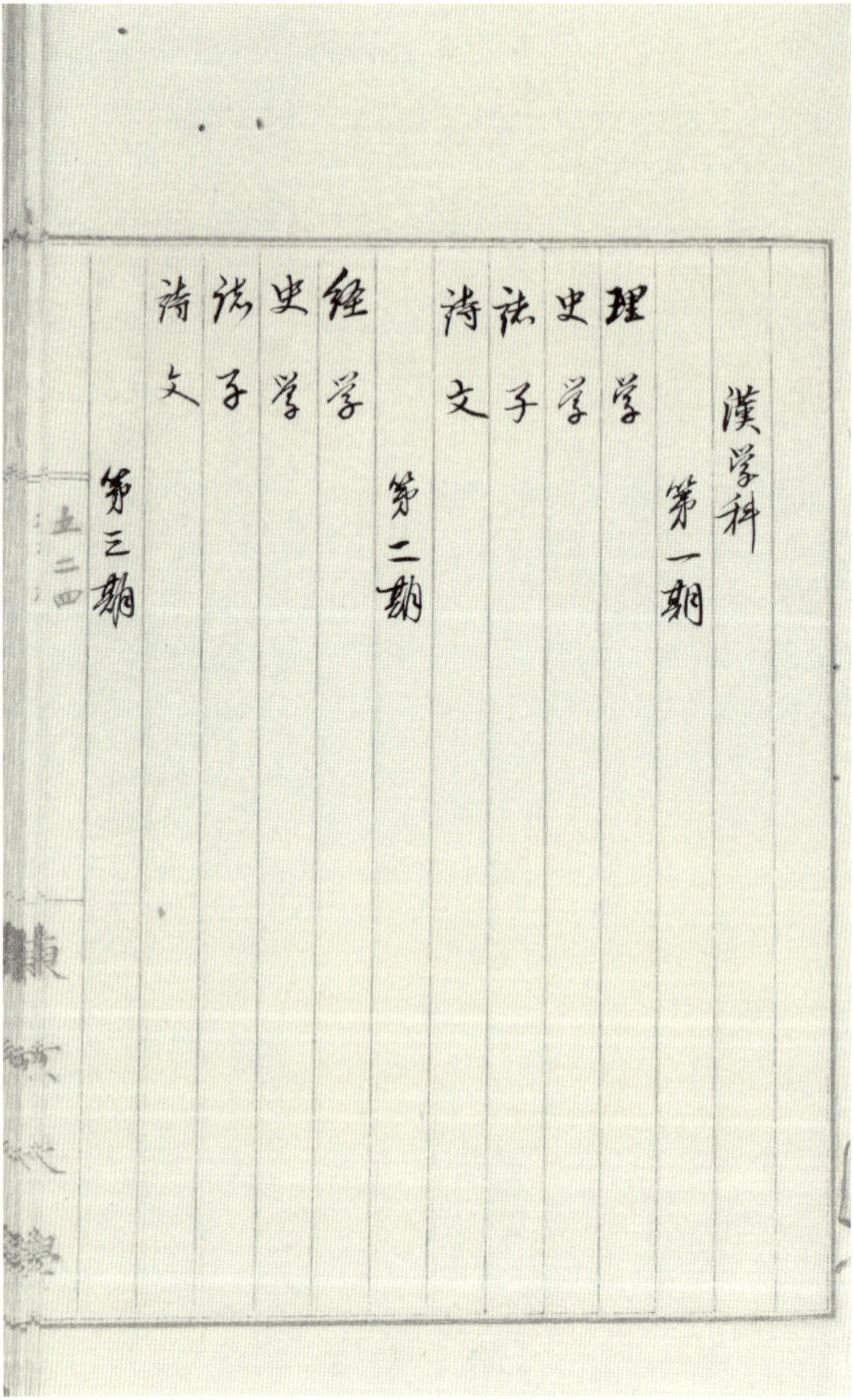

漢学科

第一期

理学

史学

諸子

詩文

第二期

経学

史学

諸子

詩文

第三期

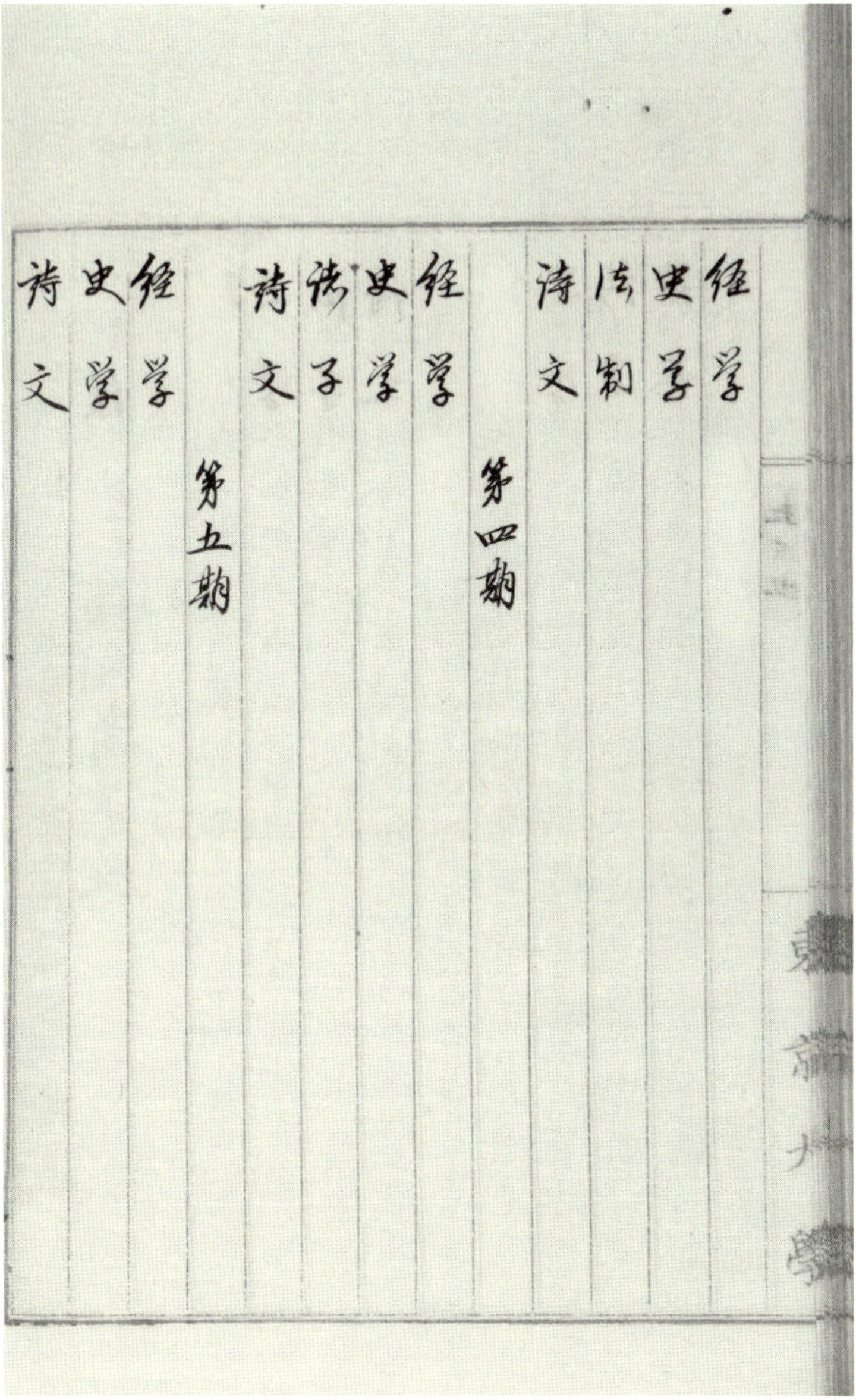
経学
史学
法制
詩文
第四期
経学
史学
諸子
詩文
第五期
経学
史学
詩文

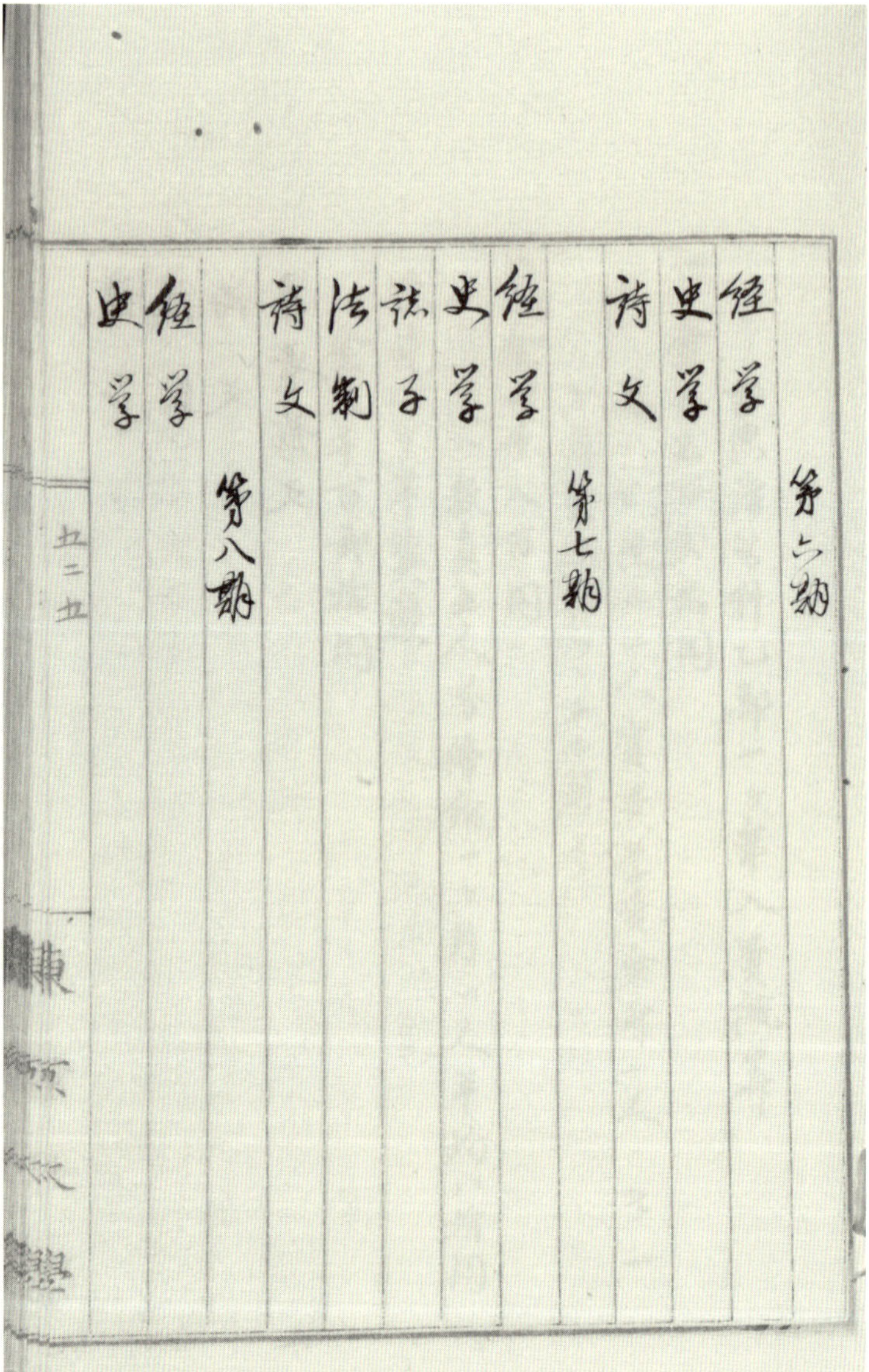
第六期
経学
史学
詩文
第七期
経学
史学
諸子
法制
詩文
第八期
経学
史学
五二五

V 文部省往復明治十五年・甲三（A50）・上申「支那古典講習科ヲ新設ノ件」8

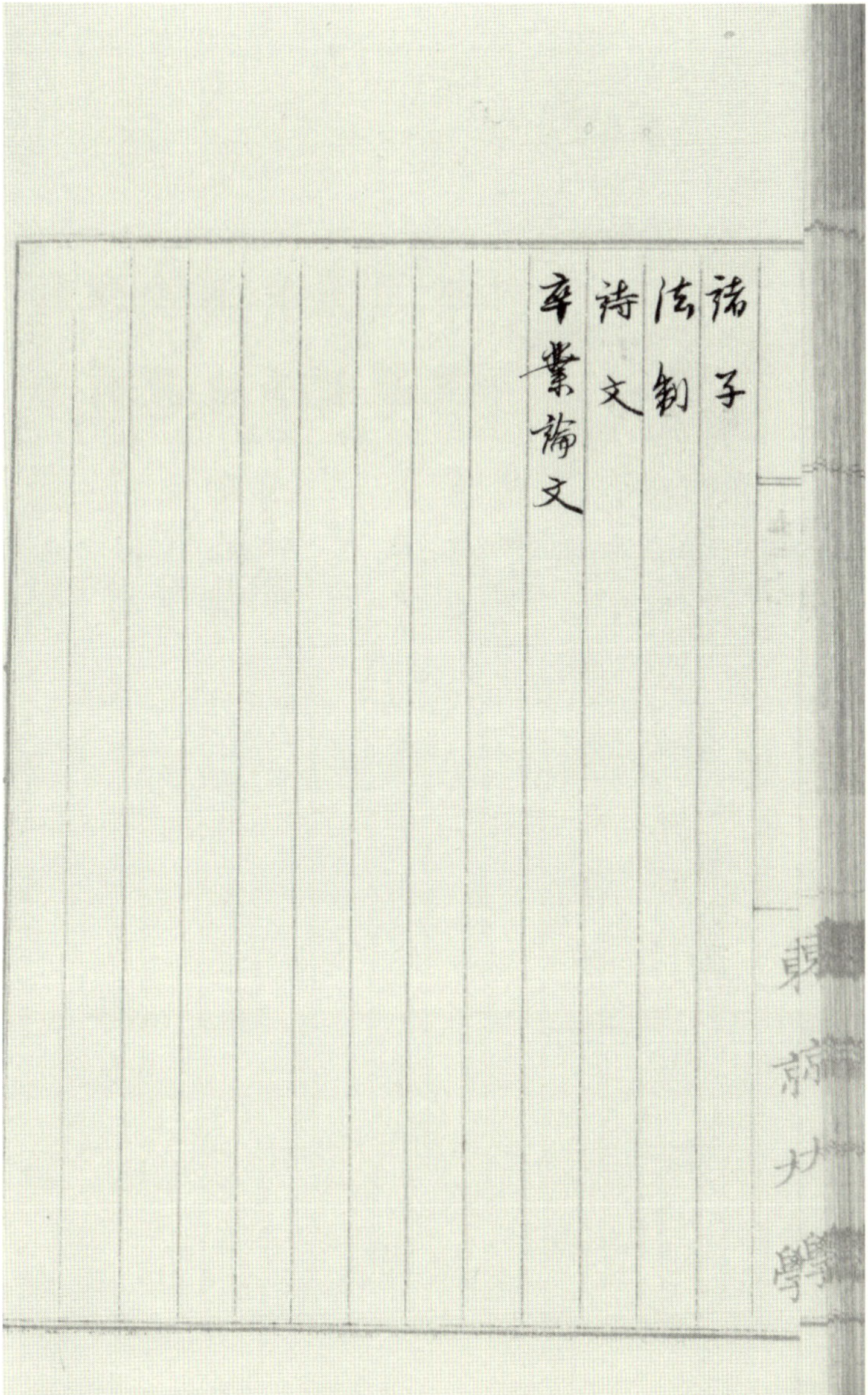
諸子
法制
詩文
卒業論文

東京大學

古典講習科乙部一ヶ年入費概算

一金千三百弐拾円
　是ハ生徒廿二人官費学資金即一人ニ付一ヶ月金五円ツヽ十二月分

一金四千八百円
　是ハ教員五人分俸給一ヶ月一人平均八拾円

総計一ヶ年費額
　金六千百弐拾円

外

初年
金弐千弐百系

二年
同

五二六

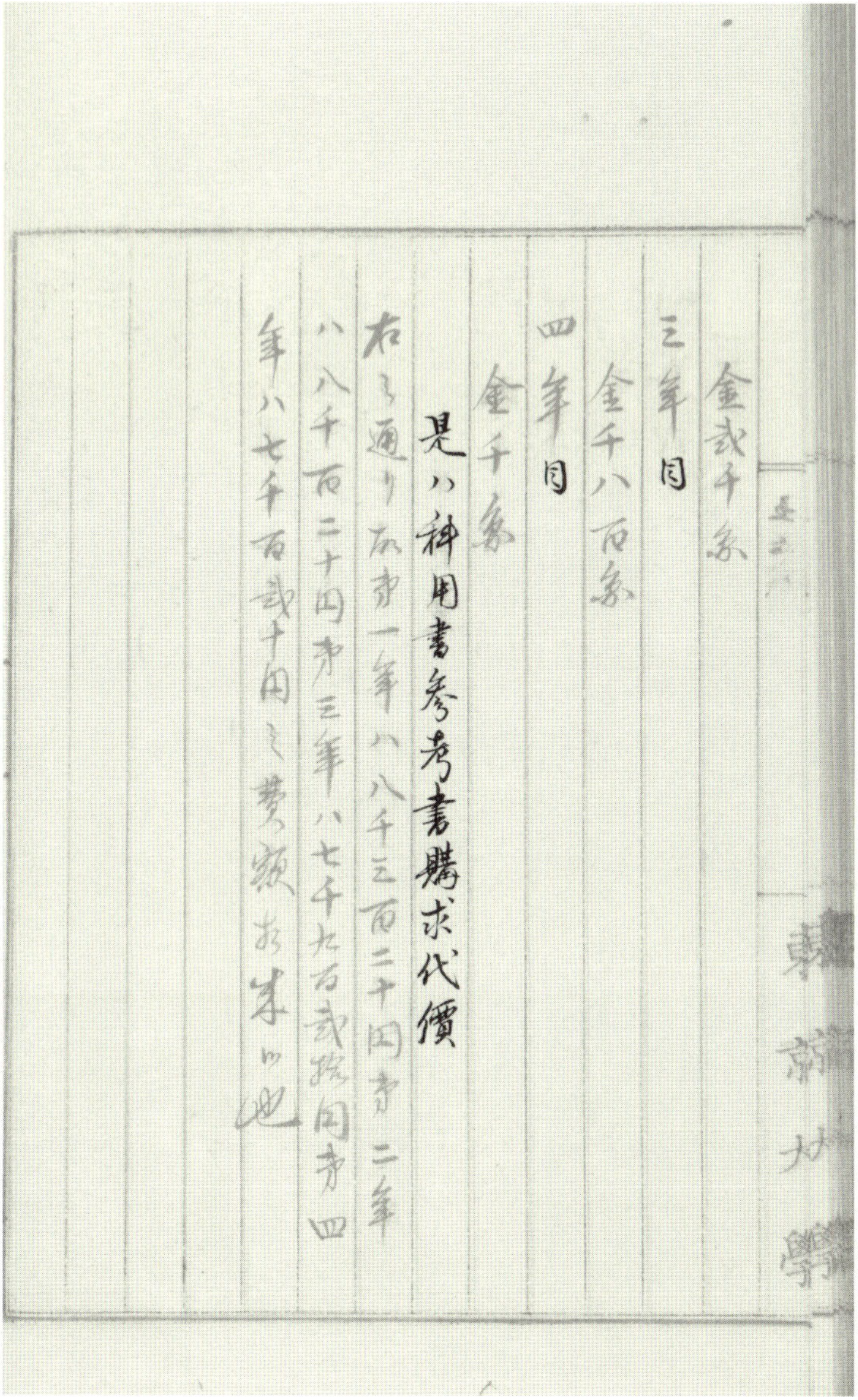
金弐千円
三年目
金千八百円
四年目
金千円
是ハ科用書参考書購求代價
右之通リ初年一年ハ八千三百二十円第二年
ハ八千百二十円第三年ハ七千九百弐拾円第四
年ハ七千百弐十円之費額ヲ要スル也
東京大學

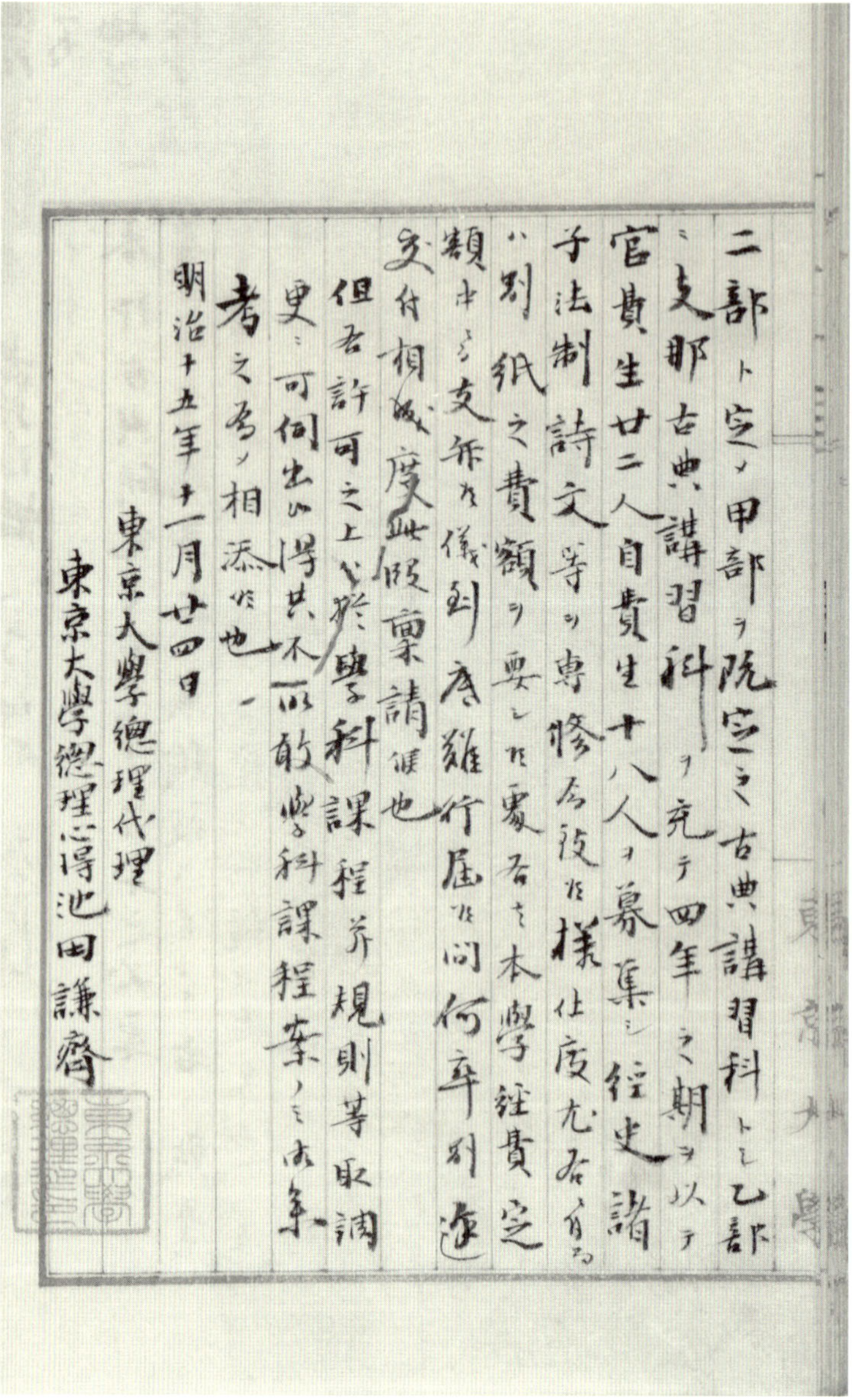
二部ト定メ甲部ヲ既定ノ古典講習科トシ乙部
ニ支那古典講習科ヲ充テ四年ノ期ヲ以テ
官費生廿二人自費生十八人ヲ募集シ経史諸
子法制詩文等ヲ専修為致候様仕度尤右ニ為
ハ別紙之費額ヲ要シ候處右ハ本學経費定
額中ニテ支弁致候儀到底難行届候間何卒別途
交付相成度此段稟請候也
但右許可之上ハ於學科課程并規則等取調
更ニ可伺出候得共不取敢學科課程案ノミ参
考之為メ相添候也
明治十五年十二月廿四日
東京大學總理代理
東京大學總理心得池田謙齋

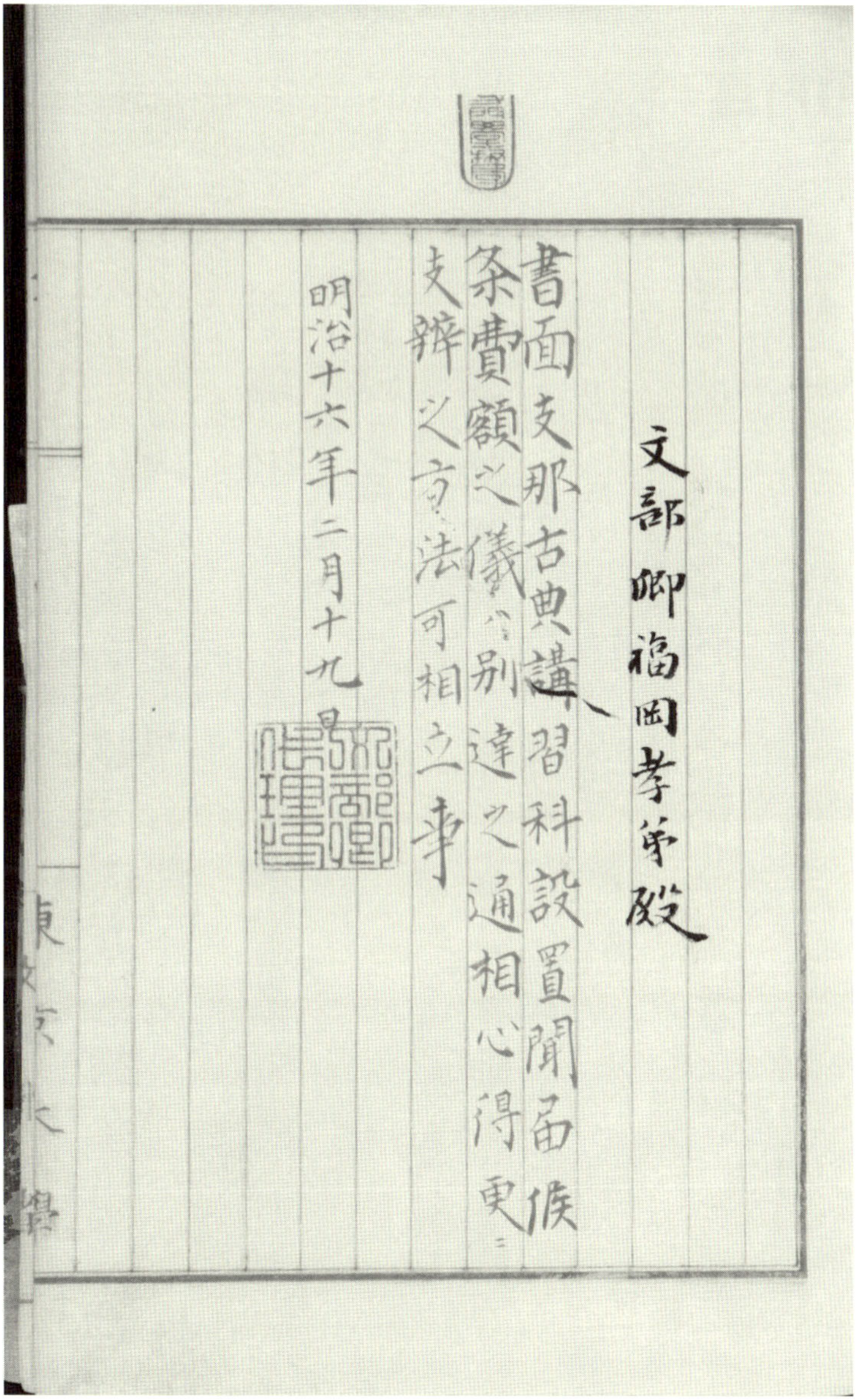

文部卿福岡孝弟殿

書面支那古典講習科設置聞届候
条費額之儀ハ別達之通相心得更ニ
支辨之方法可相立事

明治十六年二月十九日

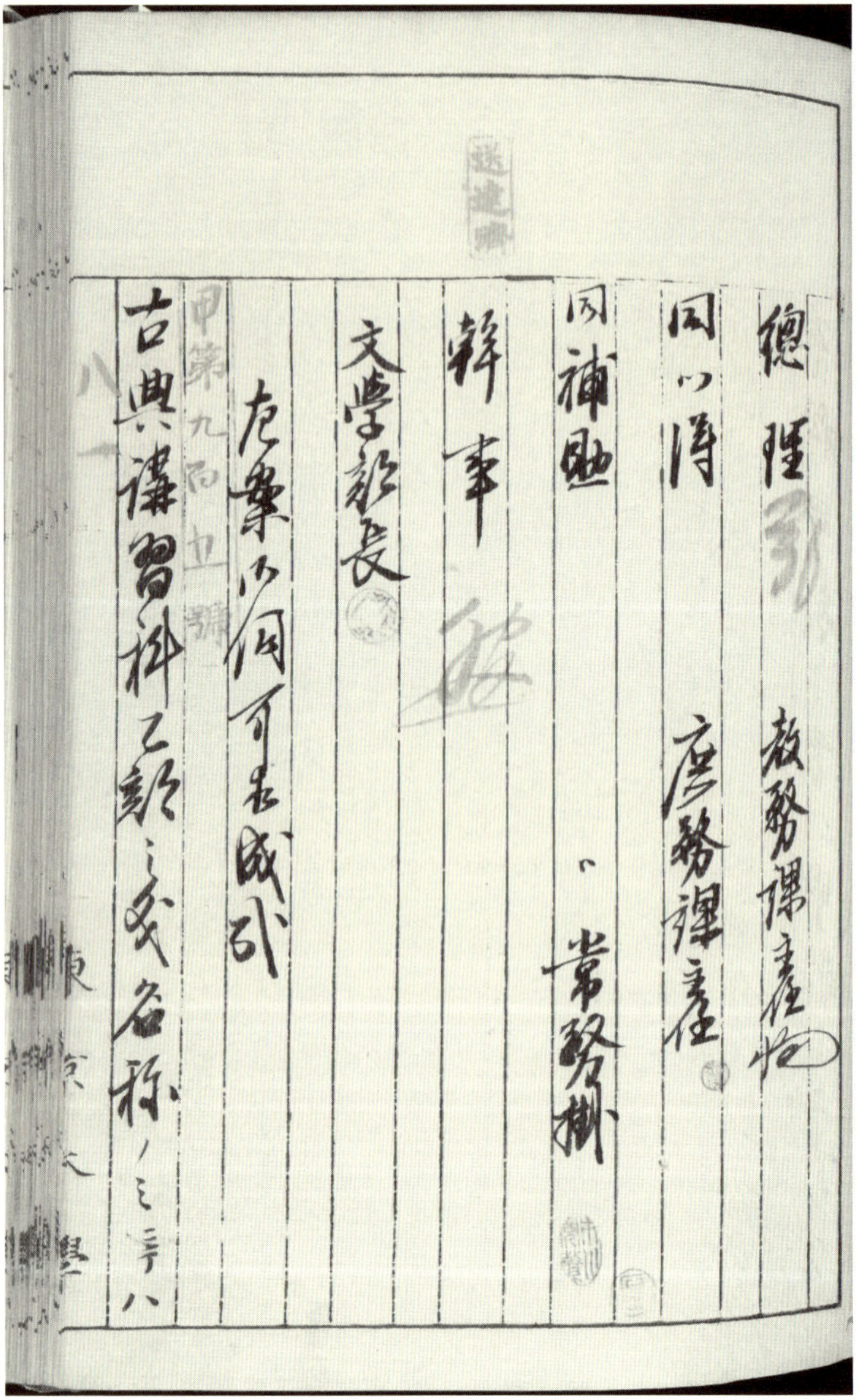

總理　教務課主任
同〃　庶務課主任
同補助　〃　常務掛
幹事
文學部長
甲第九百廿一號
左案ノ伺可然哉
古典講習科乙部之義名称ノミニテハ
東京大學

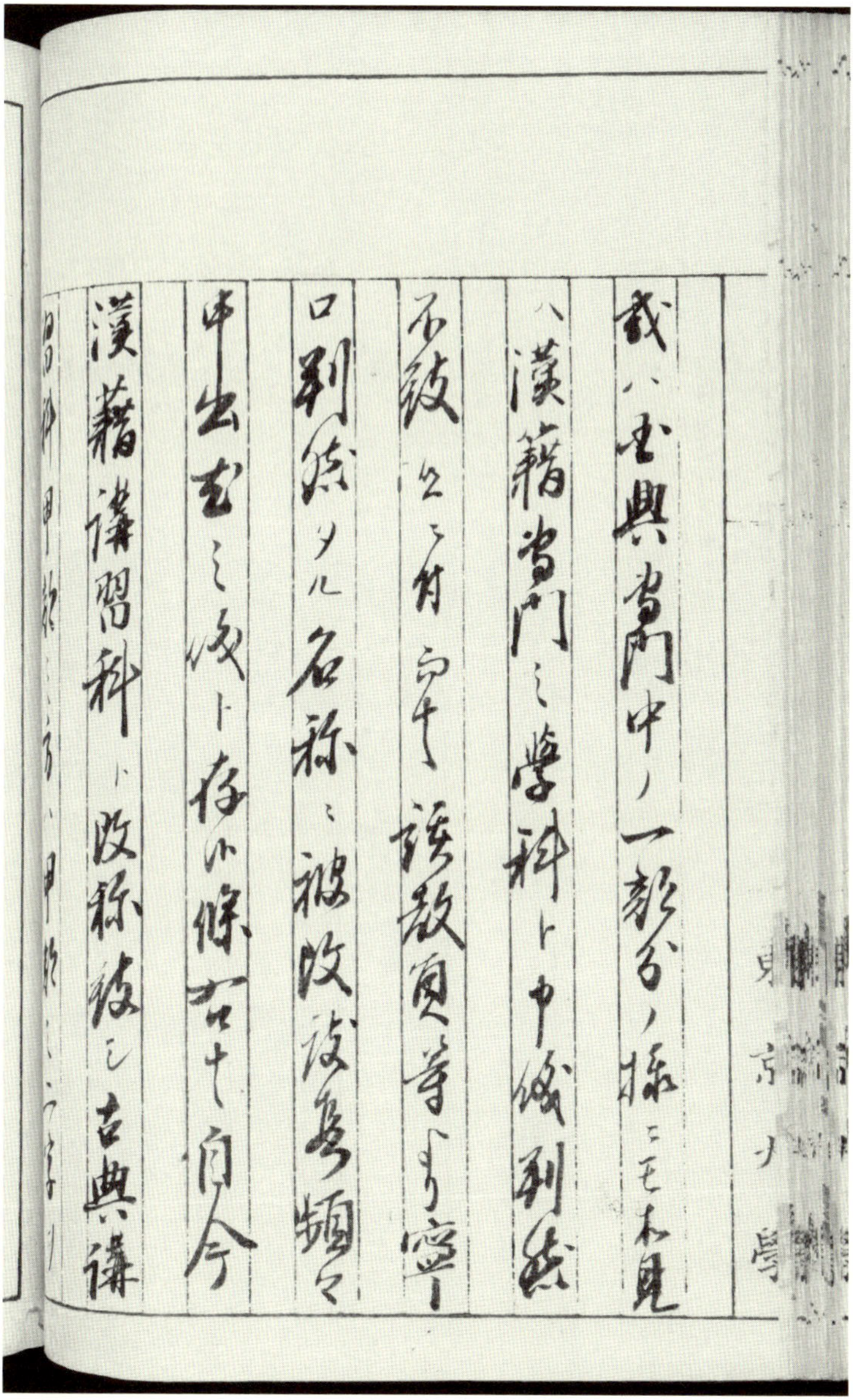
載ハ古典講習科中ノ一部分ノ称ニモ不見
ハ漢籍専門ニ修学科ト申候判然
不致候ニ付学生誤解致候等ヨリ寧
ロ判然タル名称ニ被改設度頻々
申出候ニ付尤ト存候條右ハ自今
漢籍講習科ト改称被致古典講
習科甲部ハ甲部ノ字ヲ

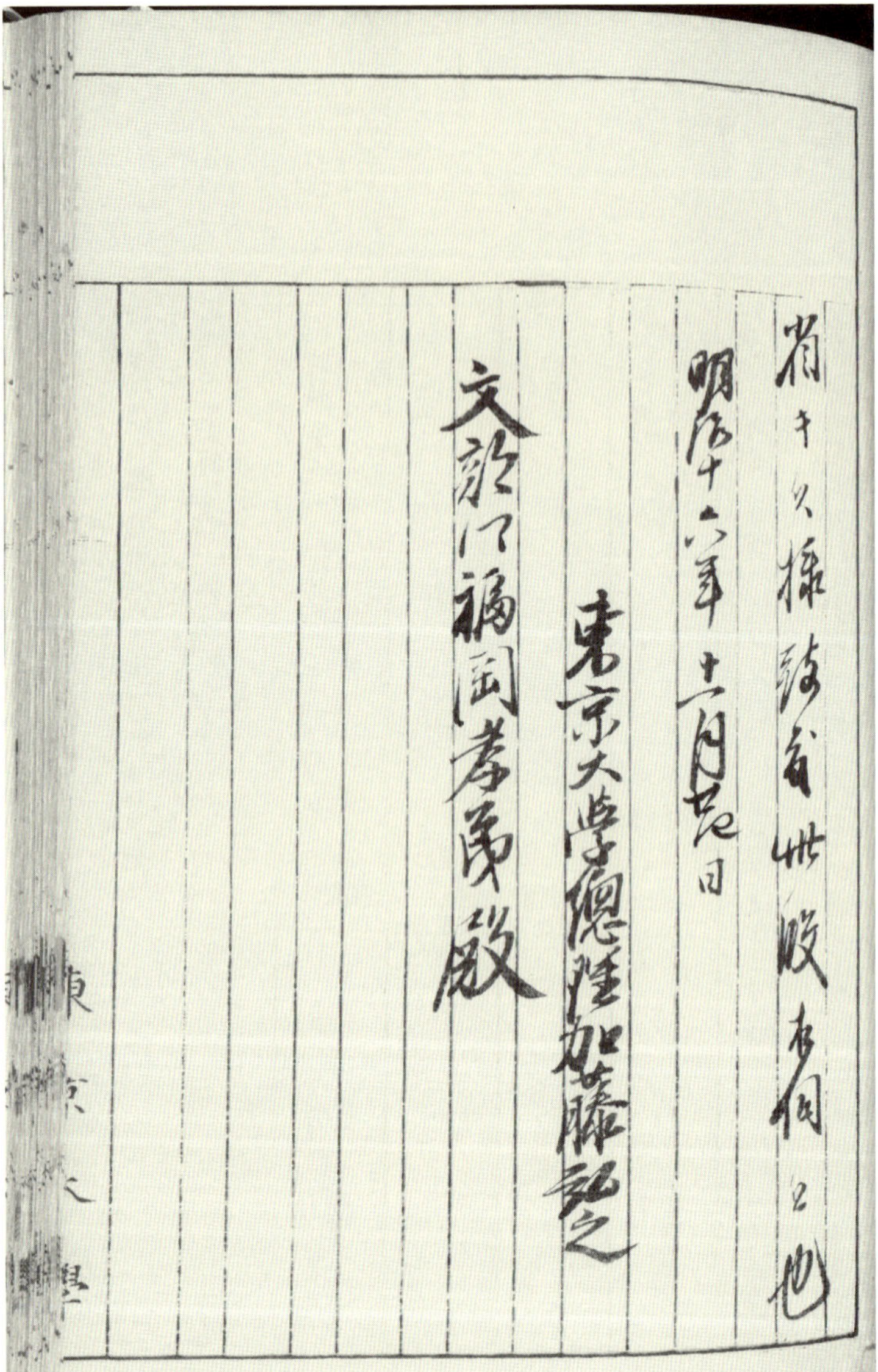
前件之通致度此段相伺候也

明治十六年十一月廿七日

東京大学総理加藤弘之

文部卿福岡孝弟殿

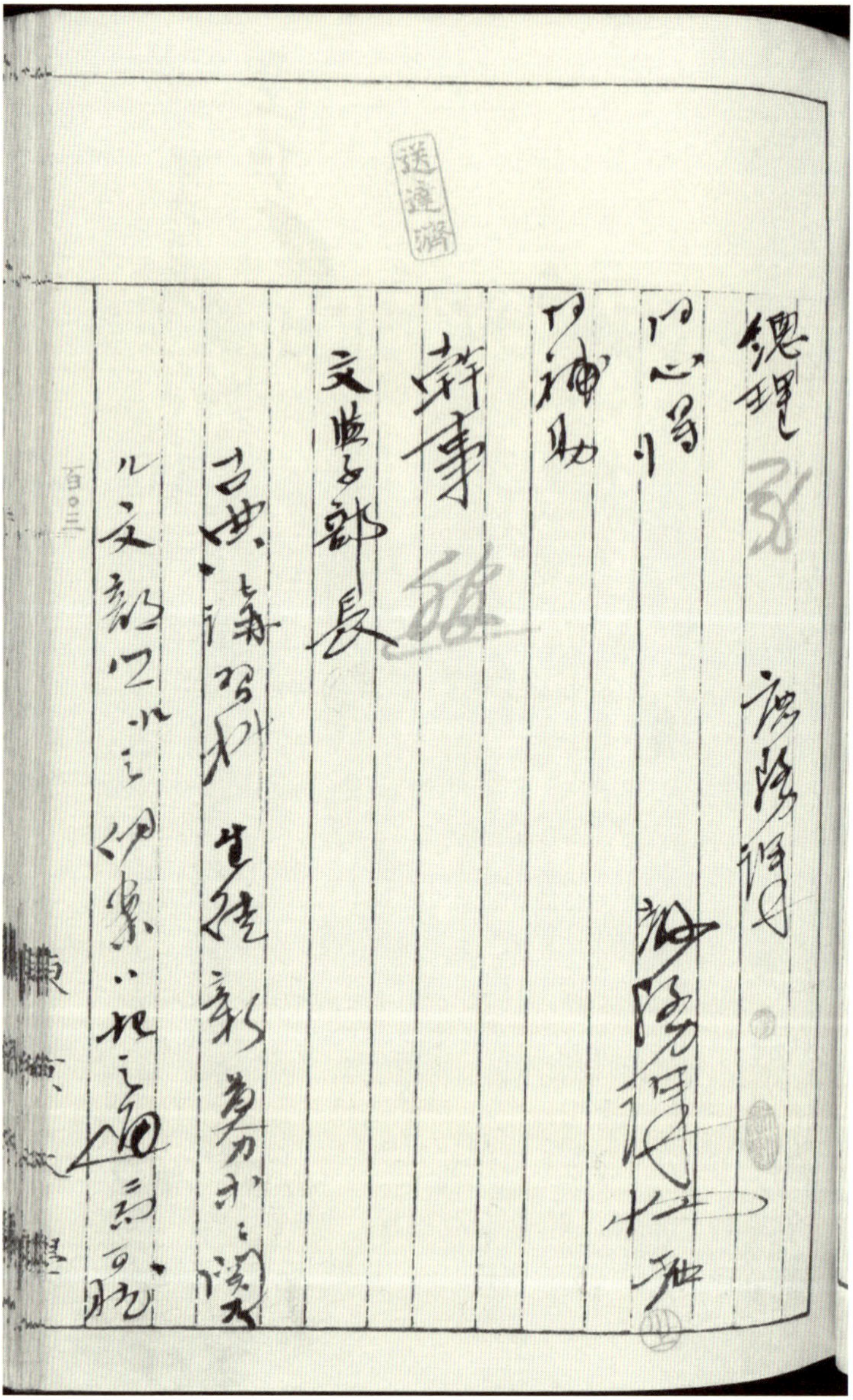
送達濟
総理
幹事
文学部長
古典講習科生徒新募
百〇三

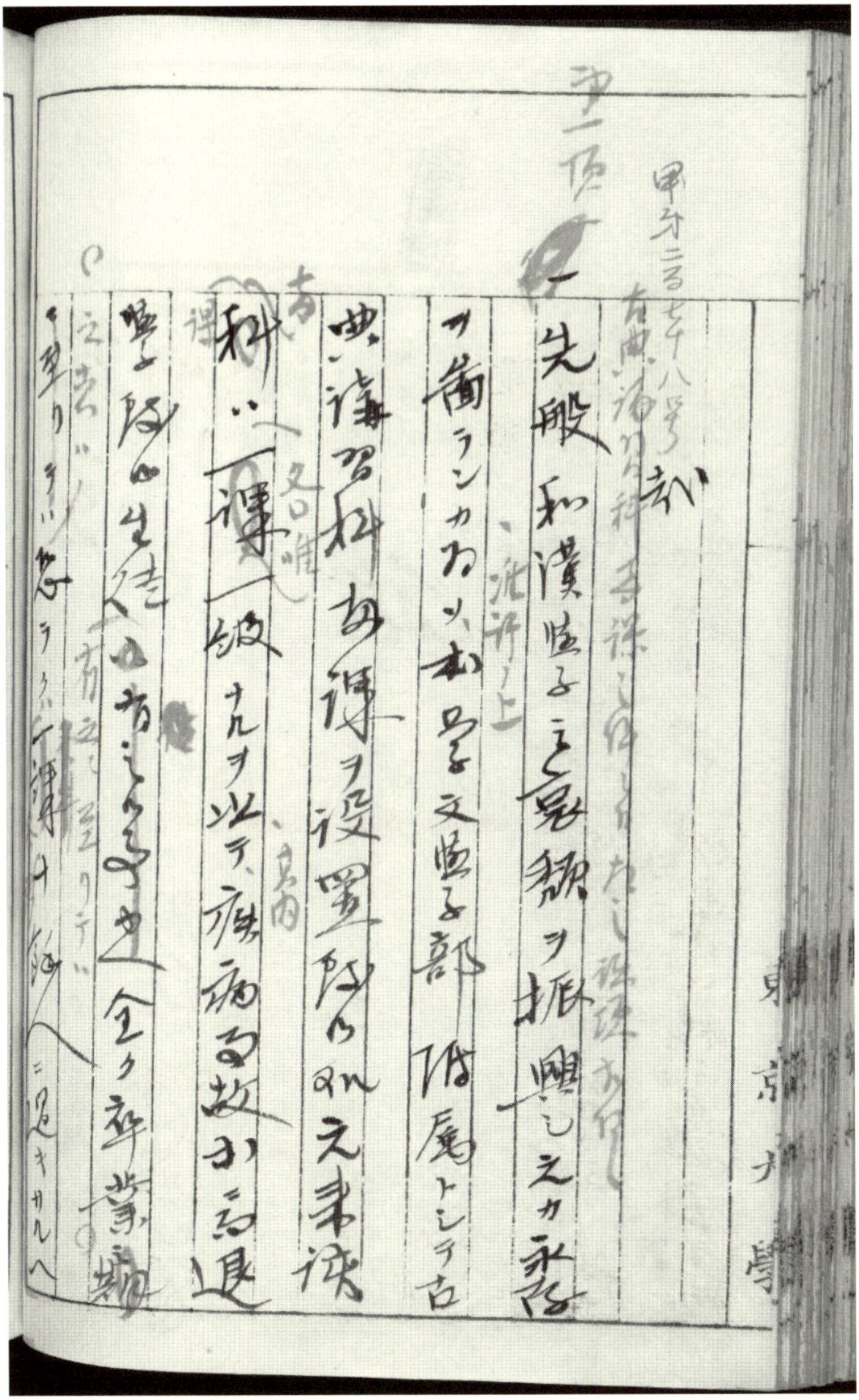
第一項

甲分二百七十八号　弐

先般和漢学ノ衰頽ヲ振興シ之カ永続

ヲ図ランカ為メ本学文学部附属トシテ古

典講習科ヲ設置シ以テ之ヲ来読

科ハ一課一級ナルヲ以テ疾病等ノ故ヲ以テ退

學スル生徒アル時ハ之ヲ補フノ道ナク卒業

ニ至リテハ終ニ一課ノ生徒幾ハクモナキニ至ルヘ

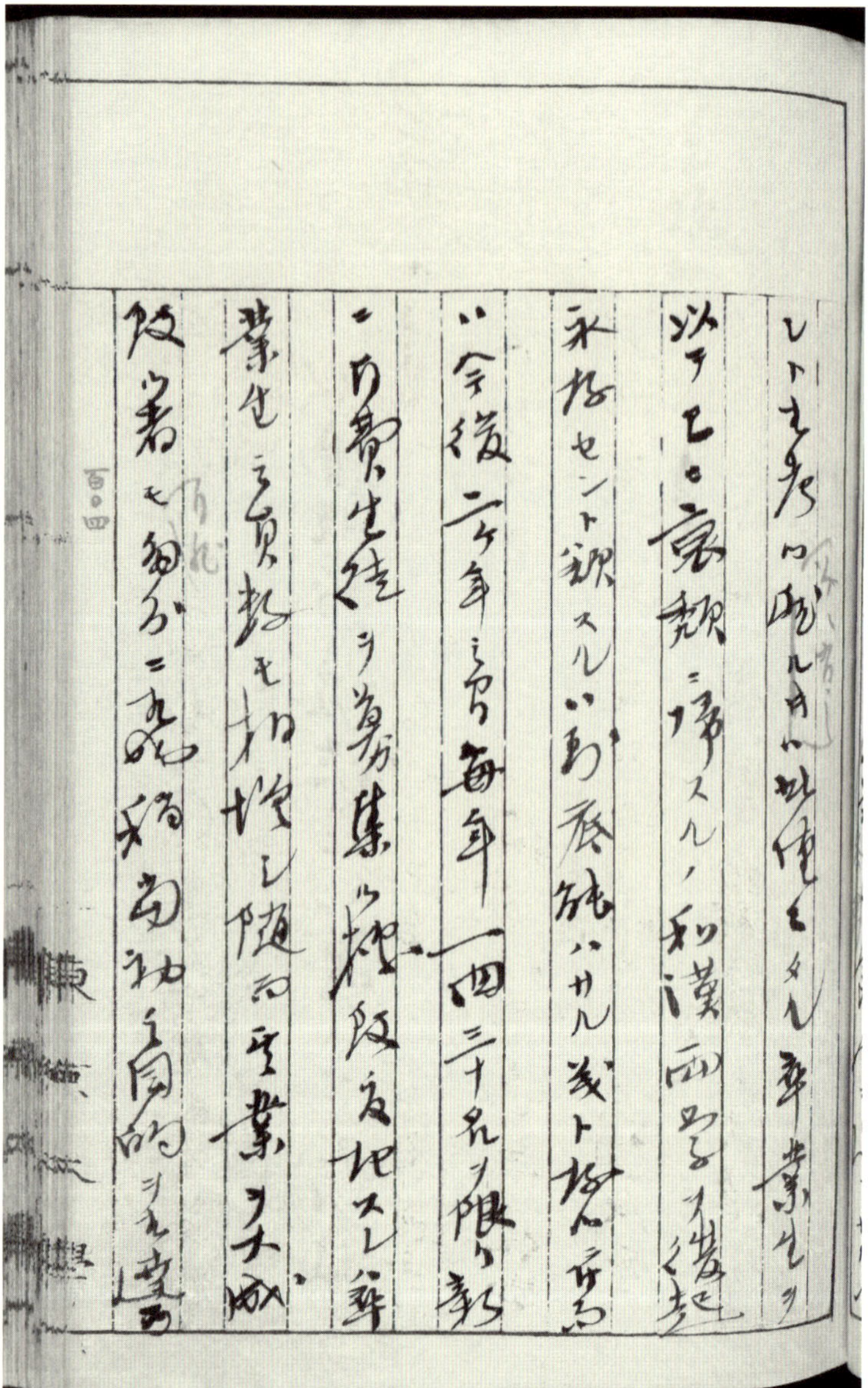
レトモ右ハ既成ノ者ハ此使タル卒業生ヲ
以テ之ヲ衰頽ニ帰スルノ和漢両学ヲ挽起
永存セント欲スルハ到底能ハサル義ト被存候ニ付而
ハ今後二ケ年ニ亘リ毎年一回三十名ヲ限リ新
ニ官費生徒ヲ募集ノ趣改正致スレハ卒
業生ノ員数モ相増シ随而学業ヲ大成
候者モ多分ニ有之猶当局之目的ヲ達シ
百〇四

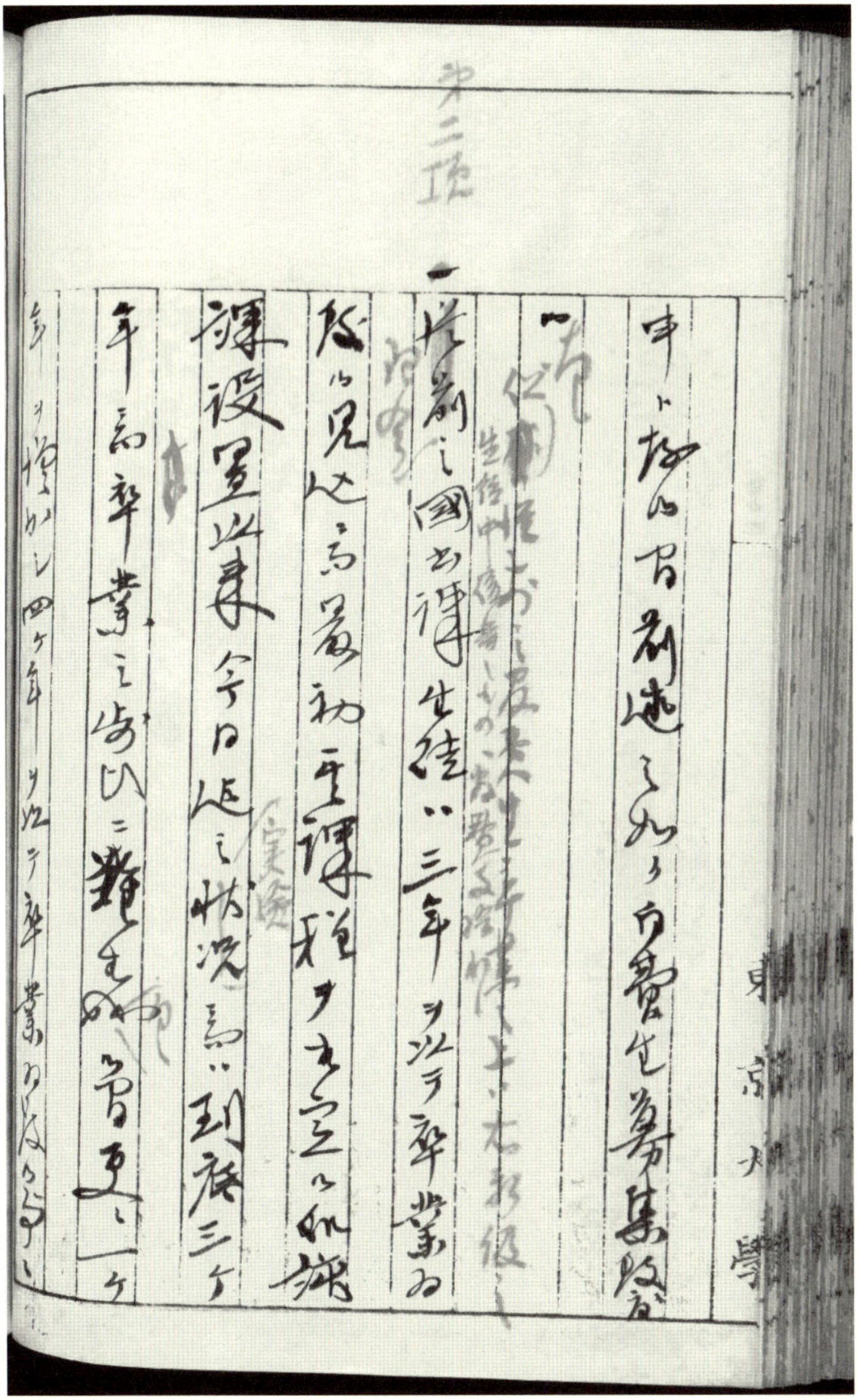

Ⅷ　文部省往復明治十七年・甲（A71）・伺「古典講習科生徒新募之件」4

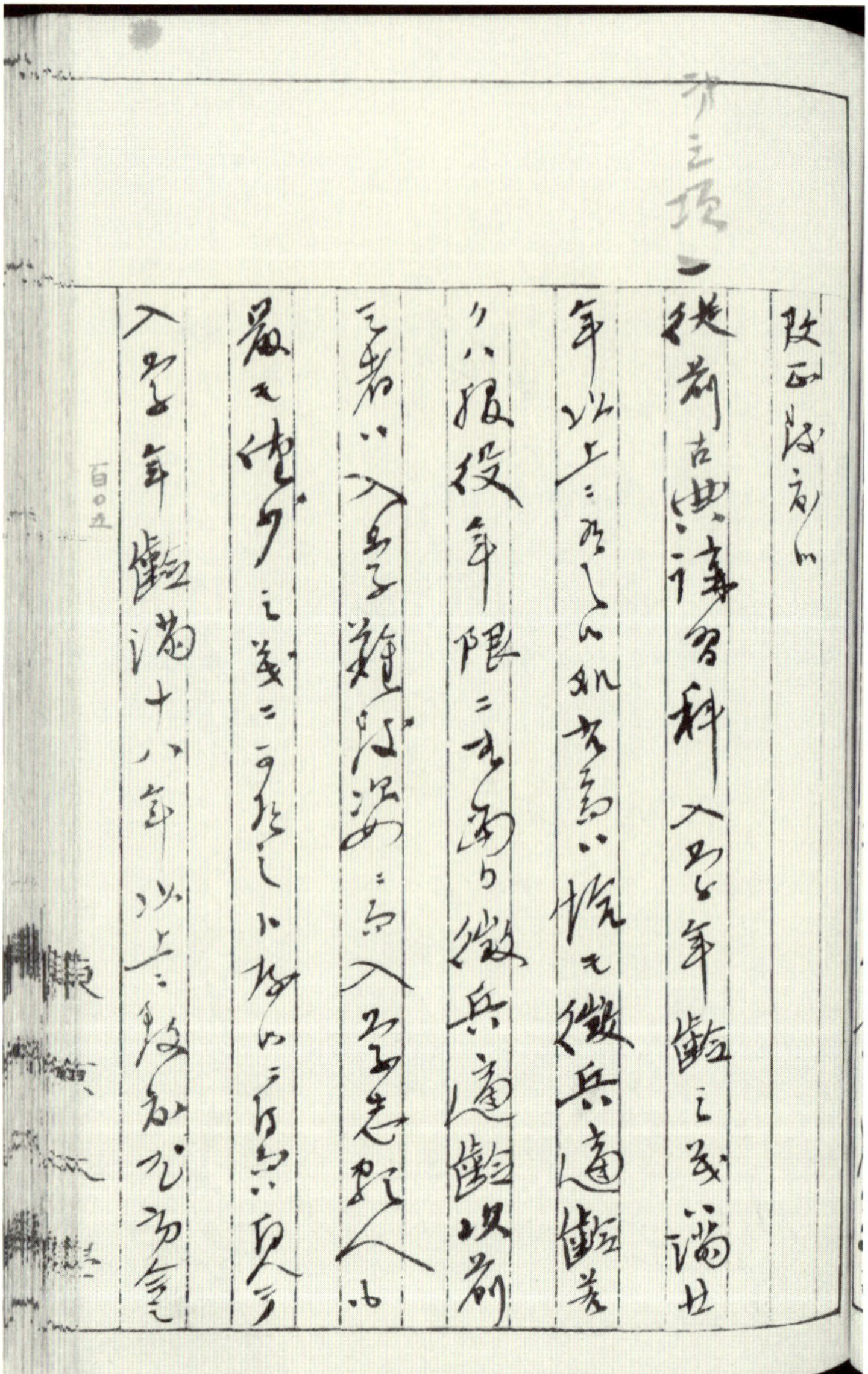

第三項ニ

百〇五

改正理由ハ
従前古典講習科入学年齢ハ満廿
年以上ニ限リ有之候処右ハ徴兵適齢者
ニハ服役年限ニ当リ徴兵適齢以前
ノ者ハ入学難致候ニ付入学志願人
最モ僅少之義ニ有之候ニ付本年ヨリハ
入学年齢満十八年以上ニ改定致度候

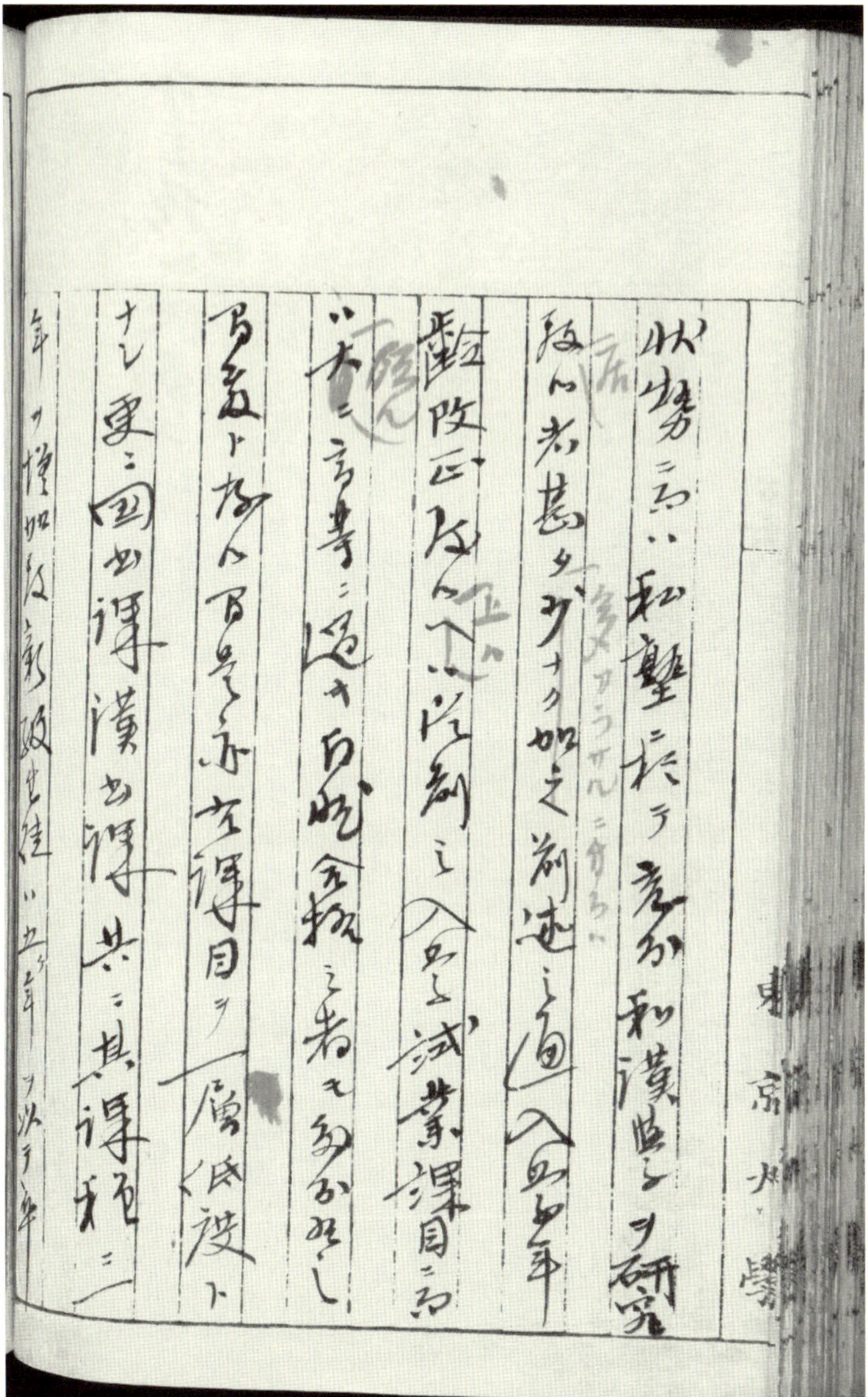

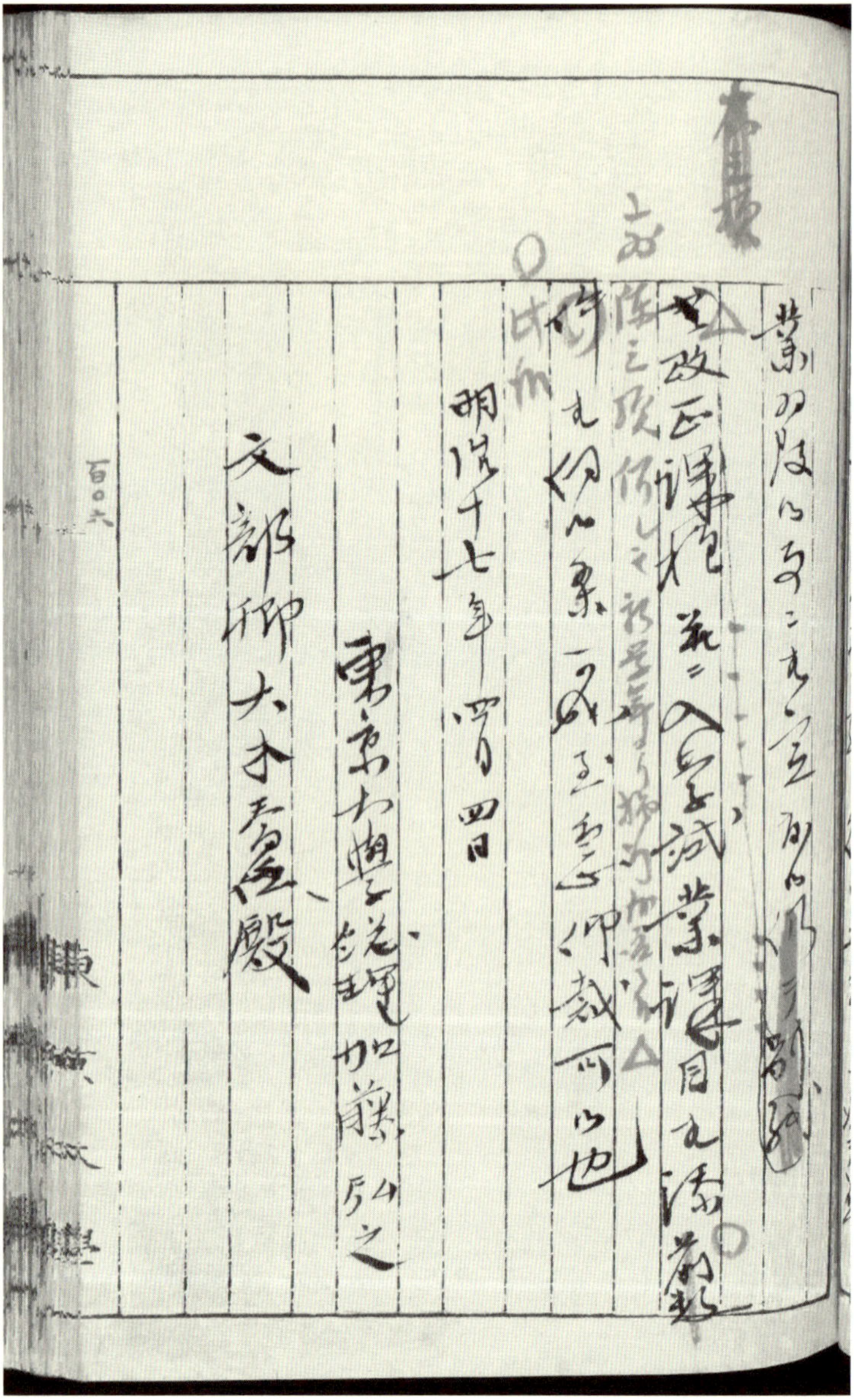
東京大学総理加藤弘之
文部卿大木喬任殿

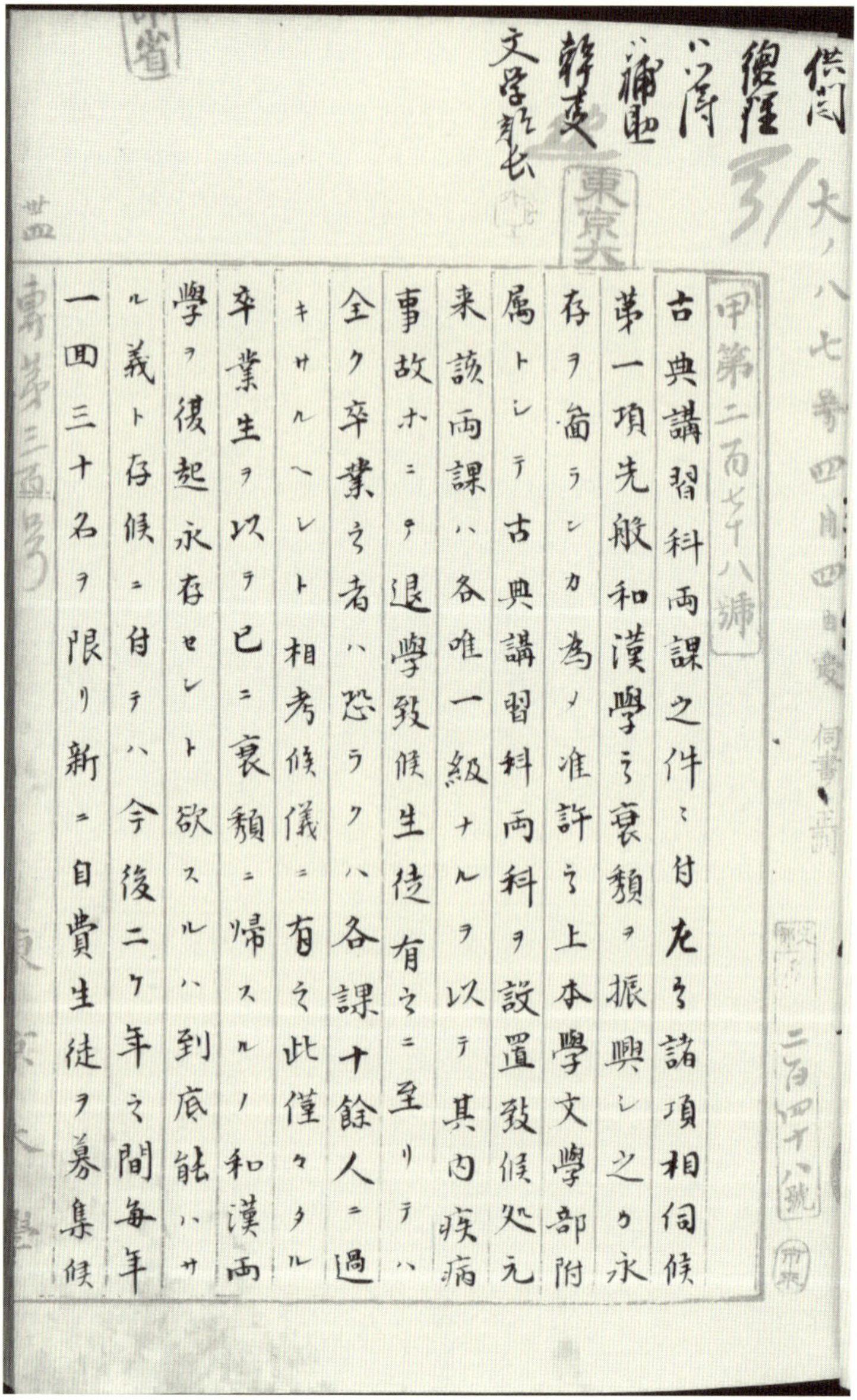
甲第二百七十八號

古典講習科両課之件ニ付左之諸項相伺候
第一項先般和漢學之衰頽ヲ振興シ之カ永
存ヲ図ランカ為メ准許之上本學文學部附
属トシテ古典講習科両科ヲ設置致候処元
来該両課ハ各唯一級ナルヲ以テ其内疾病
事故ホニテ退學致候生徒有之ニ至リテハ
全ク卒業之者ハ恐ラクハ各課十餘人ニ過
キサルヘシト相考候儀ニ有之此僅々タル
卒業生ヲ以テ已ニ衰頽ニ帰スルノ和漢両
學ヲ復起永存セシメント欲スルハ到底能ハサ
ルノ義ト存候ニ付テハ今後二ケ年之間毎年
一回三十名ヲ限リ新ニ自費生徒ヲ募集候

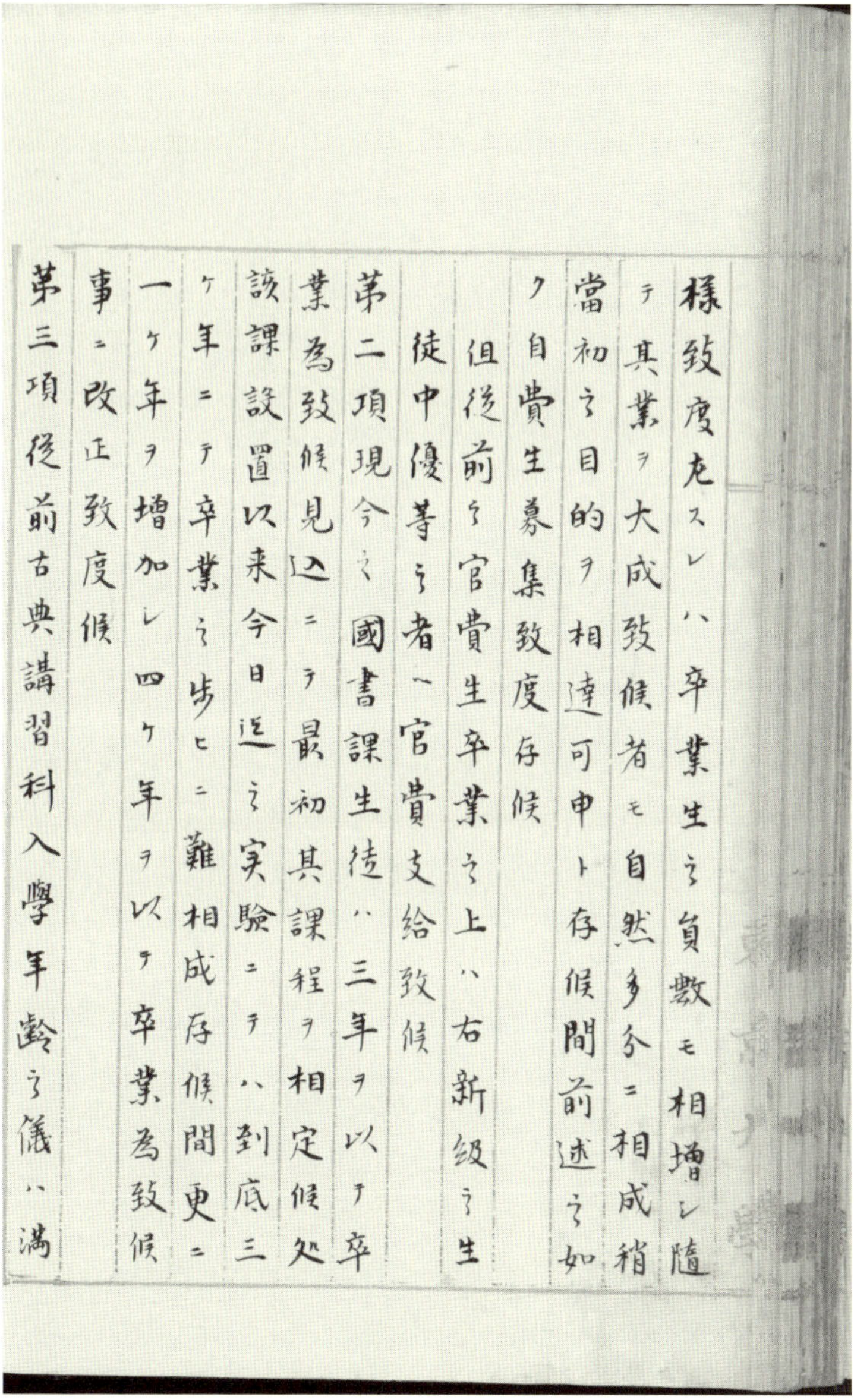
様致度尤スレハ卒業生ノ員数モ相増シ随
テ其業ヲ大成致候者モ自然多分ニ相成稍
當初ノ目的ヲ相達可申ト存候間前述ノ如
ク自費生募集致度存候
但従前ノ官費生卒業ノ上ハ右新級ノ生
徒中優等ノ者ヘ官費支給致候
第二項現今ノ國書課生徒ハ三年ヲ以テ卒
業為致候見込ニテ最初其課程ヲ相定候処
該課設置以来今日迄ノ実験ニテハ到底三
ヶ年ニテ卒業ノ歩ヒニ難相成存候間更ニ
一ヶ年ヲ増加シ四ヶ年ヲ以テ卒業為致候
事ニ改正致度候
第三項従前古典講習科入學年齢ノ儀ハ満

廿年以上ニ有之候処右ニテハ恰モ徴兵適
齢若クハ服役年限ニ相當リ徴兵適齢以前
ノ者ハ入學難致姿ニテ入學志願人モ最モ
僅少ノ儀ニ可有之ト存候ニ付テハ自今入
學年齢満十八年以上ニ致度尤方今ノ状勢
ニテハ私塾ニ於テ充分和漢學ヲ研究致居
候者甚タ多カラサルニ付テハ前述ノ適入
學年齢改正致候上ハ従前ノ入學試業課目
ニテハ頗ル高等ニ過キ自然合格ノ者モ多
分有之間舗ト存候間是亦右課目ヲ一層低
度トナシ更ニ國書課漢書課共ニ其課程ニ
一年ヲ増加致新級生徒ハ五ヶ年ヲ以テ卒
業為致候事ニ相定度候

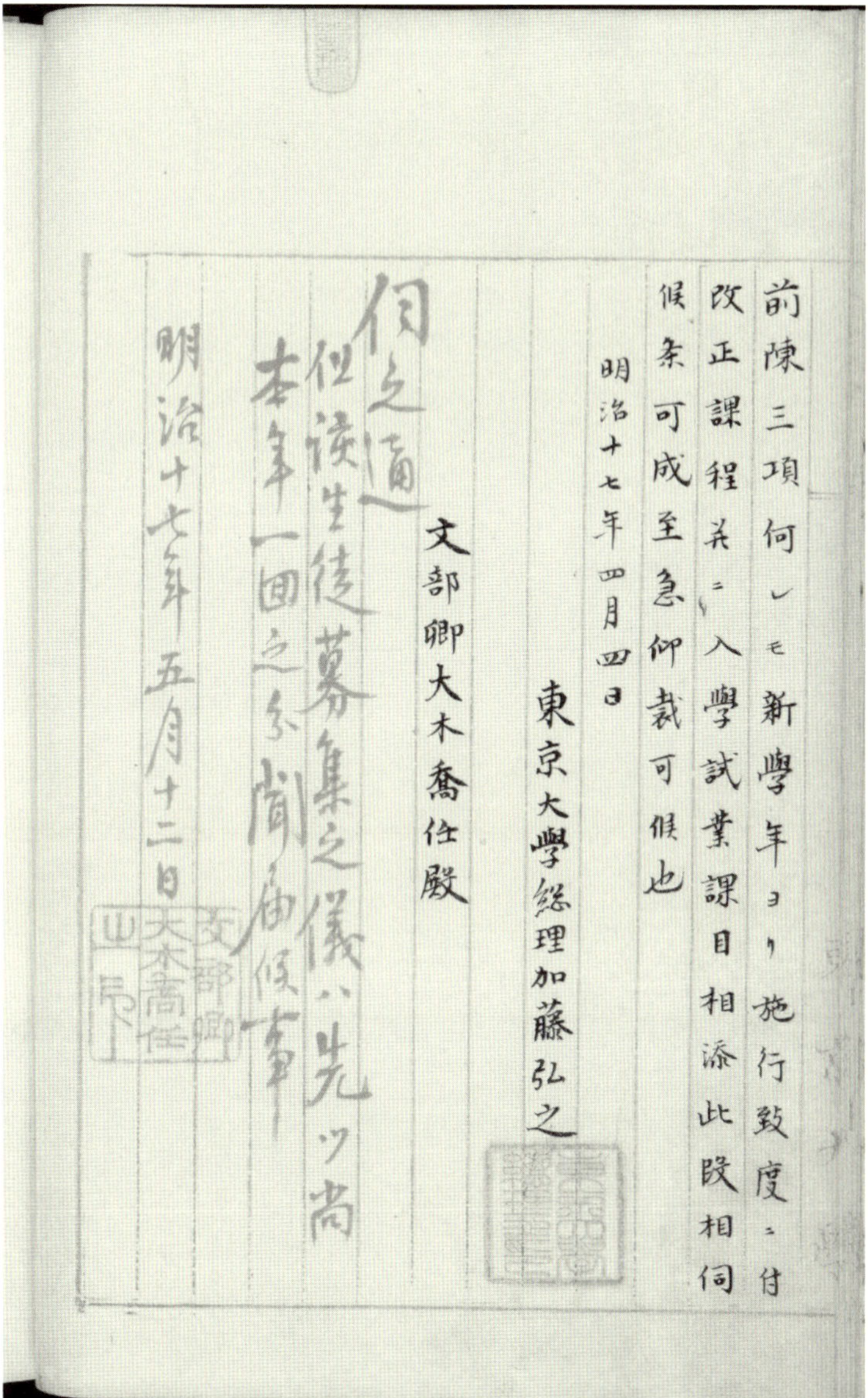
前陳三項伺レモ新學年ヨリ施行致度ニ付
改正課程并ニ入學試業課目相添此段相伺
候条可成至急御裁可候也
明治十七年四月四日
東京大學総理加藤弘之
文部卿大木喬任殿
伺之通
但該生徒募集之儀ハ先ツ尚
本年一回之分聞届候事
明治十七年五月十二日

廿六

國書課入學試業課目

一神皇正統紀ノ類辨書

一古今和歌集ノ類白讀并荅辨

一唐宋八家文ノ類白文訓点

漢書課入學試業課目

一論語ノ類辨書

一史記ノ類荅辨

一席上作文

一大學本然ノ事業ヲ擴充整備セシニハ別課医
學生別課法學生製藥生古典講習科生ノ新募
ヲ止メ漸次此等ノ余業ヲ廃セサルヘカラサ
ル事

前項所陳ノ如クセハ廢屋ヲ改築増設スルノ
方法相立チ事業ノ重複ヲ除キ經費ノ累冗ヲ
省クヲ得テ學校經濟上ニ本學事業上ニ幾多
ノ便益ヲ得ヘシト雖モ大學本然ノ事業ニ於
テ尚缺欠スル所ノモノニシテ前途擴充セサ
ルヘカラサルモノ多ク此等ニ要スル費用亦

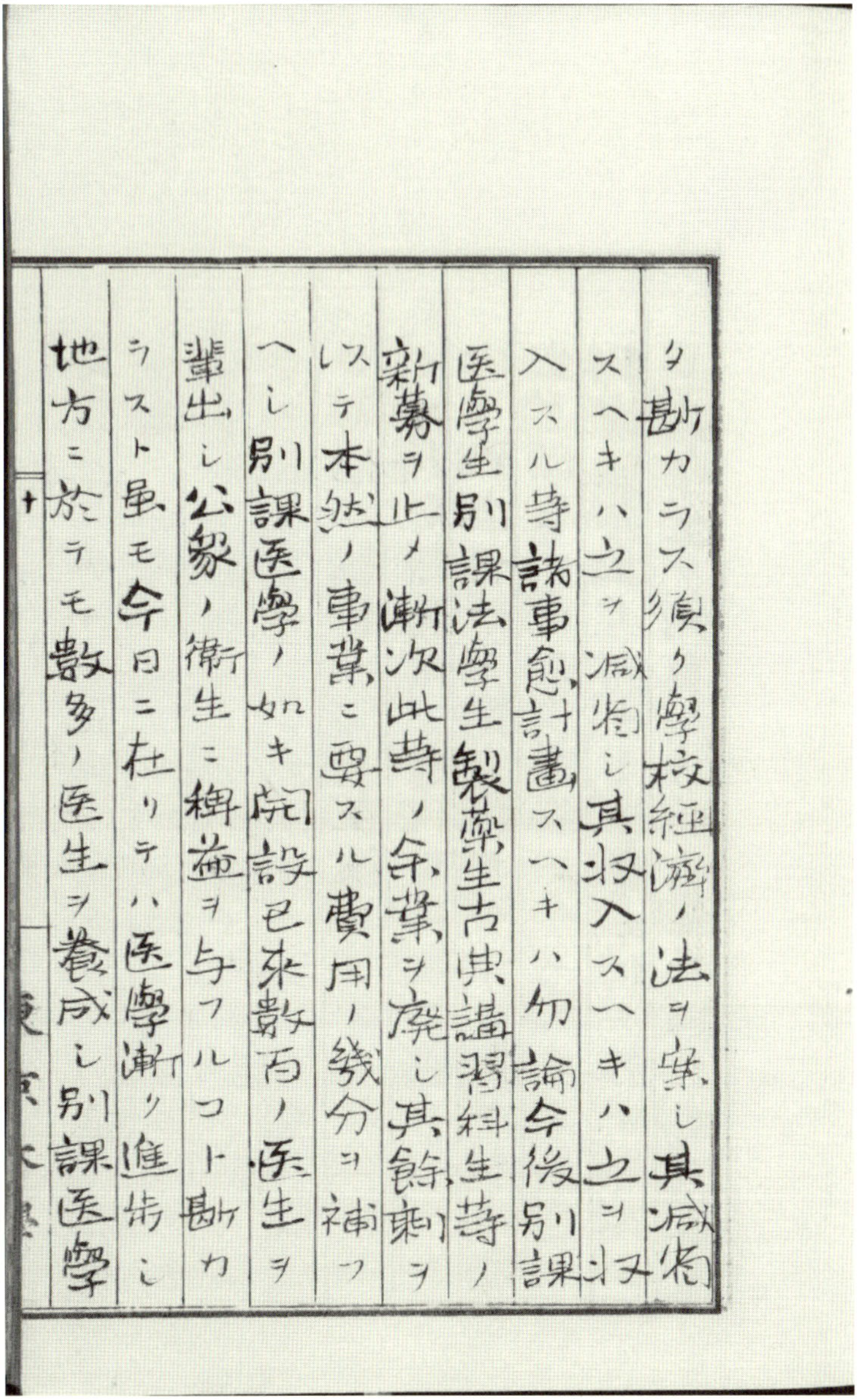
タ斷カラス須ク學校經濟ノ法ヲ案シ其減省
スヘキハ之ヲ減省シ其収入スヘキハ之ヲ収
入スル等諸事愈計畫スヘキハ勿論今後別課
医學生別課法學生製薬生古典講習科生等ノ
新募ヲ止メ漸次此等ノ余業ヲ廃シ其餘剰ヲ
以テ本然ノ事業ニ要スル費用ノ幾分ヲ補フ
ヘシ別課医學ノ如キ開設已来數百ノ医生ヲ
輩出シ公衆ノ衛生ニ稗益ヲ与フルコト斷カ
ラスト雖モ今日ニ在リテハ医學漸ク進歩シ
地方ニ於テモ數多ノ医生ヲ養成シ別課医學
十
東京大學

卒業生ノ如キ其需用切キニ至レリ或ハ別課
醫學ノ程度ヲ高クシ其準備ヲ充タシ以テ醫
學本科ト競爭セシメ水準ノ度ニ到リ遂ニ合
一ニ歸セシムヘシト説ナキニアラスト雖モ
コレ倍ニ經費ヲ増シ重複ヲ加フルモノニシ
テ本科別課職備ノ學修各其礎ヲ異ニスルヲ
以テ到底合一ニ歸シ難カルヘシ漸次本科學
生ヲ増員スルノ便且益アルニ若カサルナリ
別課法學生ノ如キモ法學本科ノ教制ヲ改正
シ其學生ヲ増員セハ別ニ之ヲ設クルヲ要セ

ス、、、、、、、、而シテ本科生ノ外
相應ノ學力アル者ハ撰科生トシテ入學スル
ノ道アリ且其他ノ方法ヲ以テ聽講シ研究ス
ルヲ得ヘシメハ不便ナカルヘシ製藥生ノ如
キモ藥學本科ヲ復セハ亦タ別ニ之ヲ設クル
ヲ要セス其簡易ノ學科ヲ履ミ淺近ノ課程ヲ
修ムル者ノ如キハ他ニ於テ養成スルモノアル
ルヘシ古典講習科生ノ如キハ既ニ二回募集
シ數十ノ生徒アレハ和學者漢學者ノ後継ニ
供シ其傳學ニ不足ナカルヘシ尤昨年限リ募

十二

東京大學

集セサルコトナルモ今年モ尚一回募集スヘシトノ説アリ又募ルヲ要セス既ニ本科ニ和漢文学科アリ便宜其課程ヲ改良セハ更ニ適當ノ文學士ヲ輩出スルヲ得ヘシ然レトモ大學本然ノ事業ニ於テ缼欠スル所ノモノハ力メテ之ヲ補充シ擴充セサルヘカラサルモノハ力メテ之ヲ計畫セサルヘカラス例ヘハ其医學部ニ於ケル内科學外科學ノ整備ヲ要スルハ論ナク病理學ヲ更張シ病理的諸科ヲ講シ病理局ヲ新設シ病理的実験等ヲ究メシメサル

ヘカラサルモノアリ生理學解剖學眼科産科
等ヨリ精神病學衛生學等ニ至ルマテ各種実
験場病室等ヲ增設シ學理研究臨床実驗等ヲ
便ナラシメサルヘカラサルモノアリ藥學
本科ヲ加設シ内外ノ藥物ヲ査覈セシメサル
ヘカラサルモノアリ其法學部ニ於ケル内國
ノ法律ヲ講明スヘキハ論ナク法理學ヲ更張
シ法律史ヲ攷覈シ英佛獨等外國ノ法律ヲモ
講究セシメサルヘカラサルモノアリ一國ノ
私法ノミナラス一般ノ公法ヲモ研習セシメ

東京大學

サルヘカラサルモノアリ其理學部文學部ニ於ケルモ擴充整備ヲ要スルモノ多々ニシテ其講究セシメサルヘカラサルモノニ至リテハ亦タ皆然ラサルハナシ且各學科ノ教授等現今一二人ニ擔任セシムルモノ後來數人ニ分任セシメ以テ愈其講授ヲ精覈ナラシメサルヘカラス此等大學本然ノ事業ノ擧否ハ其関係スル所太タ大ナリ為メニ別課等ノ余業ヲ廃スルハ是已ムヲ得サルコトニテ其輕重ヲ比較セハ其得失以テ相償フニ足ラン乎

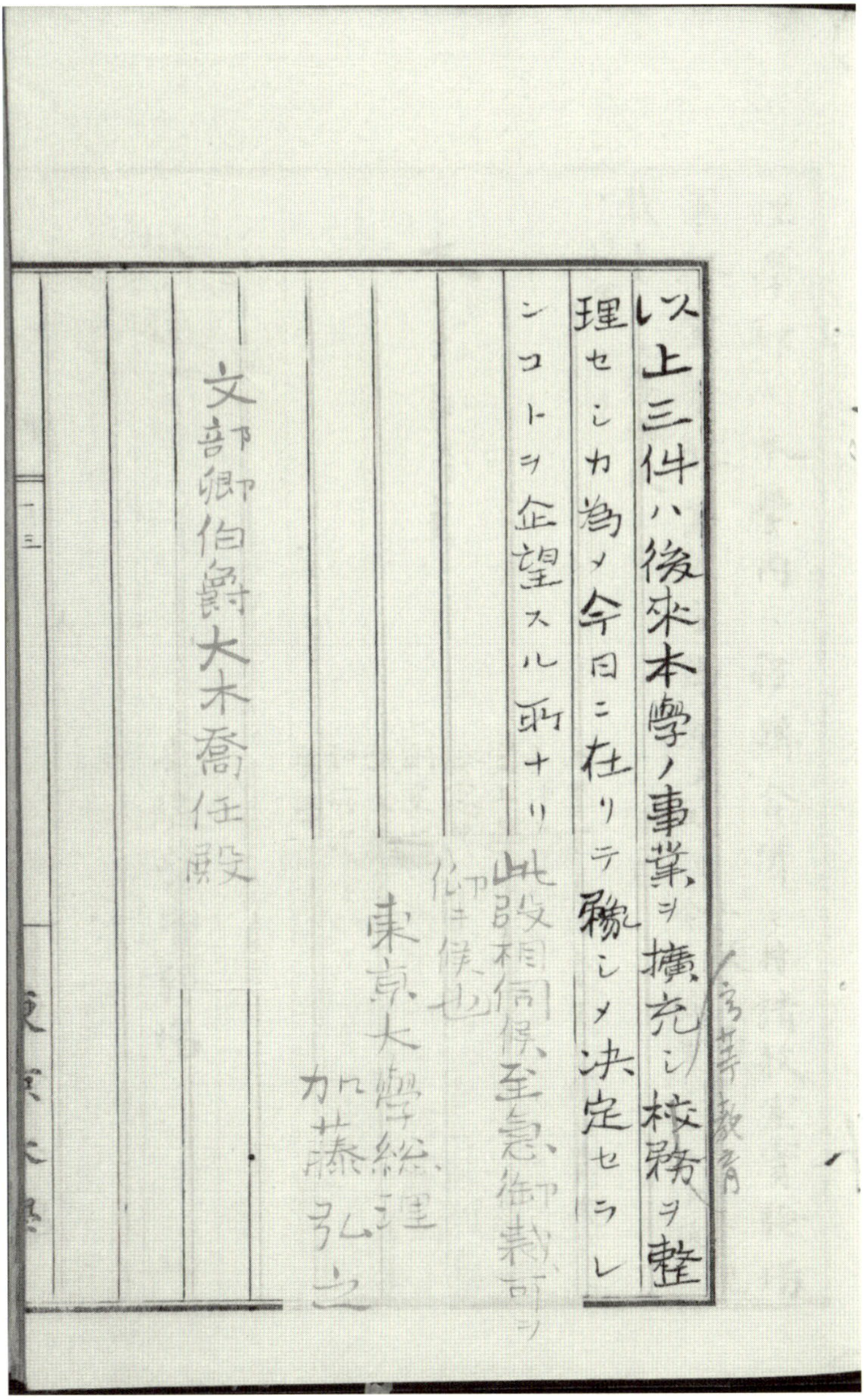
以上三件ハ後來本學ノ事業ヲ擴充シ校務ヲ整
理セシカ為メ今日ニ在リテ豫メ決定セラレ
ンコトヲ企望スル所ナリ
此段相伺候至急御裁可ヲ
仰キ候也
東京大學総理
加藤弘之
文部卿伯爵大木喬任殿

東京大學

書面伺之趣聞届候條左ノ通可心
得事
一費用ノ儀ハ十七年度ニ於テ金三萬圓
十八年度ニ於テ金壹萬七千圓別
途交付可致十九年度以降ニ要スル分
ハ當該年度豫算編成ノ際伺分ノ
詮議ニ及フヘシ
一家屋建築ノ儀ハ其都度繪圖面
等相添更ニ伺出ヘシ
一別課等諸科廢止ニ付生スヘキ餘剰
金等ヲ以テ措置スルヲ要スル事項ノ儀
ハ其際更ニ詳細取調具申スヘシ

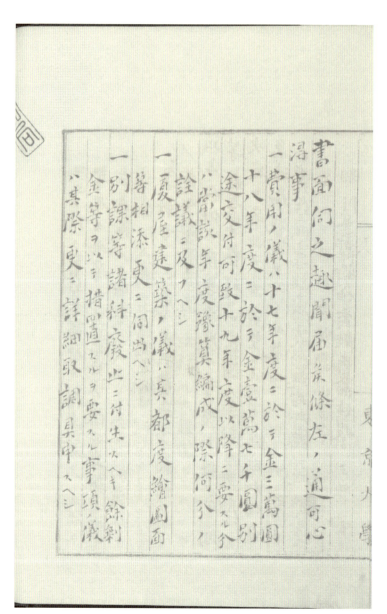

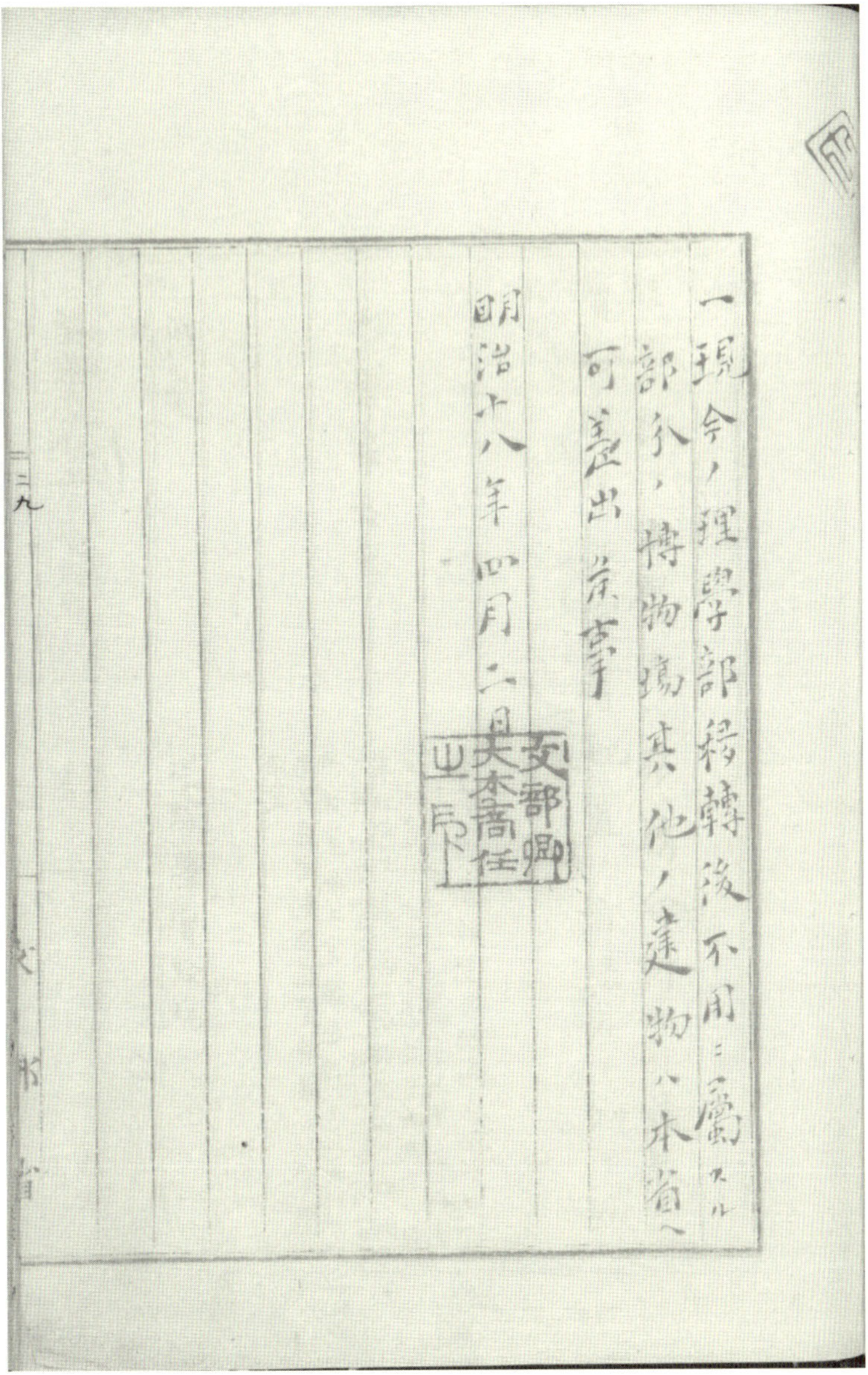
一現今ノ理學部移轉後不用ニ屬スル
部分ノ博物場其他ノ建物ハ本省ヘ
可差出候事
明治十八年四月二日
文部卿大木喬任印
二九
文部省

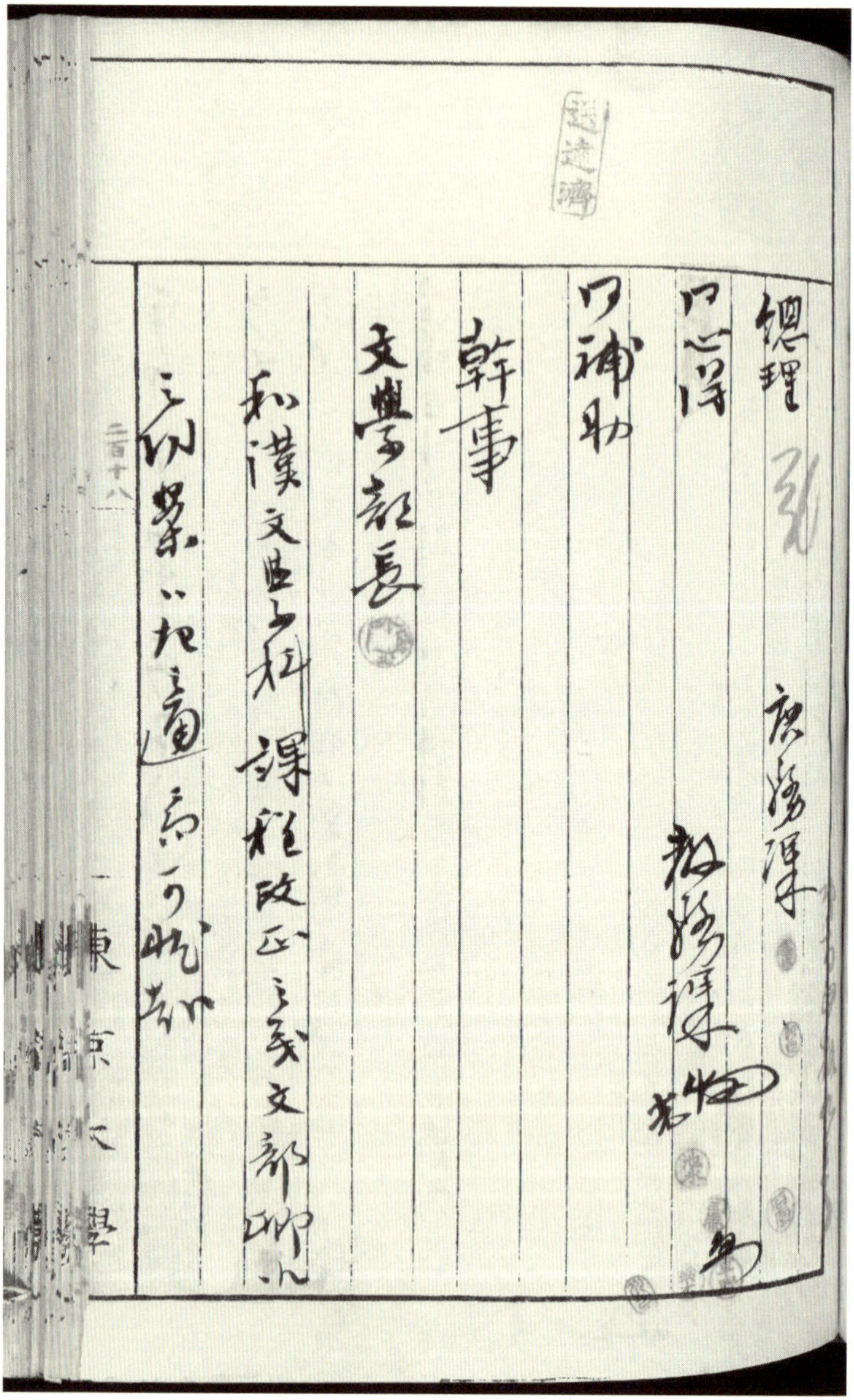
總理
〃心得
〃補助
幹事
文學部長
和漢文學科課程改正之義文部卿ヘ
上申案別紙之通可然哉
二百十八
東京大學

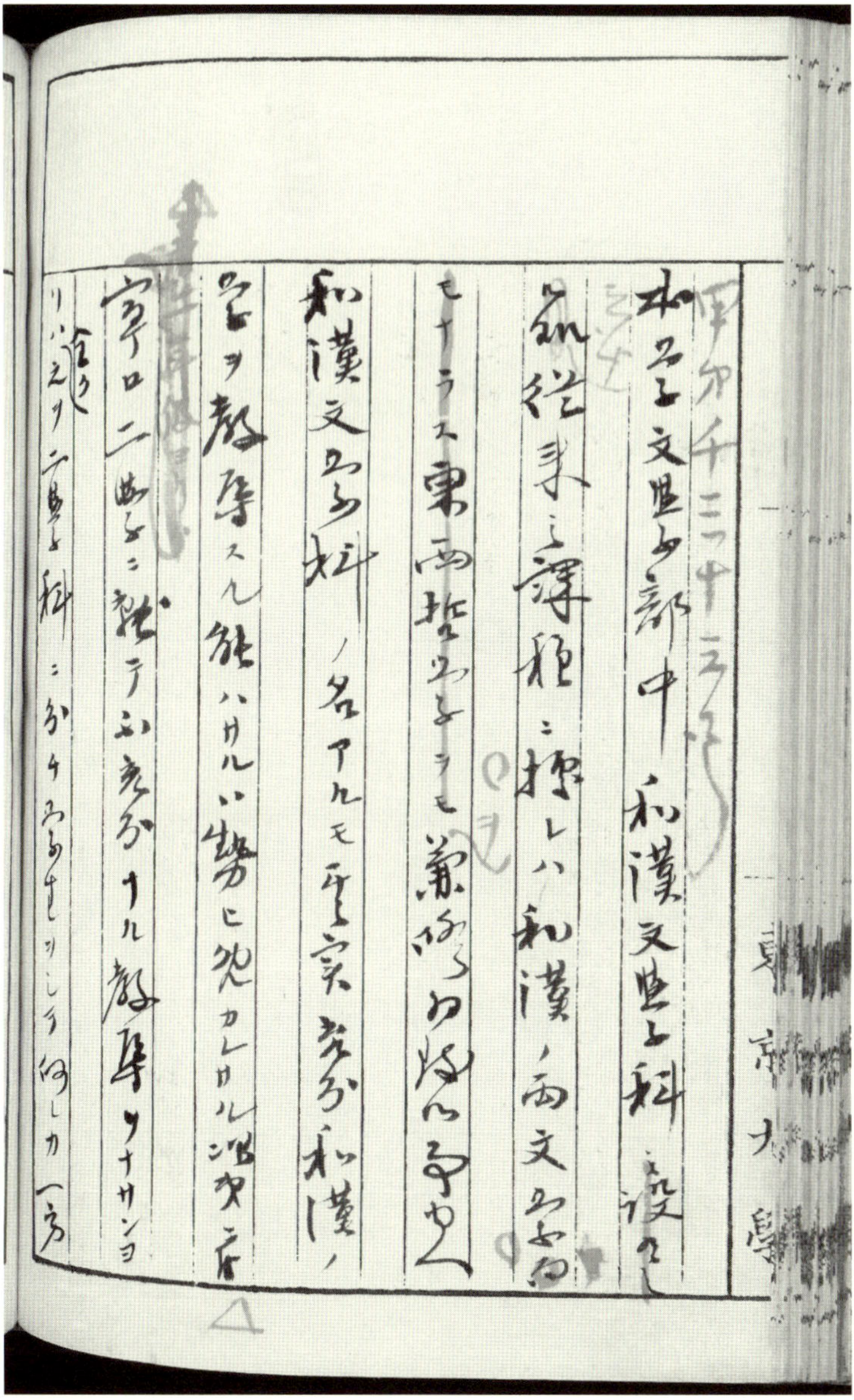

東京大学

本学文学部中和漢文学科設ケシ
所以ハ従来ノ課程ニ據レハ和漢ノ両文学ノ
ミナラス東西哲学ヲモ兼修セシムル者ナリ
和漢文学科ノ名アルモ其実多クハ和漢ノ
学ヲ教導スル能ハサルハ勢ヒ免カレサル所ニ在
寧ロ二者ニ就テ不完全ナル教導ヲナサンヨ
リハ之ヲ二学科ニ分チ学生ヲシテ何レカ一方

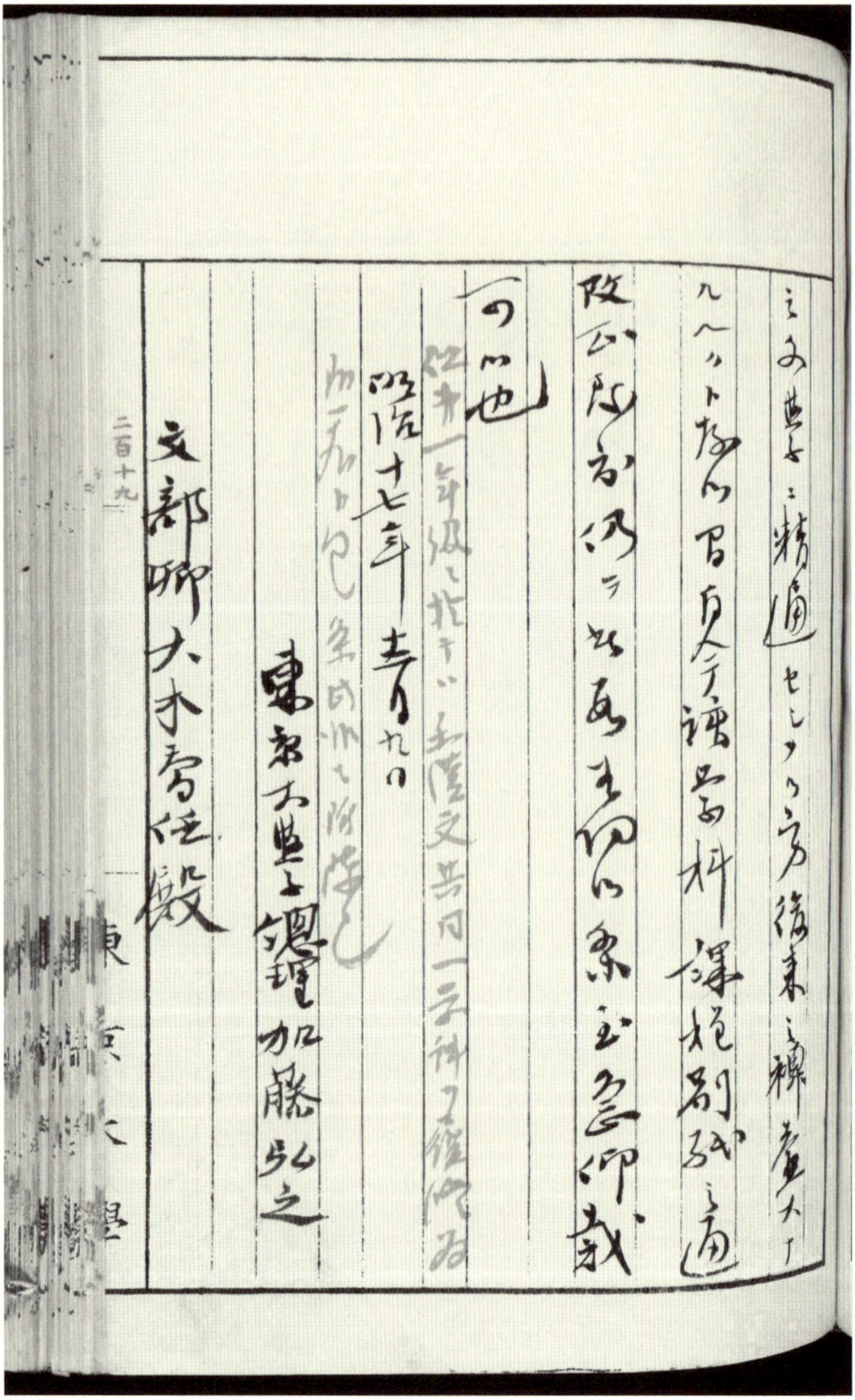
二百十九

明治十七年五月九日

東京大学総理加藤弘之

文部卿大木喬任殿

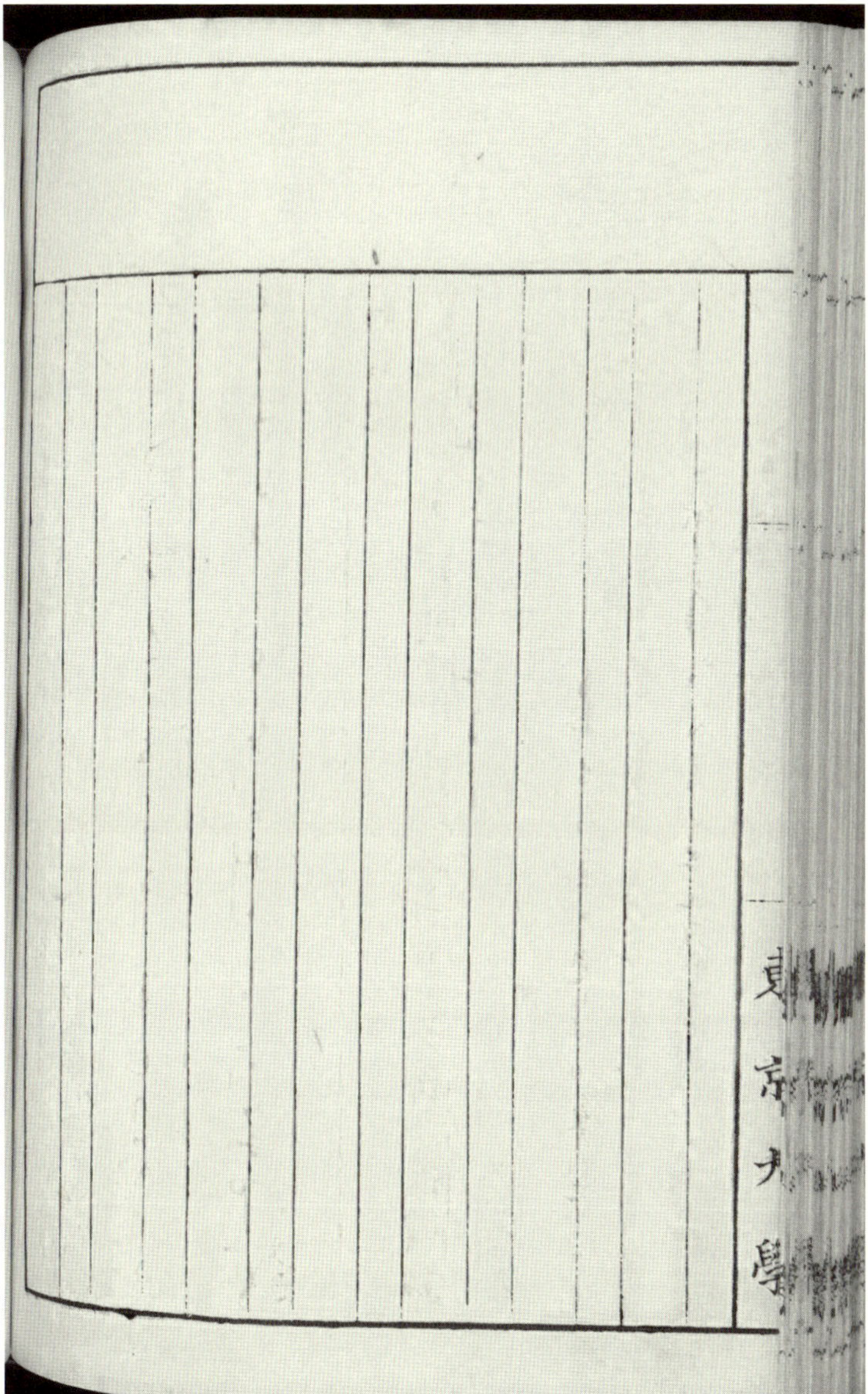
東京大學

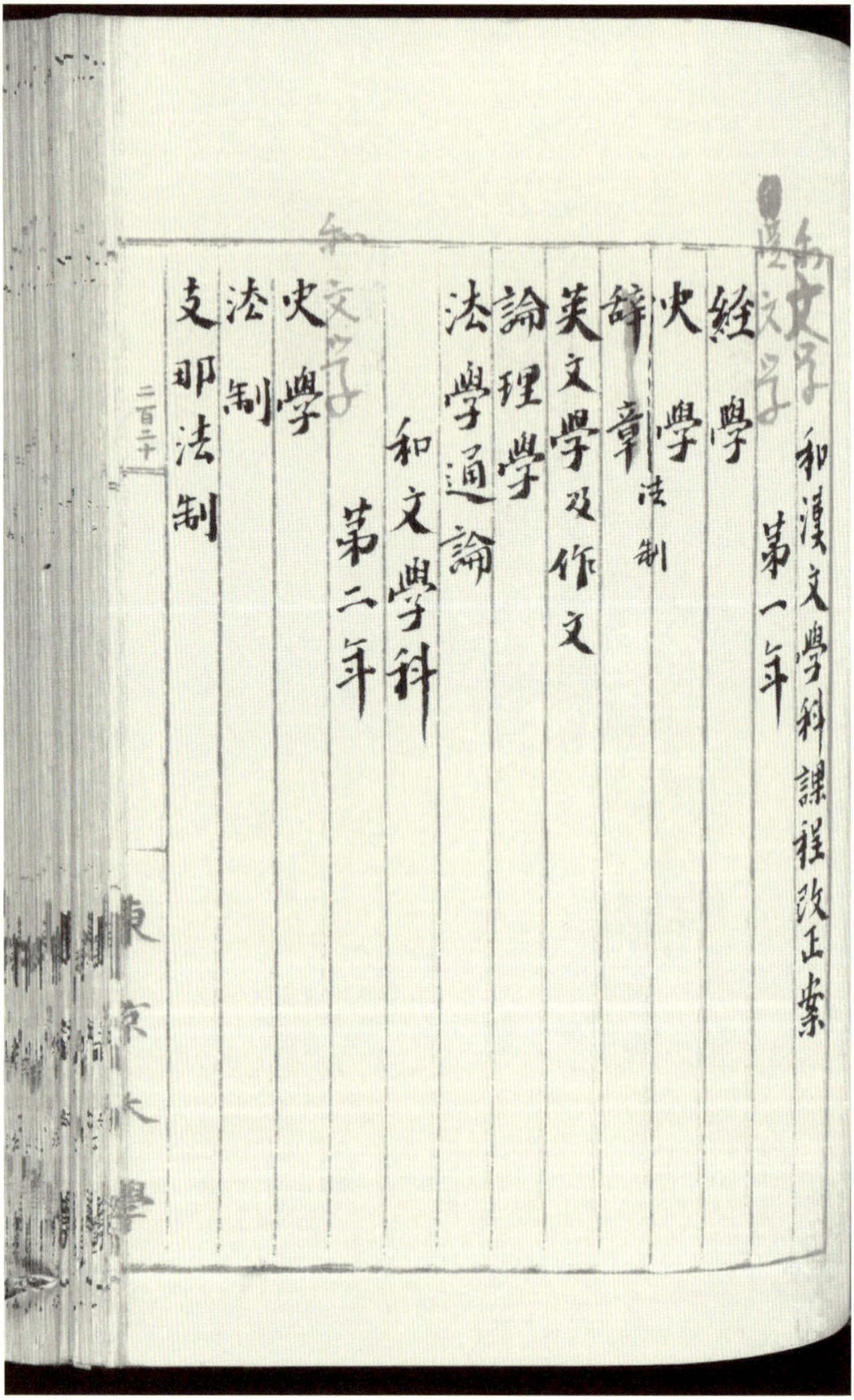

漢文学　和文学

和漢文學科課程改正案

第一年

經學

史學

法制

辭章

英文學及作文

論理學

法學通論

和文學科

第二年

史學

法制

支那法制

二百二十

東京大學

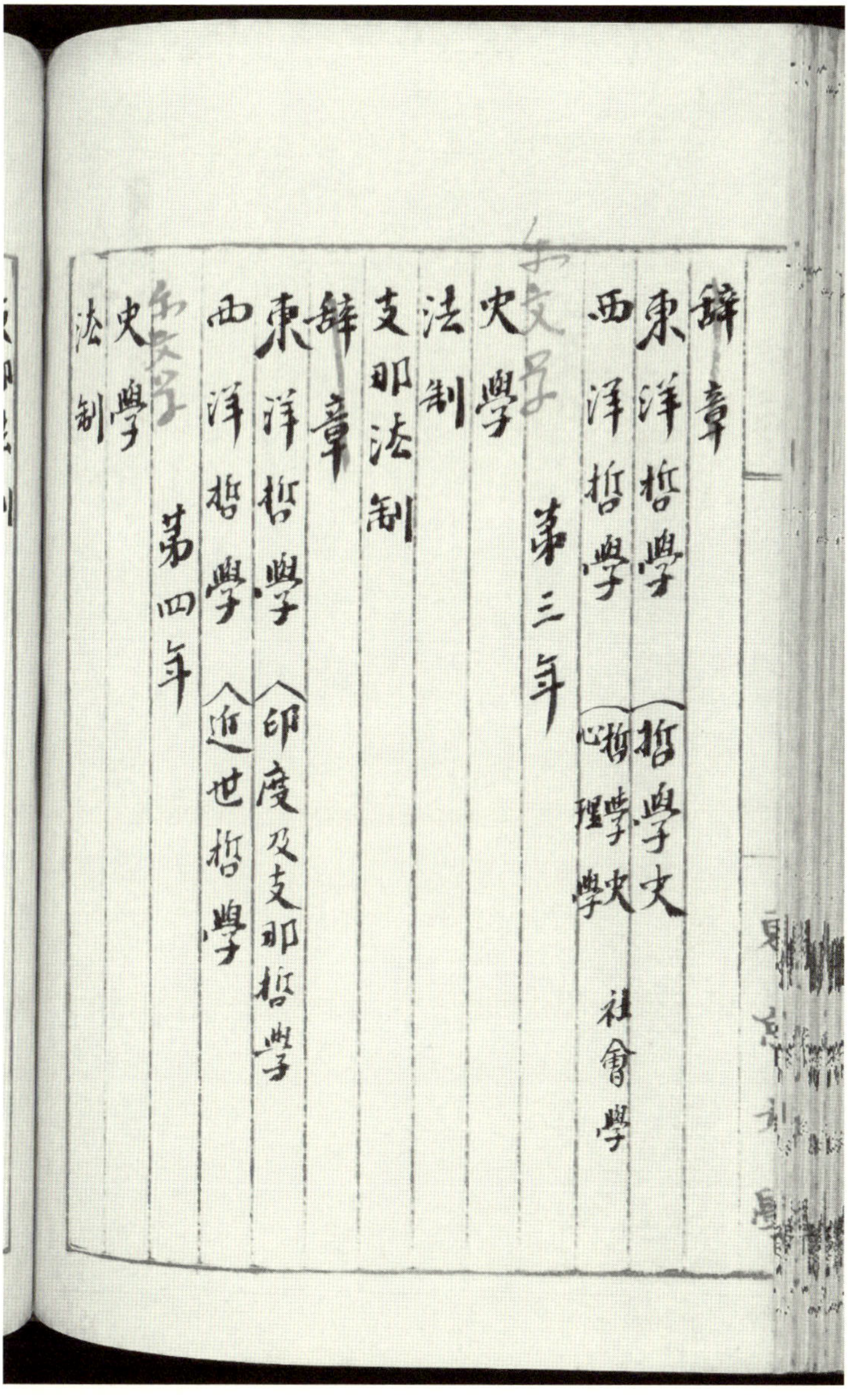

辞章
東洋哲學　哲學史
西洋哲學　哲學史　心理學　社會學
和文学
第三年
史學
法制
支那法制
辞章
東洋哲學　印度及支那哲學
西洋哲學　近世哲學
和文学
第四年
史學
法制

支那法制
辞章
東洋哲學（印度及支那哲學
西洋哲學（道義學 審美學
卒業論文（和文

漢文學科

第二年
經學
史學
法制
日本歴史及法制
詩文
東洋哲學（哲學史

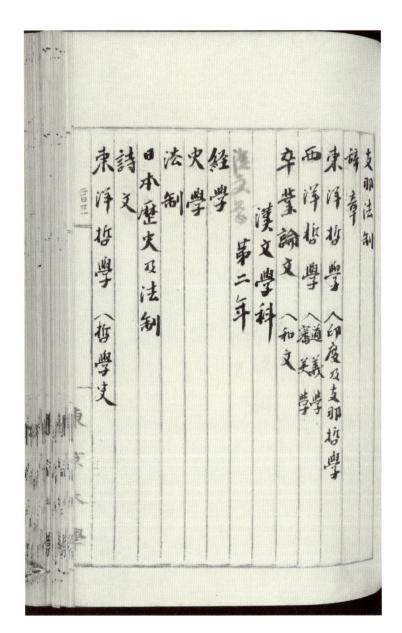

西洋哲學（哲学史 心理学）社會學

漢文学 第三年

經學

史學

諸子

法制

日本歴史及法制

詩文

東洋哲學（印度及支那哲學）

西洋哲學（近世哲學）

漢文学 第四年

經學

史學

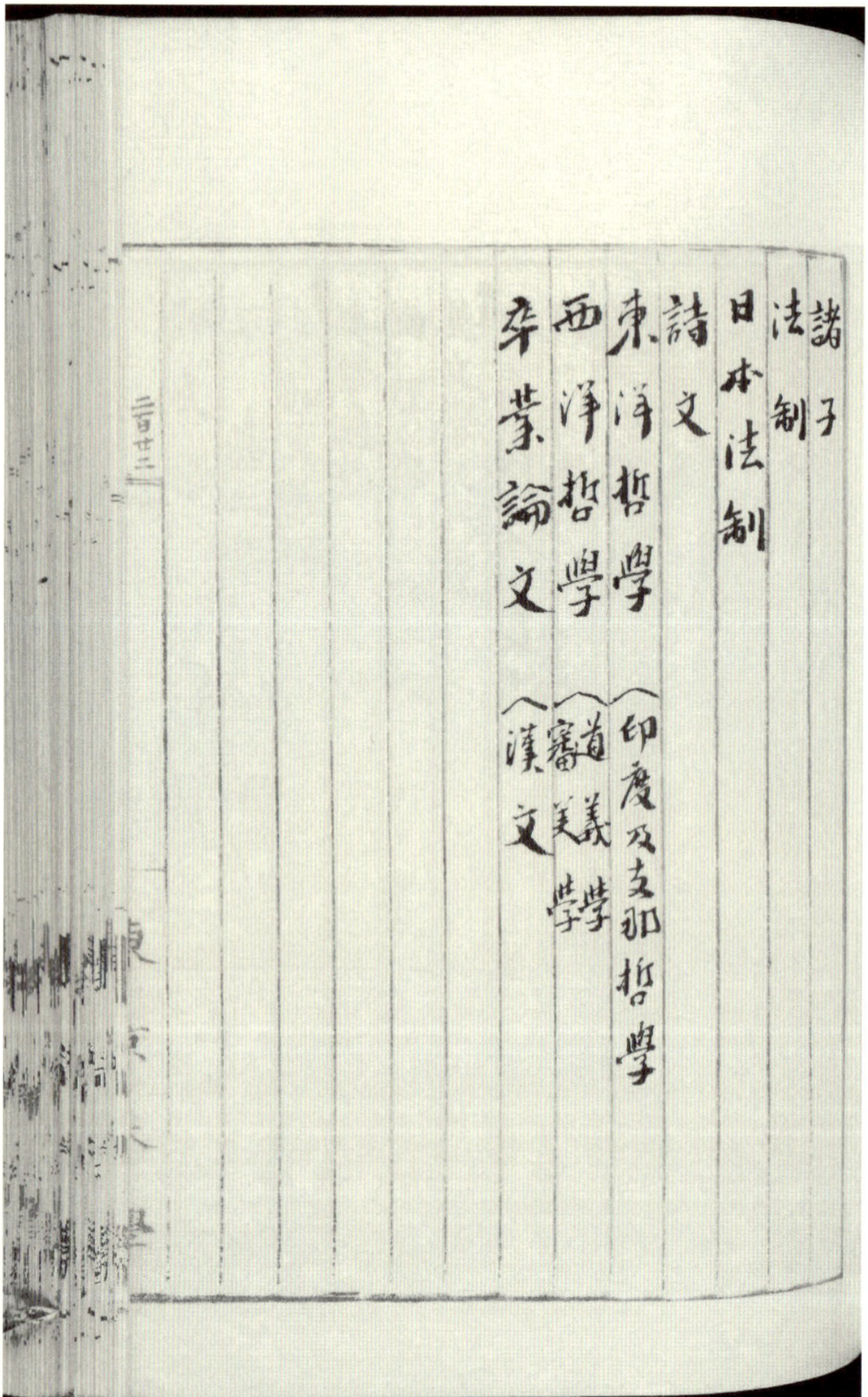

諸子
法制
日本法制
諸文
東洋哲學（印度及支那哲學）
西洋哲學（道義學 審美學）
卒業論文（漢文）

百廿二

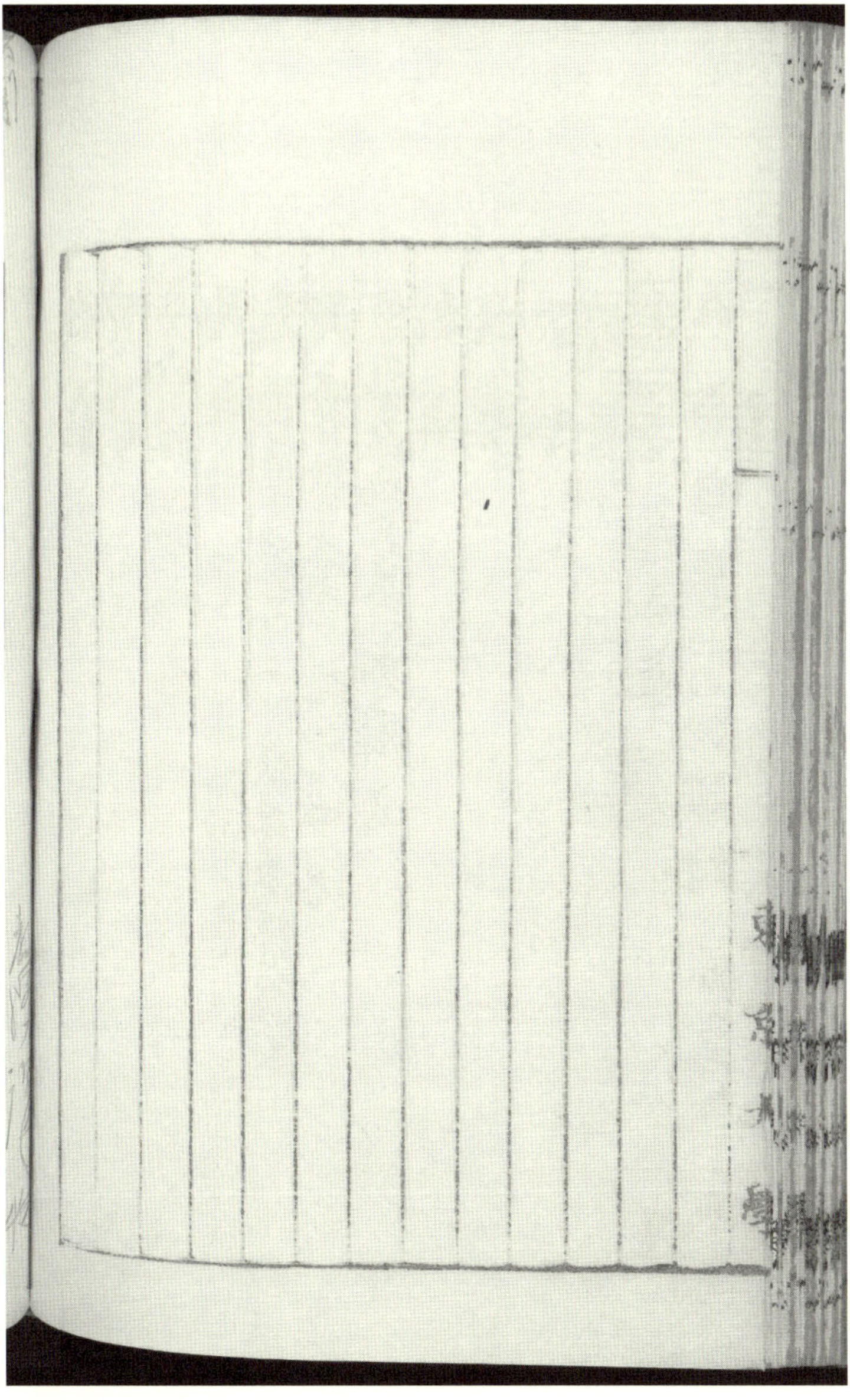

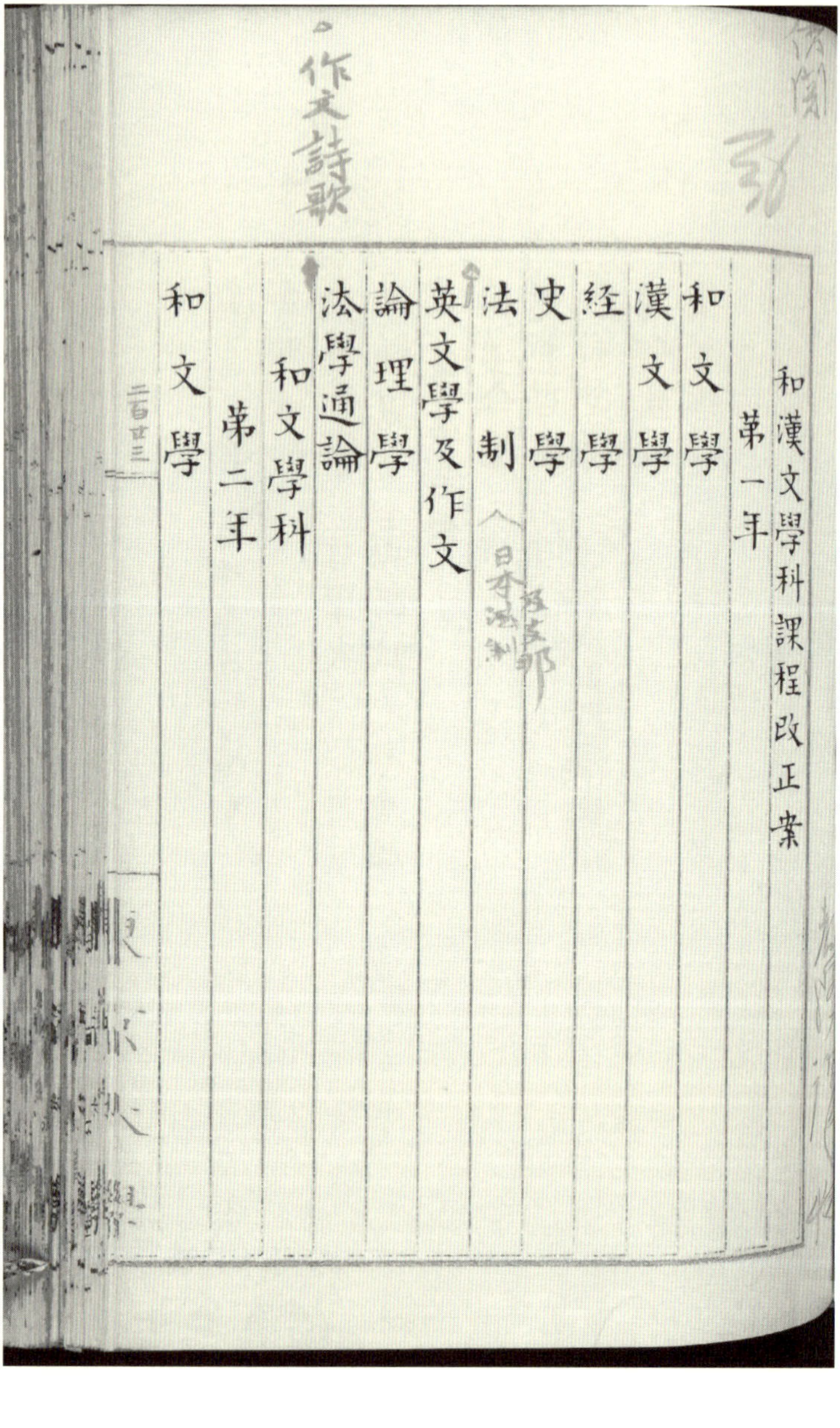

和漢文學科課程改正案

第一年

和文學

漢文學

経學

史學

法制

英文學及作文

論理學

法學通論

作文詩歌

和文學科

第二年

和文學

二百廿三

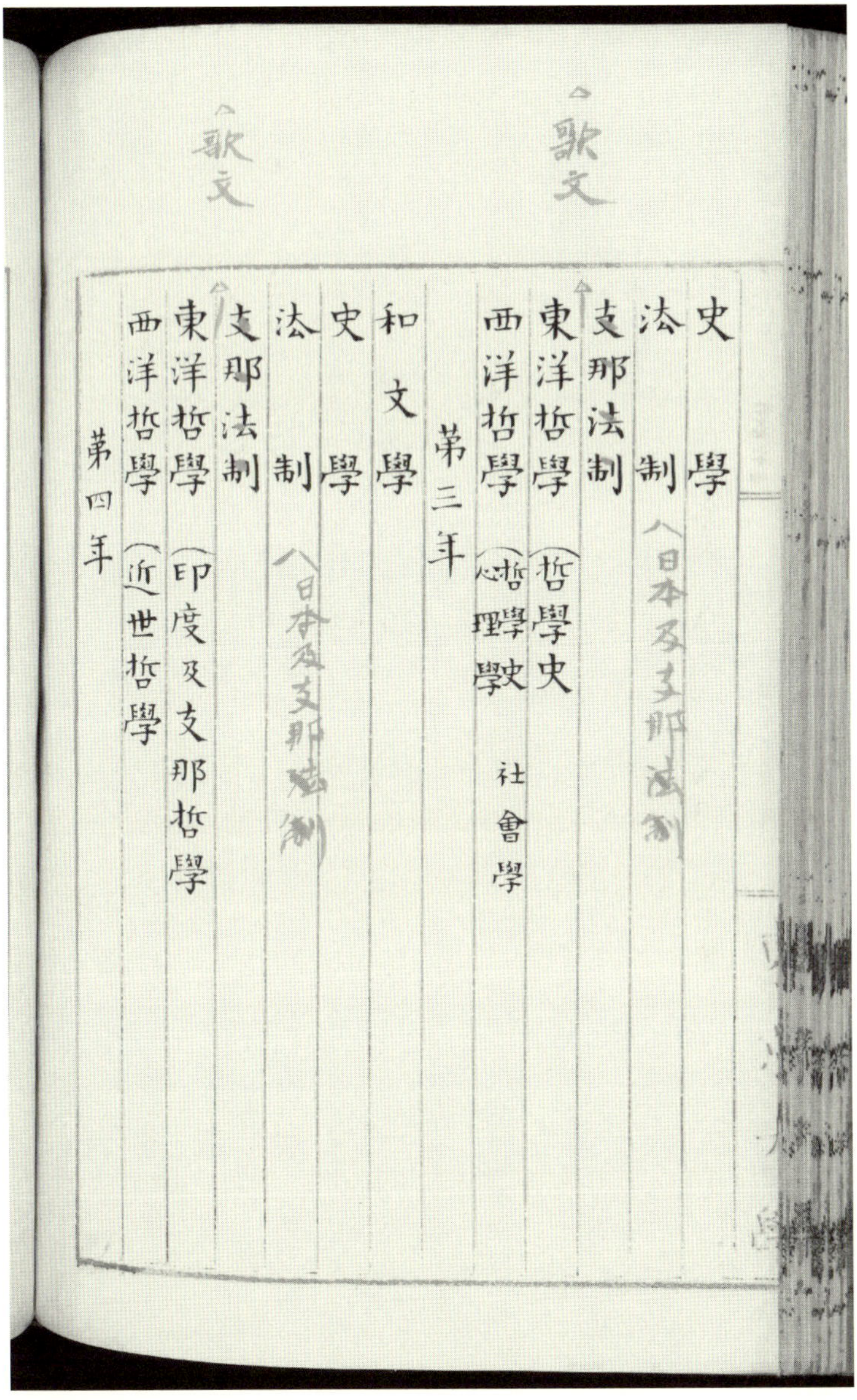
△歌文
△歌文

史學
法制　〈日本及支那法制
支那法制
東洋哲學（哲學史）
西洋哲學（哲學史）（心理學）　社會學
第三年
和文學
史學
法制　〈日本及支那法制
支那法制
東洋哲學（印度及支那哲學）
西洋哲學（近世哲學）
第四年

歌文

和文學
史學
法制（日本及支那法制）
支那法制
東洋哲學（印度及支那哲學）
西洋哲學（審美學 道義學）
卒業論文（和文）

漢文學科
第二年
漢文學
経學
史學
法制（日本及支那法制）

二百二十四

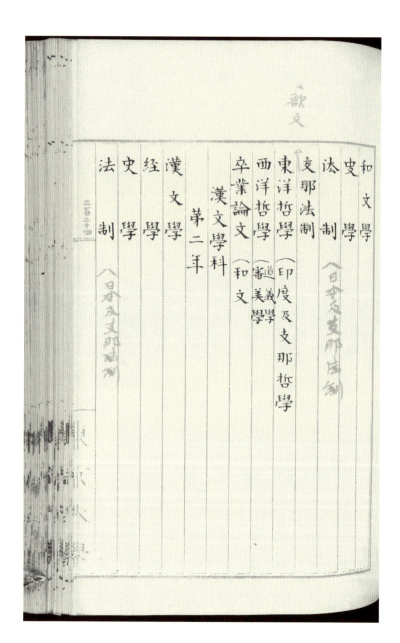

日本歴史及法制

詩文

東洋哲學（哲學史

西洋哲學（哲學史 心理學 社會學

第三年

漢文學

經學

史學

諸子

法制（日本及支那法制

日本歴史及法制

詩文

東洋哲學（印度及支那哲學

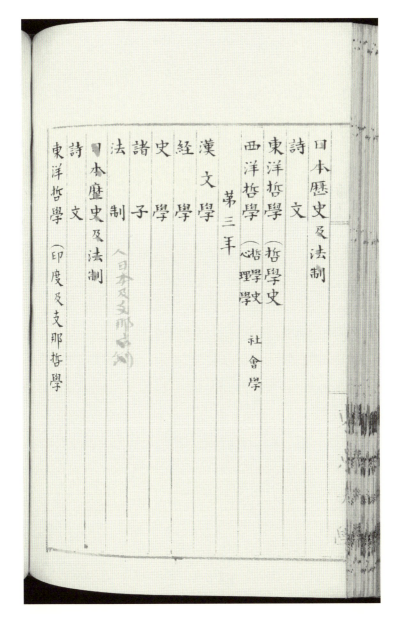

西洋哲學（近世哲學）

第四年

漢文學

經學

史學

諸子

法制（日本及支那法制）

日本法制

詩文

東洋哲學（印度及支那哲學）

西洋哲學（道義學 審美學）

卒業論文（漢文）

二百二十五

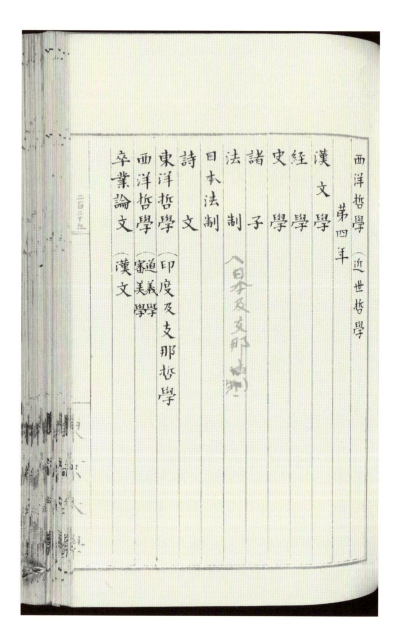

XIII　文部省准允明治十八年「文学部中和漢文学科課程改正ノ件」　1

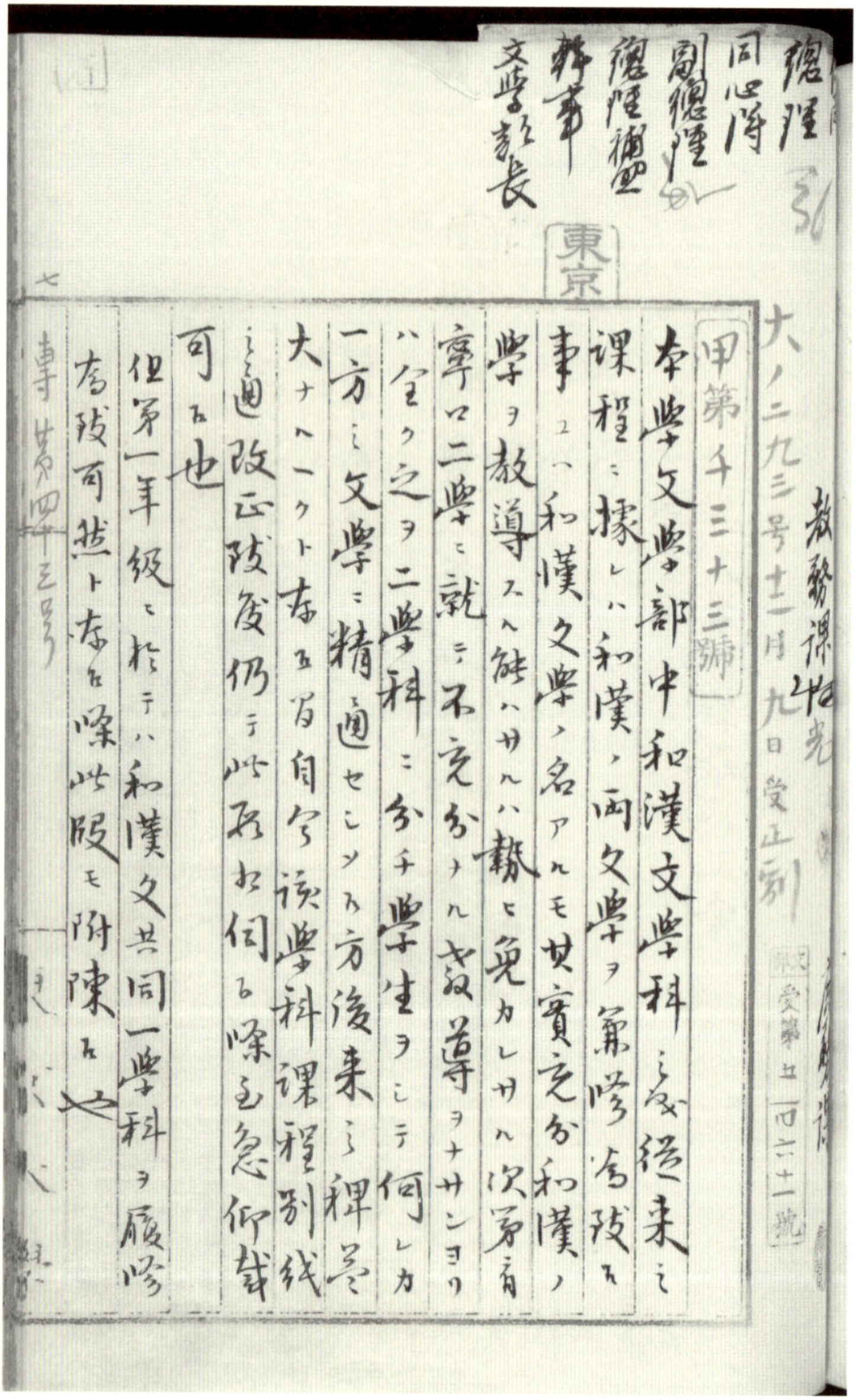

総理
同心得
副総理
総理補
幹事
文学部長

東京

大ノ二九三号
十一月九日
受
正
別

教務課

受第五四六十一號

甲第千三十三號

本学文学部中和漢文学科ニ於テ従来ニ課程ニ據レハ和漢ノ両文学ヲ兼修為致ス事ニハ和漢文学ノ名アルモ其実之ヲ和漢ノ学ヲ教導スル能ハサルノ難ヲ免カレサル次第有之寧ロ二学ニ就テ不充分ナル教導ヲナサンヨリハ全ク之ヲ二学科ニ分チ学生ヲシテ何レカ一方ニ文学ニ精通セシムル方後来ニ裨益大ナルヘクト存候自今該学科課程別紙之通改正致度仍テ此段相伺候条至急御裁可有之度也

但第一年級ニ於テハ和漢文共同一学科ヲ履修為致可然ト存候条此段モ附陳候也

専第四十三号

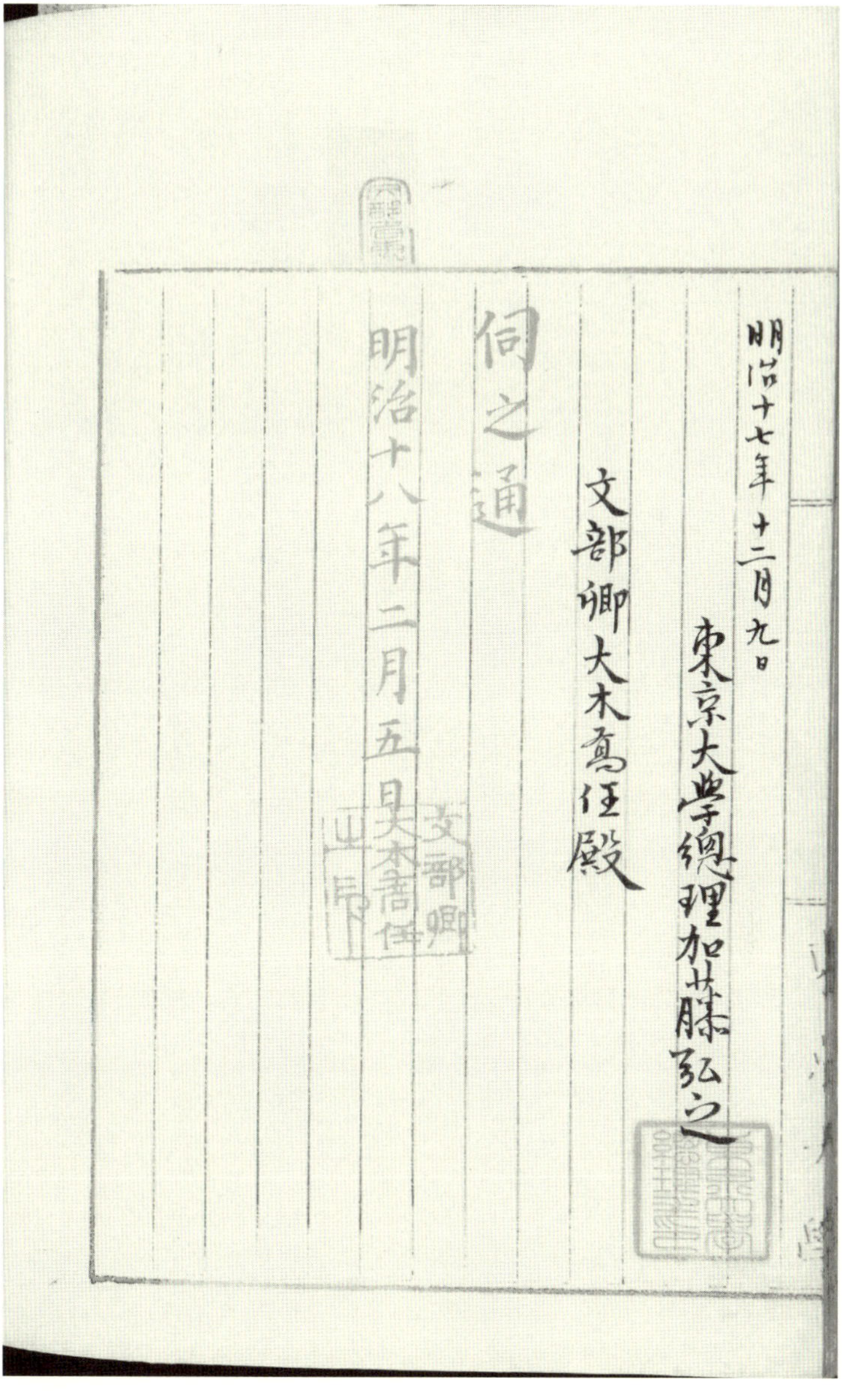
明治十七年十二月九日
東京大學總理加藤弘之
文部卿大木喬任殿
伺之通
明治十八年二月五日

和漢文學科課程改正案

第一年

和文學

漢文學

經學

史學

法制（日本及支那）

作文詩歌

英文學及作文

論理學

法學通論

和文學科

第二年

和文學
史學
法制（日本及支那）
歌文
東洋哲學（哲學史）
西洋哲學（哲學史 心理學 社會學）

第三年

和文學
史學
法制（日本及支那）
歌文
東洋哲學（印度及支那哲學）
西洋哲學（近世哲學）

第四年

和文學

史學

法制（日本及支那）

歌文

東洋哲學（印度及支那哲學）

西洋哲學（道義學 審美學）

卒業論文（和文）

漢文學科

第二年

漢文學

經學

史學

九

法制（日本及支那）
詩文
東洋哲學（哲學史）
西洋哲學（哲學史 心理學 社會學）

第三年

漢文學
經學
史學
諸子
法制（日本及支那）
詩文
東洋哲學（印度及支那哲學）
西洋哲學（近世哲學）

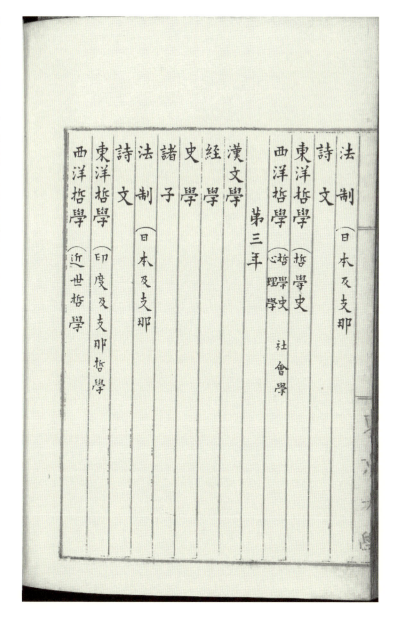

第四年

漢文學
經學
史學
諸子
法制（日本及支那）
詩文
東洋哲學（印度及支那哲學）
西洋哲學（道義學 審美學）
卒業論文（漢文）

おわりに

国書たる『万葉集』に典拠を求めたという首相談話の余波が私にも押し寄せて、長らく「品切れ・再刊の予定なし」の状態だった旧著『万葉集の発明』の新装版が刊行され、五月末には早くも第三刷に達した。マスコミの取材や寄稿依頼も相次いだが、「人の噂も七十五日」とはよく言ったもので、この文章を書いている六月末の時点ではどうやら騒ぎも鎮まった様子だ。この間、私は『万葉集』の政治利用に待ったをかけるべく微力を尽くした。同僚たちは私の奮闘をあるいは激励し、あるいは「令和特需」と冷やかした。

齋藤希史氏もそんな同僚の一人である。以前はともに東大駒場の前期課程教育組織「国文・漢文学部会」に属し、個人研究室も隣どうしだった。齋藤氏は四年前に本郷の文学部へ移ったが、駒場の後期課程の授業は以前どおり受け持っていて、今も日常的に顔を合わせる仲だ。

七年前、本書の元になった『近代日本の国学と漢学――東京大学古典講習科をめぐって』を〝UTCP Booklet〟の一冊として刊行した経緯は、彼が「はじめに」に書いたとおりである。同ブックレットは全国の大学や図書館に無料配付し、残りは部会の事務室で保管しながら、研究者の需《もと》めがあるたびに応じてきた。しかし市場に出回らなかったせいか、存在をあまり知られていないらしく、近代日本における人文学形成過程を問題にした研究書や論文にほとんど引用されない。これはいかにも残念なことであった。

東京大学文学部附属古典講習科は、一八七九（明治十二）年に設置の建議がなされた際には黙殺されたのに、二年後に二度めの建議がなされたときにはすんなり許可が下りた。この経緯を帝国憲法体制の構築という歴史的脈絡から解釈するのが、われわれ二人の共同の主張である（本書第一章・第二章）。状況証拠に頼った推論であり、完全に証明されたものとはいいがたいが、『東京大学百年史』にも他の大学史研究にも説かれていない新説であって、仮説として提起した意義は十分あると自負している。

最近寄贈された論文集にも、やはりわれわれの説はふまえられていなかった。こちらからも同ブックレットを寄贈したいのだが、残部は七年間に少しずつ捌《は》けて、もう底をつきかけている。「配りたくても配れないねえ」と話し合っていたところへ、今回の「令和特需」が舞い込んできた。

齋藤氏の同意を得て、『万葉集の発明』担当の編集者、渦岡謙一氏に「こういうブックレットを増補して、新曜社から出してはもらえまいか」と持ちかけたのが四月十二日。三人で面談したのが四月二十六日。翌日には塩浦暲社長の同意を得たという。われわれの所説はかくて日の目を見る機会を得た。

同じく立憲体制を重視するとはいえ、その内実をどう理解するかという点になると、私と齋藤氏では比重のかけ方が異なる。私はイデオロギー的側面を重く考えるが、齋藤氏はリテラシーという実際的側面に力点を置く。同じことは、本書に併載した二つずつの論文（第三章〜第六章）にも当てはまるだろう。読者諸賢はそこを的確に読み分け、各自の判断につなげてくだされば幸いである。

二〇一九年六月

品田悦一

初出一覧

第一章（品田悦一）「国学と国文学――東京大学文学部附属古典講習科の歴史的性格」、齋藤希史編『UTCP Booklet 24 近代日本の国学と漢学 東京大学古典講習科をめぐって』東京大学グローバルＣＯＥ 共生のための国際哲学教育研究センター、二〇一二年。

第二章（齋藤希史）「漢学の岐路――古典講習科漢書課の位置」、第一章に同じ。

第三章（齋藤希史）「近代日本のアジア主義と漢文――岡本監輔の場合」『中国――社会と文化』第二八号、中国社会文化学会、二〇一三年。

第四章（品田悦一）「排除と包摂――国学・国文学・芳賀矢一」『國語と國文學』第八九巻第六号、東京大学国語国文学会、二〇一二年六月。

第五章（齋藤希史）「国家の文体――近代日本における漢字エクリチュールの再編」、延世大学校近代韓国学研究所第15回国際シンポジウム「近代転換期東アジアの文化変容」、二〇一四年一一月二八日、延世大学校新村キャンパス、ソウル。

第六章（品田悦一）「万葉集の近代を総括してポスト平成に及ぶ」、田中大士・乾善彦編『日本文学研究ジャーナル』第五号、株式会社古典ライブラリー、二〇一八年三月。

ま　行

や　行

ら　行

わ　行

た　行

な　行

は　行

さ 行

事項索引

人名索引

著者紹介

品田悦一（しなだ よしかず）

1959年，群馬県生まれ。東京大学大学院人文科学研究科博士課程単位取得修了。

現在，東京大学大学院総合文化研究科教授。専門は上代日本文学。

主な著書：『万葉集の発明　国民国家と文化装置としての古典』（新曜社），『斎藤茂吉』（ミネルヴァ書房），『斎藤茂吉　異形の短歌』（新潮社）など。

齋藤希史（さいとう まれし）

1963年，千葉県生まれ。京都大学大学院文学研究科博士課程中退。

現在，東京大学大学院人文社会系研究科教授。専門は中国古典文学。

主な著書：『漢文脈の近代　清末＝明治の文学圏』（名古屋大学出版会），『漢字世界の地平　わたしたちにとって文字とは何か』（新潮社），『詩のトポス　人と場所を結ぶ漢詩の力』（平凡社）など。

新曜社

「国書」の起源
近代日本の古典編成

初版第1刷発行　2019年9月6日

著　者　品田悦一・齋藤希史
発行者　塩浦　暲
発行所　株式会社　新曜社
〒101-0051 東京都千代田区神田神保町3-9
電話 (03)3264-4973(代)・FAX(03)3239-2958
e-mail　info@shin-yo-sha.co.jp
URL　http://www.shin-yo-sha.co.jp/
印刷所　星野精版印刷
製本所　積信堂

ISBN978-4-7885-1644-1 C1090

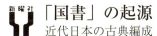